Arnaldur Indridason est né à Reykjavik en 1961, où il vit actuellement. Diplômé en histoire, il a été journaliste et critique de cinéma. Il est l'auteur de romans policiers, dont plusieurs best-sellers internationaux, parmi lesquels *La Cité des Jarres*, paru en Islande en 2000 et traduit dans plus de vingt langues (Prix Clé de verre du roman noir scandinave, Prix Mystère de la critique et Prix Cœur noir), *La Femme en vert* (Prix Clé de verre du roman noir scandinave, Prix CWA Gold Dagger et Grand Prix des lectrices de *Elle*), *La Voix*, *L'Homme du lac* (Prix du polar européen) et *Betty* (Prix Boréales). *La Pierre du remords* est le troisième roman de la série Konrad, policier à la retraite. Tous les romans d'Indridason sont disponibles chez Points. En 2022, son dernier livre, *Le Mur des silences*, est publié aux Éditions Métailié.

Arnaldur Indridason

LA PIERRE DU REMORDS

Traduit de l'islandais
par Éric Boury

Éditions Métailié

TITRE ORIGINAL
Tregasteinn
ÉDITEUR ORIGINAL

Published by agreement with Forlagið
www.forlagid.is

ISBN 978-2-7578-9064-6

1

Debout à la fenêtre du salon, le regard plongé dans la nuit, la jeune femme soufflait paisiblement la fumée de sa cigarette. La lumière allumée dans une autre pièce de l'appartement dessinait les contours de sa silhouette. Ses cheveux retombaient sur ses épaules, sa robe fourreau épousait parfaitement les lignes de son corps gracile. Elle avala une gorgée du verre qu'elle tenait à la main. Peut-être rentrait-elle d'une fête. Debout derrière la vitre, sa cigarette à la main, elle avait un air altier. Un homme apparut derrière elle, il s'avança, but une gorgée dans son verre, la prit dans ses bras et l'embrassa.

La plupart des gens du quartier regardaient le quiz à la télé. Au rez-de-chaussée de la maison voisine, un couple de quinquagénaires suivait l'émission, assis dans son canapé. Le mari, chauve, ses lunettes sur le nez, était en chemise et avait desserré le nœud de sa cravate. Son épouse était blottie contre lui, les cheveux noués en queue-de-cheval. Elle bâilla, se leva pour gagner la cuisine, lava la vaisselle puis la rangea dans les placards. Tout à coup, exactement au même instant, tous deux levèrent les yeux au plafond.

À l'étage du dessus, les gamins, deux garçons et une fille, jouaient dans le salon. Leur énorme collection de Lego éparpillés sur le sol, ils étaient en pleine construction, mais ils s'interrompirent subitement pour diriger leurs regards vers la porte de la cuisine.

Leurs parents l'avaient fermée. Ils semblaient se disputer. Leur mère avait dit quelque chose, leur père s'était mis à hurler, il avait abattu son poing sur la table puis s'était avancé vers elle d'un air menaçant, prêt à la frapper.

Dans le salon, l'aîné des garçons se redressa, abandonnant les Lego pour emmener son frère et sa sœur dans le couloir des chambres.

Dans la cuisine, la dispute s'envenimait et, tout à coup, l'homme frappa sa femme.

Au rez-de-chaussée, le mari cessa de se concentrer sur le programme télé, se leva du canapé et fixa le plafond, manifestement gêné par la querelle à l'étage du dessus. Sa femme interrompit elle aussi son activité et alla le rejoindre au salon. Il s'ensuivit une discussion où elle tenta de le convaincre de monter chez leurs voisins pour essayer de les calmer. À en juger par leur gestuelle, ce n'était pas la première fois que ce genre de chose se produisait.

L'homme dans la cuisine hurlait toujours, il frappa à nouveau sa femme qui tomba à terre.

Dans la maison voisine, les deux endimanchés s'embrassèrent avec une passion redoublée, la femme se mit à ôter la veste de l'homme. Il hésita un instant et regarda sa montre, comme s'ils manquaient de temps, comme s'ils risquaient d'être en retard et devaient se dépêcher de partir. Mais elle ne semblait pas vouloir renoncer, elle commença à lui déboutonner la chemise. L'instant d'après, sa robe tomba au sol, elle poussa l'homme qui se retrouva allongé de tout son long sur le canapé, le pantalon sur les chevilles. Il la regarda dégrafer son soutien-gorge, puis elle s'interrompit, alla à la fenêtre et tira les rideaux. Quelques instants plus tard, la lumière s'éteignit.

L'homme dans la cuisine continuait à hurler, surplombant sa femme d'un air menaçant. Les enfants restaient silencieux. L'homme se raidit brusquement et tendit l'oreille. Il avait entendu un bruit. Sa femme gisait sur le sol, il la releva, lui remit un peu d'ordre dans les cheveux et lui fit signe de rester tranquille et de l'attendre. Elle portait une jupe grise et un chemisier blanc. Elle lissa sa jupe du plat de la main, son mari quitta la pièce et se rendit dans le couloir. Il inspecta le salon et constata que les enfants n'y étaient plus, il ne restait que leurs Lego éparpillés par terre. Puis son regard se fixa sur la porte d'entrée et il alla l'ouvrir tandis que son épouse restait prostrée, figée au pied de l'évier.

Sur le pas de sa porte, la voisine du dessous tendait l'oreille d'un air extrêmement inquiet. Son mari venait de monter à l'étage où la femme battue se terrait dans sa cuisine, hésitant à sortir alors qu'elle n'avait que quelques pas à faire pour appeler au secours. Peut-être cette situation s'était-elle déjà présentée à plusieurs reprises.

Les deux hommes discutaient sur le palier. Enfin, elle s'avança vers la porte de la cuisine, l'ouvrit et alla dans l'entrée. Tous deux se tournèrent et la regardèrent. Le fils aîné apparut dans le couloir et jeta un œil vers l'entrée. Son frère et sa sœur se tenaient derrière lui. Le voisin du rez-de-chaussée apostropha l'épouse qui se contenta de secouer la tête comme pour lui indiquer qu'il n'avait pas à s'inquiéter. Considérant que son voisin l'avait assez importuné, le mari tenta de refermer la porte, mais le visiteur ne semblait pas disposé à partir. Ils se disputèrent sous les yeux de la femme et des enfants.

Les épais rideaux qui protégeaient les ébats du couple d'amoureux étaient parfaitement immobiles.

L'époux perdait patience, il repoussa son voisin pour le forcer à quitter l'embrasure. Sa femme n'intervenait pas, elle restait silencieuse. Les enfants se réfugièrent dans les bras de leur mère. La voisine du dessous était toujours sur le pas de sa porte depuis lequel elle tendait l'oreille. Enfin, l'homme parvint à repousser son voisin dans la cage d'escalier et lui claqua la porte au nez. Il se retourna vers sa femme entourée de leurs enfants, les dévisagea tour à tour, puis disparut au fond du couloir.

Dans un immeuble de l'autre côté de la rue, une femme en petite tenue se tenait le visage dans les mains, assise à la table de son salon, l'air profondément malheureux. Elle regardait régulièrement vers une autre pièce de l'appartement et semblait s'adresser à quelqu'un. Bientôt, un homme en pantalon noir et en pull apparut et l'embrassa sur la bouche. Il enfila sa veste. Elle le raccompagna à la porte et il se faufila dans la cage d'escalier. Tenant apparemment l'un comme l'autre à être discrets, ils s'employaient à ne pas être vus. Désormais seule dans l'appartement, la femme alla se rasseoir à la table du salon, mais elle semblait inquiète. Elle se releva, regarda sa montre, prit son portable, le consulta et le reposa.

Dans l'appartement du dessus, une femme âgée regardait la télé, le visage éclairé par la lueur bleue de l'écran. Elle jeta un œil vers la porte d'entrée, se leva et alla d'un pas hésitant dans le couloir.

Elle ouvrit sa porte et, sans qu'elle ait eu le temps de faire le moindre geste, un inconnu se jeta sur elle et la fit tomber. Il la regardait, penché au-dessus d'elle, on distinguait à peine sa silhouette dans l'obscurité.

Quelques instants plus tard, un sac en plastique à la main, l'ombre parcourut fiévreusement l'appartement. Rapide comme l'éclair, l'homme alla de pièce en pièce, ouvrit les tiroirs et les placards avant de ressortir en courant dans l'escalier en prenant soin de refermer la porte.

Le rideau s'ouvrit dans le salon du couple d'amoureux. Debout dans le noir, nue, la jeune femme fumait, le visage paisible, doucement éclairé par la braise rougeoyante de sa cigarette.

2

Marta se gara devant la porte et prit sa cigarette électronique. La scène se passait dans un de ces quartiers où alternaient immeubles, maisons jumelles, constructions à un étage abritant deux familles et pavillons occupés par des gens un peu plus aisés. Construit au début des années 70, le quartier était en net déclin. La police y intervenait parfois pour régler des problèmes de nuisances sonores et d'ivresse, et les tagueurs gribouillaient les murs à leur guise. Un certain nombre de vols avec effraction étaient régulièrement signalés, mais jamais ce quartier n'avait été le théâtre d'un crime aussi grave. Les habitants avaient été choqués lorsqu'ils avaient appris la nouvelle après avoir vu les voitures de police arriver toutes sirènes hurlantes en bas de l'immeuble, accompagnées par une ambulance et un véhicule de la Scientifique. Des policiers en uniforme étaient montés au premier étage où les flashs des appareils photo n'avaient pas tardé à crépiter.

La vieille dame étant allongée derrière sa porte, il avait fallu enjamber son corps pour entrer dans l'appartement. Âgée d'environ soixante-dix ans, les cheveux presque totalement gris, vêtue d'un gilet, d'un chemisier et d'un pantalon marron, elle avait des lunettes attachées à une chaîne autour du cou et son visage témoignait de la violence de sa mort. Les yeux exorbités et la bouche grand ouverte, elle semblait avoir épuisé ses dernières forces en essayant d'aspirer un peu d'oxygène.

Son appartement était sens dessus dessous. Les objets gisaient sur le sol, certains brisés, les tiroirs béaient, les livres des bibliothèques avaient été jetés par terre et les meubles renversés. Les tableaux sur les murs étaient de travers, mais apparemment aucun n'avait été volé.

Debout à la porte de l'appartement, Marta sortit sa cigarette. Elle avait renoncé à ses fines mentholées, convaincue par l'argument que la clope électronique était bonne pour la santé. Son arôme préféré était la vanille, mais le goût avait peu d'importance tant que le taux de nicotine était suffisant. Cela lui procurait le plaisir escompté quand elle veillait à tirer assez fort sur la clope. Parfois, des panaches de vapeur dignes de ceux d'une centrale géothermique l'accompagnaient.

– Tu ne pourrais pas nous épargner toute cette fumée ? demanda son collègue de la Scientifique, agacé.

– Lâche-moi la grappe, rétorqua-t-elle en se tournant vers le médecin de district qui venait confirmer le décès. D'après toi, qu'est-ce qui a entraîné la mort ?

– C'est évident, non ? Elle ne pouvait plus respirer. Elle est morte asphyxiée et c'est très récent, je dirais environ une demi-heure. Comment se fait-il que vous soyez arrivés si vite ?

– Donc, si j'ai bien compris, on l'a étranglée ?

– Non, disons que l'assassin lui a sans doute passé un sac en plastique sur la tête et l'a serré à la gorge à cet endroit, reprit le collègue en lui montrant une trace à peine visible sur le cou de la vieille dame. Elle s'est cassé les ongles en essayant de se défendre. Cela dit, l'autopsie nous dira ce qui s'est réellement passé.

– Qui a appelé le commissariat pour nous prévenir ? demanda Marta.

– Un correspondant anonyme, répondit le flic en faction dans le couloir, arrivé le premier sur les lieux. Il nous a signalé une agression en précisant que la victime était dans son appartement, sans doute blessée.

– Est-ce qu'on peut retrouver ce correspondant ?

– On m'a dit que ce serait compliqué.

– Et si c'était l'assassin lui-même ? dit Marta comme en aparté. Qui sait s'il n'a pas été pris de remords. Peut-être qu'il ne voulait pas que les choses aillent aussi loin.

Ses questions ne s'adressaient à personne en particulier et aucun de ses collègues n'était en mesure d'y répondre. L'événement était récent et il n'y avait aucun témoin en dehors de l'agresseur lui-même. Ou peut-être des agresseurs. Il était possible qu'ils aient été plusieurs et qu'ils aient décidé d'alerter la police. La victime avait ouvert sa porte sans se méfier et quelqu'un s'était jeté sur elle en la faisant tomber à terre. Ou bien elle avait tenté d'échapper à son agresseur et n'avait pas réussi à aller plus loin que le couloir. Si tel était le cas, elle l'avait probablement laissé entrer parce qu'elle le connaissait.

Sa cigarette à la main, Marta gagna la cage d'escalier, regarda vers le haut puis vers le bas, descendit les marches jusqu'au rez-de-chaussée puis continua vers le sous-sol. Elle alluma la lumière dans le couloir sombre dont chaque côté était percé d'une enfilade de portes et au bout duquel se trouvait une vaste buanderie, avec une fenêtre à hauteur d'homme munie d'un loquet permettant de l'entrebâiller, qui donnait sur le grand jardin à l'arrière de l'immeuble. Les traces de chaussures et de terre sur le rebord indiquaient clairement que quelqu'un s'y était glissé récemment.

– C'est donc par là que tu es entré, mon salaud, murmura Marta tout en relevant les indices.

L'assassin n'avait pas agi dans la précipitation, il avait pris le temps de remettre le loquet en place, comme si cela suffisait à dissimuler ses traces. Marta essaya de distinguer les marques qu'il avait laissées dans l'herbe de l'autre côté de la fenêtre, mais il faisait nuit noire et elle n'y voyait rien.

Elle remonta au premier étage et informa ses collègues de la Scientifique de l'existence de cette ouverture au sous-sol. Ils avaient enfilé leurs combinaisons blanches. L'un d'eux descendit. Quelques instants plus tard, ils autorisèrent Marta à entrer dans l'appartement si elle promettait de ne toucher à rien. Les habitants de l'immeuble avaient été priés de rester chez eux, mais quelques badauds s'étaient attroupés dans la rue. On descendit le corps de la septuagénaire par l'escalier pour le transférer à l'Hôpital national où il serait autopsié. Seul le prénom de la victime figurait à côté de la sonnette : Valborg.

Marta examina le chaos de l'appartement. Elle était intervenue plus souvent qu'à son tour chez des victimes de vols avec effraction et, à première vue, ce qui s'était produit ici était au départ un simple cambriolage. L'individu avait cherché les objets de valeur jusque dans les moindres recoins sans épargner sa peine. Marta se demandait s'il était venu chercher un objet particulier. Une petite boîte à bijoux vide gisait sur le sol de la chambre. Il avait vidé le contenu d'un sac à bandoulière et l'avait éparpillé par terre, juste à côté d'un portefeuille d'où billets et cartes de paiement avaient disparu.

Dans la salle de bains, l'armoire à pharmacie avait été nettoyée avec la même frénésie. Une boîte de médicaments vide était tombée dans la baignoire, un coupe-ongle et un flacon de savon liquide avaient atterri dans la cuvette des toilettes où flottait une plaquette d'Atacor, indiquant que la victime souffrait probablement d'un excès de cholestérol. Marta attrapa l'emballage dans la baignoire et constata que la septuagénaire était également suivie pour une affection plus sérieuse.

Elle ne trouva pas de matériel informatique, ni ordinateur portable, ni PC de bureau, ni tablette numérique, ni même téléphone mobile. Elle supposa que la vieille dame n'était ni sur Facebook ni sur Twitter. Le vieux téléphone fixe posé sur un guéridon dans l'entrée était tombé par terre. Marta connaissait un certain nombre de personnes âgées qui ne voulaient pas d'ordinateur chez elles, persuadées que l'Internet était l'incarnation du mal. Elle se disait toutefois que la victime était bien trop jeune pour avoir refusé aussi radicalement la révolution numérique.

Des papiers et des journaux jonchaient le sol à côté du bureau installé dans un coin du salon. Des ordonnances et des factures d'honoraires de spécialistes, toutes sortes de notes sur des bouts de papier, des listes de commissions et autres pense-bêtes reposaient sur le plateau du bureau ou étaient éparpillés par terre. Marta en ramassa quelques-uns qu'elle examina jusqu'à ce qu'elle tombe sur un numéro qui lui était familier. Aucun nom n'était précisé à côté. Elle le fixa un long moment en se demandant pourquoi la victime l'avait noté. Préférant obtenir une réponse sans attendre, elle saisit son portable et composa le numéro. Quelques instants plus tard, une voix connue répondit.

– Konrad à l'appareil.

– Je te dérange ?

– Qu'est-ce qui se passe ?

– Est-ce que tu connais une certaine Valborg ?

– Non.

– Il semble en tout cas qu'elle te connaisse, s'étonna Marta.

– Ah bon ? Valborg ? Je ne me souviens pas…

Il y eut un silence à l'autre bout de la ligne.

– Si… attends, c'est une femme d'un certain âge ? reprit Konrad.

– J'ai trouvé ton numéro sur son bureau. Elle est morte.

– Morte ?

– Oui.

– Tu es chez elle ? Il lui est arrivé quelque chose ? Qu'est-ce que tu fais là-bas ?

– On l'a cambriolée puis étouffée, sans doute à l'aide d'un sac en plastique, répondit Marta.

– Je n'y crois pas !

– Tu la connais comment ?

– Je ne la connais pratiquement pas, répondit Konrad.

Marta percevait son émotion dans le combiné.

– S'il s'agit bien de la même femme. Elle savait que j'avais été policier et elle a souhaité me voir, il doit y avoir disons deux mois et… Un sac en plastique, tu dis ?

– Qu'est-ce qu'elle te voulait ?

– Elle est morte ? soupira Konrad. Pardon, il m'a fallu quelques instants pour me rappeler son nom, mais je me souviens très bien d'elle parce que sa requête était assez particulière. Elle m'a contacté pour me demander si je pouvais l'aider à retrouver son enfant.

3

Ils s'étaient rencontrés au musée consacré au sculpteur Asmundur Sveinsson.

Konrad se souvenait qu'il avait d'abord été réticent à aider cette femme. Il lui avait clairement précisé qu'il était à la retraite et qu'il ne se chargeait plus d'aucune enquête. Elle avait insisté et l'avait rappelé une semaine plus tard, espérant qu'il ait changé d'avis. Surpris par son entêtement, il n'avait pas voulu être impoli, d'autant qu'il avait perçu une grande souffrance dans la voix de sa correspondante. Il s'était dit que c'était sans doute une épreuve pour elle de le contacter.

– C'est bien vous qui avez enquêté sur le corps découvert dans les glaces du Langjökull ? avait-elle demandé sans grand espoir, peu après le début de leur conversation à laquelle il avait essayé de mettre fin à deux reprises. Il n'avait pas pu nier l'évidence. Cette enquête faisait partie des plus difficiles de toute sa carrière, elle avait fait les gros titres de la presse, il avait d'ailleurs fallu à la police trois décennies pour comprendre ce qu'il s'était réellement passé. Konrad avait régulièrement été importuné par des gens prétendant détenir toutes sortes d'informations, et qui lui avaient débité des théories abracadabrantes sur les disparitions, les décès, les trahisons, les bluffs et les escroqueries qui étaient le quotidien de la faune des malfaiteurs islandais.

Quelques instants plus tard, ils avaient pris congé l'un de l'autre et Konrad avait pensé que l'affaire était close, mais deux mois plus tard Valborg lui avait à nouveau téléphoné.

– Je ne sais pas si vous vous souvenez de moi, avait-elle commencé, je vous ai déjà contacté deux fois pour solliciter votre aide.

Il se rappelait leur conversation et la douleur qui transparaissait dans sa voix. Il était désolé de devoir une nouvelle fois lui refuser son concours. Il n'avait jamais vraiment réfléchi à sa requête, du reste, il ne lui avait même pas laissé le temps d'expliquer en détail ce qu'elle attendait de lui, elle avait seulement pu lui demander s'il consentait à l'assister pour résoudre un petit problème qui l'inquiétait depuis longtemps, une affaire de nature personnelle. Jusque-là, il n'avait pas cherché à en savoir plus, craignant que cela n'entraîne d'autres échanges. Mais il devait avouer qu'elle était parvenue à éveiller sa curiosité.

– Qu'est-ce qui vous angoisse à ce point ? avait-il finalement demandé, embarrassé par cette conversation. Qu'est-ce que vous attendez de moi ?

– Je préférerais ne pas en discuter au téléphone, avait-elle répondu, percevant chez lui un changement d'attitude en sa faveur. Je serais très heureuse si vous m'accordiez un rendez-vous. Par exemple, dans un café en ville. Ou bien où vous le souhaitez. Et pardonnez-moi d'insister à ce point, je comprends bien que je vous dérange, mais je ne vois pas à qui d'autre je pourrais m'adresser.

Elle avait glissé dans la discussion qu'avant de prendre sa retraite, elle avait travaillé à deux pas du musée et qu'il lui arrivait régulièrement d'aller là-bas pour y goûter le calme après sa journée. Ils avaient donc décidé de s'y retrouver un après-midi. Quand Konrad était arrivé, il n'y avait que quelques visiteurs. Un autocar bondé d'étrangers venait de quitter les lieux, mais d'autres, tout aussi bondés, ne manqueraient pas d'affluer. Reykjavik se noyait dans le tourisme de masse et les agences de voyages locales cherchaient désespérément des endroits à leur faire visiter. Le musée Asmundur Sveinsson était l'un des plus intéressants, situé là où se trouvaient autrefois les limites de la ville, avec son parc peuplé d'œuvres d'art d'une grande originalité.

Le bâtiment biscornu d'allure étrangement intemporelle n'avait pas son pareil. Les surfaces planes et anguleuses se télescopaient avec les courbes douces et l'ensemble était surplombé par une grande coupole qui ressemblait à celle d'un observatoire d'astronomie. On aurait dit qu'un vaisseau arrivé d'une dimension parallèle avait atterri là.

Valborg était assise dans la salle-coupole, sur un banc derrière une statue portant le nom de *Maternité*. L'œuvre représentait une femme qui tenait son enfant sur les genoux et le regardait avec tendresse. Quand Konrad était entré dans la salle, Valborg lui avait adressé un signe hésitant, ils s'étaient salués et elle l'avait invité à s'asseoir près d'elle.

– Dire qu'il est possible de créer une si belle œuvre d'art à partir d'un simple bloc de pierre, avait-elle dit en regardant la sculpture.

Konrad avait jadis vu un extrait d'interview de l'artiste sur sa vieille télé noir et blanc, il avait remarqué les doigts puissants du sculpteur, ses ongles noirs et cassés, et les cicatrices laissées par le burin et le marteau sur sa peau. Des mains musclées capables de broyer la pierre pour la transformer en histoires et en poèmes.

– Il était tellement doué pour représenter la féminité, avait ajouté Valborg. Et spécialement les mères. Des femmes fortes qui tiennent leurs enfants dans les bras, les contemplent et les allaitent. Il était capable de graver dans la pierre tout l'amour qui unit une mère à son petit.

– C'est une chose qui vous préoccupe beaucoup ? avait demandé Konrad après un silence en regardant son visage doux, son front haut et intelligent, et la courbe parfaite de ses sourcils bruns.

– Oui, et de plus en plus au fil des ans, avait-elle répondu. Je n'ai même pas voulu le prendre dans mes bras. Je ne l'ai jamais vu.

– Jamais vu ? Qui ça ?

Valborg ne quittait pas la statue des yeux.

– Je suis allée consulter je ne sais combien de spécialistes, tous m'ont dit que je n'en avais plus pour très longtemps. Ils peuvent me donner des médicaments pour ralentir le mal et calmer la douleur, mais je ne guérirai pas et je dois l'accepter. J'essaie de m'y résoudre, et ce n'est pas facile. Depuis quelque temps, je m'efforce de mettre un peu d'ordre dans mes affaires et… je ne sais pas exactement comment raconter tout ça. J'ai eu un enfant qui m'a été enlevé dès sa naissance… ou disons plutôt qu'on ne me l'a pas vraiment enlevé, disons plutôt que je l'ai abandonné. J'avais signé les papiers avant mon accouchement. Je pensais à l'époque qu'il valait mieux que je ne le voie pas et que je ne le prenne pas dans mes bras pour éviter de créer le moindre lien entre nous. Je n'ai jamais cessé d'y penser même si je n'ai rien entrepris sérieusement jusqu'à maintenant pour essayer de découvrir ce qu'est devenu ce pauvre enfant. Cela fait maintenant quarante-sept ans et… je ne sais pas, je ne sais même pas si c'était une fille ou un garçon. Je me suis résolue à mon sort sachant que c'était ma décision et que, de toute manière, je ne pouvais pas garder cet enfant, j'en avais conscience, mais aujourd'hui j'aimerais bien savoir comment il s'est débrouillé dans la vie et peut-être lui dire… lui expliquer ce qui est arrivé, pourquoi les choses se sont passées comme ça et m'assurer qu'il va bien pour ne plus avoir à m'inquiéter, pour pouvoir me dire qu'à l'époque j'ai pris la bonne décision, que malgré tout j'ai eu raison.

– Quarante-sept ans, ça fait très longtemps.

– Oui, et moi, je parle toujours de l'enfant, avait souligné Valborg à voix basse.

Konrad avait remarqué qu'elle semblait extrêmement fatiguée, il avait pensé aux antalgiques qu'elle venait de mentionner.

– Qu'est-ce que je raconte, il aura bientôt cinquante ans et j'en parle toujours comme d'un enfant, avait-elle répété. Évidemment, je le vois toujours comme un nouveau-né. Franchement, qu'est-ce que je raconte ! Dire que je ne l'ai pas connu du tout.

– Qu'est-ce que vous avez fait pour le retrouver ? avait demandé Konrad.

– J'habitais alors à la campagne, à l'est de la lande de Hellisheidi, c'est d'ailleurs à cause de cet événement que je suis allée m'installer là-bas. J'ai accouché chez moi. Ça s'est très bien passé, j'étais suivie par une sage-femme adorable qui comprenait ma situation. En fait, c'est elle qui m'a conseillé cette solution plutôt que d'avorter. La seule fois où j'ai vu mon enfant, il était dans ses bras. J'ai découvert qu'elle est décédée, par contre je n'ai rien trouvé du tout concernant le petit, ce qui n'a rien d'étonnant étant donné la manière dont nous avons procédé. Je connais évidemment sa date de naissance, mais ça ne m'a pas servi à grand-chose et, surtout, il n'est pas impossible que cette date ait été modifiée sur les documents officiels. Je suis allée voir la police, mais il n'y a pas eu crime. Tout cela a été fait avec mon accord. Les forces de l'ordre croulent sous le travail, on m'a simplement conseillé de passer une annonce dans les journaux ou à la télé. Je n'arrive pas à m'y résoudre. Je ne pourrais jamais faire une chose pareille.

– Pourquoi avoir abandonné votre enfant ?

Konrad avait aussitôt regretté la brutalité de sa question.

– Vous croyez pouvoir m'aider ? avait éludé Valborg.

– Je ne vois pas comment, avait répondu l'ancien policier, toujours réticent à se mêler de cette affaire. Il me semble que vous avez exploré les pistes principales. Je me demande si vous ne feriez pas mieux de laisser tomber. Puisque vous n'avez trouvé aucun document officiel et que les gens susceptibles de vous renseigner sont décédés, il est peut-être préférable de laisser tout cela dormir en paix. Vous n'avez d'ailleurs aucune idée de ce que vous risquez de découvrir après toutes ces années. Peut-être que tout s'est bien passé et, dans ce cas, vous serez heureuse et satisfaite. Mais, dans le cas contraire, vous risqueriez d'être beaucoup plus malheureuse que vous ne l'êtes déjà.

– J'en ai conscience et je suis prête à prendre le risque, avait assuré Valborg en soutenant son regard pour lui prouver qu'elle avait bien réfléchi. Je suis prête à tout pour savoir ce qu'est devenu mon enfant. Je peux vous payer. J'ai mis de l'argent de côté.

– Ce n'est pas une question financière.

– Vous avez fini par résoudre l'enquête concernant cet homme sur le glacier de Langjökull. Même s'il vous a fallu trente ans. Vous n'avez jamais renoncé.

– En fait, j'ai jeté l'éponge plusieurs fois, avait corrigé Konrad. J'ai commis un certain nombre d'erreurs dont je ne suis pas fier.

– Mais les journaux ont dit…

– Il ne faut pas croire tout ce qu'on y lit. Pourquoi avoir abandonné votre nouveau-né ? C'était vraiment votre décision ?

Valborg avait longuement observé la statue de la mère à l'enfant.

– Vous ne voulez pas m'aider ? avait-elle demandé sans insister, mais sur le ton de la déception.

– C'est juste que j'ai du mal à voir ce que je pourrais faire pour vous. Hélas. Et je ne m'occupe pas de ce genre d'affaires.

– Donc, vous pensez que je ferais mieux d'en rester là ?

– Ce n'est évidemment pas à moi d'en juger.

– En effet, je suppose que non.

Plongés dans le silence, ils regardaient les sculptures, la lumière déclinante du jour pleuvait sur eux par les vitres inclinées de la coupole.

– Vous connaissez l'histoire de Tregasteinn, la Pierre du Remords ? avait demandé Valborg.

– Ça ne me dit rien.

– Elle se trouve sur une montagne, dans l'ouest de l'Islande. Il m'arrive d'y penser en contemplant cette magnifique statue.

Elle s'était interrompue en remarquant que Konrad regardait sa montre.

– Je ne veux pas vous mettre en retard, avait-elle dit en se levant.

– Et moi, je ne voudrais pas que vous partiez fâchée, avait répondu Konrad.

– Mais je ne le suis absolument pas, avait assuré Valborg. Au contraire, je vous remercie d'avoir accepté de me rencontrer.

– Vous ne voulez vraiment pas me dire pourquoi vous avez abandonné votre enfant ?

– Je ne vois aucune raison de le faire puisque vous n'avez pas l'intention de m'aider.

– Je ne sais même pas par où je devrais commencer.

– Je comprends, ne vous inquiétez pas. Je tenais à explorer cette piste jusqu'au bout, mais je vois que c'est une impasse. Merci encore d'être venu. Et je vous prie de m'excuser pour le dérangement. Je ne vous importunerai plus.

Konrad la revoyait quitter le musée, petite, désemparée et accablée par un passé douloureux. Elle avait tenu parole et ne l'avait plus contacté. Après que Marta lui avait annoncé la terrible nouvelle de son assassinat, il se demanda s'il ne l'avait pas profondément déçue et si, dans une certaine mesure, il n'avait pas failli à son devoir. Abasourdi par ce coup de fil, il repensa à leur rendez-vous au musée. Il ne comprenait vraiment pas comment quelqu'un avait pu s'en prendre à cette femme discrète avec la violence que son ancienne collègue lui avait décrite. Il n'y avait absolument rien dans ses conversations avec Valborg qui ait pu laisser supposer qu'elle était en danger. Konrad était réticent à se charger de missions comme celle que Valborg avait voulu lui confier, il répugnait à se mêler de la vie privée d'autrui comme il l'avait fait, avec tout ce que cela impliquait, à l'époque où il avait été policier. Les tragédies personnelles dont il avait alors été témoin l'avaient parfois profondément affecté. Il préférait donc en être libéré.

Il retourna s'asseoir devant les documents dans lesquels il était plongé quand Marta l'avait appelé. Les points communs qu'il partageait avec Valborg lui apparaissaient maintenant plus clairement. Lui aussi, il cherchait des réponses. Il avait sous les yeux le témoignage d'une jeune femme interrogée dans une enquête qui remontait à plusieurs dizaines d'années et tombée dans l'oubli pour la plupart des gens, mais qui n'avait toujours pas été résolue. Cette femme était passée par la rue Skulagata un soir de 1963 et elle avait trouvé le corps d'un homme baignant dans son sang devant les abattoirs du Sudurland. Cet homme, le père de Konrad, était mort sur le trottoir après avoir reçu deux coups de couteau. Ses blessures étaient profondes et son assassin l'avait frappé avec précision, là où il savait que le coup ferait le plus de dégâts. Dans sa déposition, la femme qui avait découvert le corps parlait constamment de tout le sang qui coulait dans le caniveau.

Elle était toujours en vie. Konrad ne l'avait jamais rencontrée et n'avait jamais non plus discuté avec elle au téléphone. Ces derniers temps, il s'était souvent demandé s'il devait essayer de la contacter ou juste en rester là. Il réfléchissait une fois de plus à cette question quand Marta l'avait appelé. Il ne s'était pas occupé de cette affaire pendant toutes les années qu'il avait passées à la Criminelle, mais cette histoire l'avait toujours hanté et, depuis un moment, il essayait de trouver le courage de contacter ce témoin et de lui demander s'il pouvait la déranger.

Pour l'instant, il n'avait pas agi. Il savait que, s'il le faisait, ce serait le plus grand pas qu'il aurait jamais franchi dans la recherche de l'assassin de son père.

Et il craignait qu'il lui soit ensuite impossible de faire machine arrière.

4

Marta parcourait les clichés de la scène de crime tout en écoutant le récit de Konrad. C'était le lendemain de la découverte du corps et l'ancien policier avait à peine fermé l'œil depuis qu'il avait appris la nouvelle. Il pensait constamment à Valborg, aux statues du musée et à l'étrange bâtiment où cette femme allait souvent se ressourcer après sa journée de travail. Il s'en voulait terriblement d'avoir refusé de l'aider. Il avait régulièrement pensé à elle les semaines qui avaient suivi leur rencontre et, quand Marta lui avait appris son décès, il avait eu comme un coup au cœur. La violence impitoyable dont cette femme avait été victime ne cadrait absolument pas avec la dame discrète et polie qui s'était adressée à lui et avait porté son chagrin en silence pendant tant d'années. Désormais, il regrettait de ne pas s'être montré plus compréhensif et de n'avoir pas prêté une oreille plus attentive à sa douleur.

– Donc, elle a eu ce qu'on appelait autrefois un enfant illégitime ? demanda Marta, imperturbable, en posant deux clichés sur sa table de travail. Ils étaient assis dans son bureau, au commissariat de la rue Hverfisgata, où Konrad était venu la voir pour l'informer plus amplement de ses relations avec Valborg, même s'il ne l'avait que très peu connue.

– Elle ne m'a pas dit ça. Elle ne m'a pas raconté toute l'histoire. Je suppose qu'elle l'aurait fait si j'avais été plus réceptif. J'aurais dû mieux l'écouter.

– Il y a des gens qui te contactent pour tirer au clair des affaires de ce genre ?

– Ça arrive.

– Mais tu n'es pas très serviable, c'est ça ?

– En effet.

– Je te comprends parfaitement. Dis-moi, tu vois des détails qui te sembleraient bizarres sur ces photos ? demanda Marta en lui tendant trois clichés pris sur la scène de crime.

Konrad les examina avec attention et constata que le ou les cambrioleurs avaient mis l'appartement de Valborg à sac. Il remarqua le papier peint et les tableaux accrochés aux murs. C'était un sentiment étrange d'entrer ainsi, comme par effraction, dans l'appartement de cette femme.

– Je suppose qu'elle vivait seule, dit-il.

– Oui. Elle avait soixante-neuf ans. Célibataire, sans enfant, elle ne s'est jamais mariée. Ses parents sont morts depuis longtemps. Apparemment, elle avait peu de famille et peu d'amis. Nous avons retrouvé une sœur qui vit en maison de retraite. Voilà tout. Je compte aller lui rendre visite tout à l'heure. Ces vingt dernières années, Valborg a travaillé dans un cabinet médical rue Armuli, elle venait de prendre sa retraite. Nous avons prévenu ses anciens collègues qui sont évidemment choqués. Nous retournerons les interroger pour réunir des informations et essayer de découvrir qui était cette femme.

– En tout cas, tu sais maintenant qu'elle a abandonné son enfant, fit remarquer Konrad. Tu pourrais peut-être essayer de le retrouver.

– Oui, nous allons explorer cette piste et nous verrons.

– Et ses voisins ?

– Ils n'en disent que du bien. Elle aimait les enfants, elle était serviable. Ça m'étonnerait qu'ils soient coupables. Elle vivait dans un immeuble de trois étages et il y a deux appartements par palier. Deux d'entre eux sont vides en ce moment, leurs occupants sont partis en voyage, les premiers en Islande, les seconds à l'étranger. D'autres voisins étaient absents et ne sont pas suspects, jamais ils n'ont eu affaire à la justice et ils n'avaient aucune raison de s'en prendre à la victime. Enfin, nous allons sans doute creuser un peu tout ça.

– Et personne n'a rien vu ni entendu ?

– La télé diffusait un quiz très suivi, répondit Marta.

– Est-ce que vous avez identifié la personne qui vous a prévenus ? demanda Konrad.

– Non. Il appelait depuis un portable prépayé, c'était un homme, nous n'en savons pas plus, mais nous y travaillons. J'ai parlé au médecin traitant de Valborg ce matin. Il m'a dit qu'on lui avait découvert un cancer du pancréas à un stade avancé, la maladie était en train de se généraliser, elle était incurable. Si celui qui s'en est pris à elle la connaissait suffisamment pour être au courant…

– Il lui aurait suffi d'attendre disons quelques mois, et elle était morte, c'est ça ? compléta Konrad. La mort avait déjà pris racine dans son corps.

– Exactement, convint Marta en prenant sa cigarette électronique. Elle l'alluma et se mit aussitôt à rejeter de gros nuages de vapeur.

– Tu sous-entends qu'ils ne se connaissaient pas ?

– Je crois qu'en tout cas, nous pouvons exclure qu'ils aient été proches.

– Certes, je l'ai très peu connue, mais j'ai trouvé qu'elle parlait très peu d'elle-même, observa Konrad. Peut-être que personne n'était au courant de son état de santé.

– Ses collègues du cabinet médical l'ignoraient. Ils la savaient malade, mais n'avaient remarqué aucun changement dans son attitude les derniers jours où elle a travaillé avec eux. Elle était comme d'habitude. Agréable et avenante. Ils lui ont offert des fleurs et un gâteau pour son départ.

– On dirait que son agresseur a été pris d'un coup de folie, reprit Konrad en analysant les photos.

– Tout à fait. C'est typique. J'ai enquêté sur pas mal de cambriolages et celui-là est dans la norme si on exclut le meurtre, répondit Marta. Nous ne savons pas exactement ce qu'il a volé. En tout cas, il a vidé son portefeuille et sans doute pris des choses dans les tiroirs.

– Et les médicaments ?

– Les médecins nous ont communiqué la liste des antalgiques qu'elle prenait. Ce sont des produits vraiment puissants et très recherchés par les drogués, on peut les revendre à bon prix. Des dérivés de la morphine. Des drogues médicales. Le voleur a tout pris. Les cambrioleurs qui figurent dans nos fichiers sont à la recherche de ce genre de produits. Nous sommes en train de les interroger. Ils boiraient l'eau des toilettes pour s'en procurer. Par conséquent, oui, que dire ? Nous sommes sans doute face à un meurtre crapuleux tout à fait typique.

– Et ce coup de fil que vous avez reçu ?

– On ne comprend pas, répondit Marta en rejetant son nuage de vapeur saturé de nicotine. Il n'y a aucun témoin en dehors de l'auteur du crime, qui a été commis à la porte de l'appartement. Pourquoi voulait-il que nous trouvions le corps au plus vite ? Pourquoi n'a-t-il pas préféré attendre quelques jours que les voisins s'interrogent sur la disparition de Valborg ? En quoi y avait-il urgence ?

– Il ne voulait peut-être pas que les choses aillent si loin ? suggéra Konrad. Et quand il a compris qu'il l'avait tuée, il a paniqué et prévenu la police.

– Soit, peu importe son identité, c'est un imbécile, soupira Marta. Un sale con, une ordure et un imbécile, répéta-t-elle en plaquant d'un geste rageur les photos sur son bureau, les yeux rivés sur Konrad. Tu es au courant pour le sac en plastique ? Je sais, je ne suis pas censée te dévoiler ce genre de détails.

– Le sac ?

– On a trouvé des traces de soda et de bière sur le visage de la victime et dans ses cheveux. On pense qu'elles proviennent du sac dont l'assassin s'est servi pour l'étouffer.

– Ah bon ?

– Apparemment, il était plein de canettes vides ayant contenu du soda et de la bière.

– Bon courage pour découvrir sa provenance, ironisa Konrad. Vous n'avez plus qu'à interroger toute la population !

– On m'a dit que tu demandais qu'on t'imprime toutes sortes de documents issus de nos archives, répondit Marta, agacée par la remarque. C'est l'oisiveté qui te pèse ?

– Il faut bien s'occuper.

– À moins que ce ne soit le fantôme de ton père ?

– Je ne crois pas aux revenants, rétorqua Konrad.

5

Eyglo s'était attendue à voir plus de monde à la mise en bière qui avait lieu dans la chapelle du cimetière de Fossvogur. Une petite dizaine de personnes étaient venues y assister, et elle ne reconnaissait parmi elles aucun de ceux qu'elle avait jadis croisés à la Société islandaise de spiritisme.

Malfridur reposait dans son cercueil ouvert sous un drap d'un blanc immaculé, l'air un peu sévère, comme si elle n'avait pas encore dit son dernier mot. C'était le membre le plus ancien de la Société, très amie avec Eyglo malgré leur grande différence d'âge, même si elles ne s'étaient plus vues ces dernières années. Malfridur affirmait n'avoir aucun don de voyance, mais elle avait longtemps été mariée à un médium, guérisseur célèbre, et avait organisé ses séances de spiritisme et ses visites chez les malades. Eyglo connaissait peu de gens qui s'intéressaient autant qu'elle à l'au-delà ou qui dissertaient avec une telle passion sur le monde de l'éther. Quand elle s'était adressée à la Société de spiritisme pour y chercher conseil, c'était Malfridur qui l'avait reçue et lui avait appris à ne pas craindre les visions qui venaient la perturber, mais plutôt à se réjouir de n'être pas coulée dans le même moule que les autres.

La vieille dame était décédée à la maison de retraite où elle vivait depuis des années et où Eyglo lui avait rendu visite peu avant sa mort. Malfridur avait prié le personnel de l'établissement de la contacter pour qu'elle passe la voir. C'était grâce à cette femme qu'Eyglo avait commencé à organiser des séances de spiritisme, malgré ses hésitations et son manque d'assurance. Son père avait officié comme médium, mais il avait mauvaise réputation. Les gens disaient qu'il était en cheville avec un escroc qui ne se gênait pas pour tirer profit de la détresse des endeuillés. Cet escroc, c'était le père de Konrad.

Eyglo refusait d'exploiter son don, que Malfridur et son père lui avaient pourtant conseillé de cultiver. Pour sa part, elle aurait préféré en être débarrassée. Elle ne voulait pas que ses capacités de voyance viennent troubler son quotidien. Malfridur l'avait aidée à s'armer de courage en lui disant qu'elle ne devait pas lutter contre ses aptitudes particulières, mais au contraire essayer de les maîtriser et de s'en servir pour faire le bien.

Lorsqu'elle était venue la voir, Eyglo s'était renseignée sur son état de santé auprès d'une infirmière qui lui avait répondu qu'elle n'avait plus très longtemps à vivre. Elle dormait beaucoup, parfois elle était complètement ailleurs et désorientée, elle parlait toute seule ou avec un visiteur imaginaire, comme si elle délirait. Presque personne ne venait la voir en dehors de son fils qui passait régulièrement. Eyglo était la seule à lui rendre visite ce jour-là, avait précisé l'infirmière.

En arrivant à la porte de la chambre, elle avait constaté que Malfridur n'était pas seule. Elle voyait apparemment plus de gens que le personnel de l'établissement ne voulait le reconnaître. Elle était en compagnie d'une vieille femme qui portait un foulard et un manteau vert. Assise dans le fauteuil à côté du lit, les mains reposant sur les cuisses, elle avait l'air plutôt pauvre. Eyglo fut frappée par la douceur de son visage.

À ce moment-là, elle avait senti son téléphone vibrer dans sa poche et était allée dans la salle commune pour décrocher. À son retour, la femme au manteau vert avait disparu et Eyglo s'était assise à sa place.

Quelques objets personnels décoraient la table de chevet de Malfridur. Une photo de son fils, quelques livres audio, des sagas islandaises et des romans policiers, avait listé Eyglo. Elle n'avait pas voulu la réveiller. Il faisait assez sombre dans la chambre. Malfridur était presque aveugle, elle ne distinguait plus grand-chose d'autre que l'ombre et le mouvement.

Au bout d'un moment, elle s'était tournée dans son lit et avait ouvert les yeux en demandant s'il y avait quelqu'un dans sa chambre.

– C'est toi, ma petite Hulda ? Tu es encore là ?

– Non, c'est Eyglo. Comment ça va ?

– Ma très chère Eyglo, s'était réjouie la vieille dame. Tu es gentille de venir me voir !

– Je ne voulais pas te réveiller.

– J'ai cru que j'étais passée de l'autre côté. C'est comme ça chaque fois que je m'endors. J'ai retrouvé ma mère, ça fait un drôle d'effet.

Malfridur avait tendu le bras pour prendre la main d'Eyglo.

– J'ai toujours hâte de plonger dans les rêves, avait-elle ajouté. Là-bas, je vois parfaitement et tout ce qui m'entoure est tellement vivant et plein de couleurs !

Malfridur avait souri et s'était mise à raconter ses rêves à Eyglo. Tous regorgeaient de lumière et de chaleur. Elle était si âgée qu'elle n'avait plus peur de mourir. Au contraire, elle était curieuse de découvrir enfin ce qui prendrait le relais de la vie terrestre. Ce n'était pas la première fois qu'elle tenait ce genre de propos, elle répétait qu'elle avait eu une belle vie et que désormais un autre niveau d'existence l'attendait, que ce soit la simple froideur de la tombe si le paradis n'existait pas ou un monde peuplé par les âmes de ceux qui étaient partis avant elle, et auquel elle croyait dur comme fer.

– Ça ne m'angoisse pas du tout, avait-elle conclu. Tu te rappelles cette petite fille malade qui vivait dans le quartier de Thingholt ?

– La petite fille malade ? Comment ça… ?

– Je ne saurais te dire au juste pourquoi je pense à elle, avait ajouté Malfridur.

– Cela remonte à des années, avait répondu Eyglo en se disant que sa vieille amie ne semblait pas délirer ni avoir perdu ses repères.

– Sans doute parce que je pense tellement à mon cher Kristleifur qui est allé la voir avec toi. Cette visite l'avait tellement affecté. Je rêve de lui, tu sais. Je le vois ici, dans ma chambre, parfaitement vivant. Tu te souviens de Kristleifur ?

– Évidemment, je m'en souviens très bien, avait répondu Eyglo.

– J'ai l'impression que je n'en ai plus pour très longtemps. Je crois qu'il vient me chercher. J'ai rêvé deux fois de lui ces derniers temps, je le vois là, au milieu de ma chambre, et il me sourit.

– C'était un brave homme.

Malfridur avait fermé les yeux, il y avait eu un long silence.

– Et toi, tu fréquentes toujours ce policier ? avait-elle demandé.

– Non. Enfin, nous nous voyons de temps en temps.

– Ah bon, avait répondu Malfridur, manifestement déçue.

– Tu ne l'aimes pas ?

– Je ne me pose simplement pas la question.

Eyglo lui avait parlé de sa rencontre avec Konrad, le policier à la retraite. Elle lui avait expliqué que leurs deux pères s'étaient connus dans le temps, qu'ensemble ils avaient extorqué de l'argent à de pauvres gens dans la peine et que toute cette histoire était tragique.

– Qui est cette Hulda dont tu parlais quand je suis arrivée ?

– Une vieille amie très chère qui croyait dur comme fer à la vie après la mort et considérait que c'était une évidence, avait répondu Malfridur. Nous avons discuté de ces questions pendant des années en nous interrogeant sur l'effet que cela fait de passer de cette vie-ci à un autre degré d'existence. Voilà pourquoi je pense tellement au monde des âmes. D'ailleurs, toi et moi, nous ne sommes pas en reste dans ce domaine, nous en avons aussi beaucoup parlé et, si ça ne te dérange pas, j'aurais aimé te demander un petit service.

Eyglo avait hoché la tête. Plus les années passaient, plus Malfridur s'intéressait à la vie après la mort.

– Quel petit service ?

Eyglo commençait à se douter de la raison pour laquelle Malfridur avait demandé à la voir.

– Nous en avons déjà parlé. J'aimerais bien t'envoyer des signes de l'au-delà.

La vieille dame lui avait serré la main en la regardant de ses yeux blancs presque aveugles.

– Tout ce qui me reste dans la vie, c'est ma curiosité, avait-elle ajouté en baissant le ton. Je voulais m'assurer que tu ouvrirais l'œil au cas où.

Le pasteur pénétra dans la chapelle, puis après avoir salué la petite assemblée et fait un signe de croix sur le cercueil, ouvrit sa bible et lut le passage sur la résurrection et la vie éternelle. Il fit ensuite un bref éloge funèbre de la défunte, rappelant qu'elle avait toujours sincèrement adhéré à la doctrine spirite. Puis il récita une prière et demanda à l'assemblée de chercher dans leurs psautiers le psaume de la fleur unique. Quelqu'un toussota derrière Eyglo et le chœur de voix grêles et malhabiles se mit à chanter. À la fin du psaume, tous firent un signe de croix sur la défunte. Les employés des pompes funèbres refermèrent le cercueil et invitèrent les proches ainsi que les amis à venir serrer les ferrures ornementées pour fixer le couvercle. Eyglo en prit une dans sa main et la fixa tout en récitant une prière d'adieu à sa vieille amie et en pensant à la promesse qu'elle lui avait faite.

À la fin de la cérémonie, elle alla présenter ses condoléances au fils de Malfridur et quelqu'un l'arrêta en l'attrapant par le bras alors qu'elle était sur le point de quitter la chapelle.

– Vous êtes bien Eyglo, n'est-ce pas ? lui demanda un homme de son âge qu'elle n'avait jamais vu.

Elle acquiesça.

– Je vous prie de m'excuser. Je m'appelle Josteinn, j'ai rencontré Malfridur et son mari à la Société de spiritisme. Il lui est arrivé de me parler de vous et de votre père, Engilbert. Je ne l'ai jamais vu, mais je le connaissais de réputation.

– Ah bon, répondit Eyglo en lui souriant, s'apprêtant déjà à continuer sa route.

– Vous avez senti des choses depuis qu'elle est morte ? murmura l'homme avec une curiosité manifeste, à la limite de l'incorrection.

– Senti des choses ?

– Établi un contact avec elle, précisa-t-il. Il portait un imperméable noir élimé et avait les cheveux en bataille. Elle est ici ? Est-ce qu'elle est avec nous en ce moment ? ajouta-t-il en enfilant son bonnet de laine.

Eyglo s'étonnait de cette désinvolture. Cet homme et son insistance lui déplaisaient souverainement. Il lui semblait très déplacé de parler de la défunte de cette manière et dans ce contexte.

– Je ne crois pas… commença-t-elle, mais son interlocuteur ne la laissa pas achever sa phrase.

– Je sais pour votre père, reprit-il à voix basse. Malfridur m'a dit que vous et votre ami cherchiez des renseignements. Il est policier, n'est-ce pas ? C'est en tout cas ce qu'elle m'a raconté.

– Je ne vois pas où vous…

– Malfridur m'a dit que vous organiseriez peut-être une séance et que vous tenteriez d'entrer en contact avec elle, que vous lui avez promis de recevoir les messages qu'elle vous transmettrait depuis l'au-delà.

– Et qu'est-ce que vous savez sur mon père ?

– Vous le ferez ? Vous organiserez une séance ?

– Je n'y ai pas encore réfléchi, répondit Eyglo en faisant de son mieux pour se maîtriser. Que savez-vous à propos de mon père ?

– Oui, ce brave Engilbert, répondit l'homme. J'ai assisté à une séance il y a, disons, trois ans. Et j'ai appris qu'il avait tenté d'extorquer de l'argent à une veuve originaire de Hafnarfjördur, une certaine Hansina, en lui proposant une voyance, peu de temps avant de mourir. Il est décédé dans les années 60, c'est ça ?

Eyglo le dévisagea.

– Comment ça, extorquer de l'argent ?

– Eh bien, quelqu'un a glissé ça dans la conversation en ajoutant que vous avez toujours été bien meilleure voyante que lui, répondit l'importun.

– Écoutez…

Eyglo en avait assez de ce type.

– Je ne sais pas si c'est vrai, se défendit aussitôt son interlocuteur. Une des personnes présentes à cette séance connaissait le fils de Hansina, ajouta Josteinn, prononçant un prénom qu'Eyglo fixa dans sa mémoire. Je n'en sais pas plus. Si vous organisez cette séance maintenant que Malfridur n'est plus de ce monde, vous prévoyez d'informer la Société de spiritisme ?

– Il n'y aura pas de séance, rétorqua Eyglo avant de prendre congé.

Quelques instants plus tard, alors qu'elle traversait le parking devant la chapelle et était sur le point d'ouvrir la portière de sa voiture, elle aperçut une femme pauvrement vêtue qui sortait du cimetière et s'avançait vers elle. Elle ne l'avait jamais vue. La femme lui demanda si elle avait assisté à la mise en bière.

– Vous connaissiez Malfridur ? s'étonna Eyglo, déconcertée par sa question.

– Oui, elle venait souvent ici.

– Au cimetière ?

– Vous croyez qu'elle est arrivée sur l'autre rive ? éluda l'inconnue.

– Sur l'autre rive ? Je suppose, répondit Eyglo en se hâtant de s'installer au volant, exaspérée par ces gens qu'elle ne connaissait pas et qui venaient lui parler, persuadés d'avoir des choses à lui dire.

La femme resta immobile et la regarda quitter en marche arrière sa place de parking. Eyglo s'éloigna, jeta un œil dans son rétroviseur et constata qu'elle avait disparu.

6

Lorsqu'il s'était rendu dans le bureau de Marta pour lui expliquer la manière dont il avait rencontré Valborg, Konrad n'avait absolument pas l'intention de se mêler de cette affaire. Il avait fait sa déposition en buvant un café et en regardant sa vieille amie aspirer goulûment la fumée de sa cigarette électronique, puis il était rentré chez lui en se disant qu'il s'empresserait d'oublier tout ça, mais il en était allé autrement. Sa rencontre avec Valborg, leurs conversations téléphoniques, la requête désespérée qu'elle avait formulée et son refus de l'aider l'obsédaient. Il aurait très bien pu lui laisser une lueur d'espoir en lui promettant d'explorer des pistes dont elle n'avait peut-être pas entrevu l'existence. Au lieu de ça, il avait opté pour la solution la plus simple en agissant comme si le sort de cette femme ne le concernait pas. Désormais, chaque fois qu'il pensait à elle, il était rongé par le remords.

C'est sans doute pour cette raison que, deux jours plus tard, il se trouvait devant l'immeuble où elle avait habité. L'enquête sur la scène de crime était terminée, la police était repartie en emportant tout son attirail. Elle avait photographié les lieux sous tous les angles, effectué des prélèvements, relevé les empreintes, tenté de reconstruire le fil des événements et fait tout ce qu'elle pouvait pour comprendre l'enchaînement des événements. On avait interrogé les occupants de sa cage d'escalier, l'ensemble des habitants de l'immeuble, les voisins les plus proches ainsi que tous ceux qui la connaissaient ou avaient été en contact avec elle.

Konrad appela brièvement Marta pour lui demander si l'enquête progressait, mais les choses n'avançaient pas. Elle avait interrogé un grand nombre de personnes figurant dans ses fichiers, principalement ceux qui avaient déjà commis des vols avec effraction. Il était rare que ces délits s'accompagnent d'une telle brutalité. La plupart du temps, les victimes de cambriolages n'étaient pas violentées. Les membres de la famille de Valborg étant peu nombreux, on avait vite exclu qu'un de ses proches se soit introduit chez elle. Il y avait à proximité de son domicile un refuge pour les alcooliques et les clochards. Deux hommes qui le fréquentaient et avaient déjà eu affaire à la police avaient été interrogés, mais tous deux avaient un alibi. Apparemment, Valborg avait la réputation de garder chez elle d'importantes sommes d'argent, ce qui expliquait peut-être ce vol.

– Elle est allée plusieurs fois là-bas pour donner des vêtements et de la nourriture, ce qui a fait naître des rumeurs, déclara Marta, nous examinons ça de plus près.

Une femme arriva devant l'immeuble et entreprit de descendre avec son landau l'escalier extérieur qui menait au sous-sol. Les sacs de courses pleins à craquer qu'elle portait entravaient ses mouvements. Konrad lui proposa de l'aider, il prit les sacs et lui tint la porte. La fillette installée dans le landau le regarda d'un air méfiant, il espérait qu'elle n'allait pas se mettre à hurler.

La mère, tout aussi méfiante, sans doute à cause des événements récents, le remercia pour son aide. Konrad lui demanda si elle se trouvait chez elle au moment du drame.

– Non, j'étais à l'étranger. Vous connaissiez Valborg ?

– Un peu. Et j'ai eu un sacré choc en apprenant son décès, dit-il en lui proposant de continuer à tenir ses sacs jusqu'à son appartement. Je n'aurais jamais imaginé qu'une femme comme elle puisse être victime d'une telle agression.

– C'est vraiment incroyable, convint la jeune femme à l'épaisse chevelure flamboyante et au visage parsemé de taches de rousseur.

Elle prit l'enfant dans son landau, précisant qu'elle habitait au deuxième, et remercia Konrad pour sa gentillesse.

– Valborg était toujours tellement douce et agréable, ajouta-t-elle. Et tellement discrète. Et puis voilà qu'arrive ce drame.

– Personne n'a rien vu ni entendu ?

– La dame qui occupe l'appartement en dessous du sien dit avoir entendu des bruits, elle pensait qu'elle déplaçait des meubles. Mais c'est tout.

Ils arrivèrent devant la porte intérieure du sous-sol. Sa fille dans les bras, la maman précéda Konrad dans la cage d'escalier. Il la sentait vaguement inquiète d'avoir laissé un inconnu s'introduire dans l'immeuble. Il indiqua qu'il était policier à la retraite et qu'il aidait ses anciens collègues parce qu'il connaissait la défunte. Cela sembla tranquilliser la jeune mère qui le remercia de lui avoir monté ses courses jusqu'au deuxième. L'enfant continuait pour sa part à le toiser d'un œil méfiant, cramponnée à sa mère.

– La police nous a bien sûr interrogés, mon mari et moi, mais nous n'avons pas pu leur dire grand-chose.

– Vous n'avez rien remarqué d'inhabituel concernant Valborg au cours des derniers jours ou des dernières semaines ? Par exemple, des visites ?

La maman secoua la tête.

– Je ne me rappelle pas l'avoir jamais vue recevoir qui que ce soit. Je crois qu'elle était assez seule, même si, comme je viens de vous le dire, elle était extrêmement gentille. Elle adorait ma petite Lilla. Elle m'a souvent proposé de la garder.

– Et c'est arrivé ?

– Oui, plusieurs fois, mais seulement pour de courts moments, quand j'avais besoin de m'absenter brièvement.

– Je vois. Elle aimait les enfants ?

– Beaucoup.

– Vous savez si elle en avait eu ?

– Non, répondit la jeune femme, pensive.

Konrad la remercia, redescendit au rez-de-chaussée et frappa à la porte de la dame qui avait entendu du bruit dans l'appartement de Valborg. N'obtenant aucune réponse, il quitta l'immeuble et alla s'asseoir dans sa voiture. Il n'était pas là pour interroger tout le voisinage. La police avait déjà fait son travail et il se demandait ce qu'il venait faire ici. Il observa la façade de l'immeuble qui n'avait pas été repeinte depuis un bon moment, les fissures dans le béton et les taches jaunes dues au vent et à la pluie étaient en harmonie avec la moquette usée de l'escalier. Les pignons étaient maculés de graffitis qu'on avait essayé d'effacer en repeignant par-dessus, offrant ainsi un terrain de jeu totalement vierge aux vandales.

Son téléphone sonna. C'était Eyglo. La dernière fois qu'il l'avait eue au bout du fil, elle lui avait dit qu'elle allait assister à l'inhumation d'une amie très âgée qui venait de mourir.

– Est-ce que ton père t'aurait parlé d'une femme qui s'appelait Hansina ? demanda-t-elle sans ambages.

– Hansina ? Non, je ne crois pas, répondit Konrad, incertain.

– Elle était veuve et habitait à Hafnarfjördur.

– Ça ne me dit rien. Pourquoi ?

– Je ne sais pas vraiment. Je rentre de l'enterrement. J'ai rencontré là-bas un homme plutôt spécial, disons très insistant, qui m'a dit que mon père avait essayé d'abuser de sa confiance. Justement à l'époque où il s'était remis à fréquenter le tien.

Konrad l'écoutait avec intérêt. Il avait contacté Eyglo quelques années plus tôt, après avoir découvert que leurs deux pères avaient été mêlés à une affaire d'escroquerie pendant la guerre. Ces derniers organisaient des séances de spiritisme dont les dés étaient pipés, ce qui leur avait rapporté pas mal d'argent, mais le pot aux roses avait été découvert, ils avaient mis fin à leur collaboration et ne s'étaient sans doute plus revus jusqu'au début des années 60 où leurs routes s'étaient probablement à nouveau croisées. Konrad se demandait s'ils avaient repris leurs anciennes activités consistant à extorquer de l'argent à des personnes crédules en leur proposant des séances de voyance. Il n'en avait toutefois aucune preuve. Ni lui ni Eyglo ne disposaient d'informations solides attestant que les deux hommes s'étaient à nouveau associés. Il suffisait donc qu'un quidam leur dise qu'ils s'étaient revus pour qu'ils se mettent à explorer cette nouvelle piste, et ce, d'autant plus qu'un des deux avait été assassiné devant les abattoirs du Sudurland, rue Skulagata, et qu'on avait retrouvé le second dans le port de Sundahöfn où il s'était noyé, sans doute de manière accidentelle. Le corps d'Engilbert, le père d'Eyglo, ne portait aucune trace de violence. Il lui arrivait d'aller d'un bateau à l'autre dans le port de Reykjavik pour quémander de l'alcool aux marins. On pensait qu'il était tombé entre la coque d'un navire et la jetée, et que la marée avait fait dériver le corps jusque vers le détroit de Sundin. Les analyses avaient révélé la présence d'un fort taux d'alcoolémie dans son sang.

– Abuser de sa confiance, comment ça ? demanda Konrad.

– En lui proposant des séances de voyance, répondit Eyglo.

– Tu crois qu'ils ont essayé de la berner ?

– Il m'a seulement parlé de mon père, mais…

– Mais quoi ?

– J'ai du mal à imaginer qu'il ait fait ça tout seul, répondit Eyglo.

Elle avait toujours affirmé qu'Engilbert n'avait été qu'un nigaud entre les mains du père de Konrad, lequel pouvait être un véritable salaud, d'ailleurs connu de longue date des services de police.

– Nous savons qu'ils se sont revus à cette époque, peut-être que Hansina était simplement une proie facile, je l'ignore.

– Qu'est-ce que tu comptes faire ?

– D'après l'homme que j'ai croisé à l'enterrement, le fils de cette femme est toujours vivant. Je compte aller le voir pour tirer ça au clair. Ça nous permettra peut-être de confirmer que mon père et le tien avaient repris leurs magouilles et qu'ils cherchaient des victimes crédules, faciles à abuser.

7

Tout en discutant avec Eyglo, Konrad observait une jeune femme qui marchait vers l'immeuble puis entrait dans la cage d'escalier de Valborg. Quelques instants plus tard, la lumière fut allumée dans l'appartement du rez-de-chaussée à la porte duquel il avait frappé quelques instants auparavant sans obtenir de réponse. Il descendit de voiture et alla sonner. Au bout d'un long moment, l'interphone grésilla et une voix retentit. Il se présenta et demanda à son interlocutrice si elle avait un peu de temps pour le recevoir et lui parler du drame qui s'était produit dans l'immeuble, ajoutant qu'il avait connu la défunte. Il y eut un silence dans l'interphone, Konrad était sur le point de répéter sa requête, mais l'appareil se remit à grésiller et la porte s'ouvrit.

Lorsqu'il arriva sur le palier, la femme avait entrebâillé sa porte et le regardait d'un air inquiet.

– Je ne vois pas ce que je peux faire pour vous, déclara-t-elle. Konrad percevait chez elle la même méfiance que chez la mère auparavant. C'était compréhensible. Des choses horribles s'étaient produites dans cet immeuble, inspirant à tous terreur et dégoût. Non seulement ce qui s'était produit était affreux et d'une cruauté sans pareille, mais surtout l'assassin courait toujours, on ignorait son identité et ses motivations.

Konrad essaya de la rassurer en employant les mots adéquats. Armé de sa longue expérience de policier, il savait comment s'y prendre. La jeune femme ne tarda pas à l'inviter chez elle. Ils s'installèrent dans la cuisine. Elle habitait dans cet immeuble depuis environ deux ans et s'y plaisait beaucoup. Célibataire, elle travaillait dans une boutique du quartier et avoua qu'elle était plutôt déphasée le soir du drame. Sa sœur avait eu un grave accident de voiture, elle avait passé une journée et une nuit entières à son chevet. Puis elle était rentrée chez elle et avait fait les cent pas dans son appartement en attendant d'avoir des nouvelles. Épuisée par le manque de sommeil, elle s'était allongée, mais n'avait fait que fixer le plafond et, quand l'hôpital l'avait appelée, elle avait entendu du bruit à l'étage supérieur et ne s'en était alarmée que plus tard.

– J'ai expliqué aux policiers qui sont venus que j'avais à peine remarqué ce bruit parce que j'étais au téléphone.

– J'espère que les médecins ne vous ont pas appris de trop mauvaises nouvelles.

– Ce n'est pas… en réalité, ils ne peuvent pas se prononcer pour l'instant, répondit la jeune femme d'un air triste. Ma sœur était allée m'acheter un cadeau pour mon anniversaire – c'est demain. Une voiture est arrivée sur le côté et lui a foncé dedans…

Elle s'interrompit.

– Vous croyez que le meurtre de Valborg était juste, comment dire, accidentel ? demanda-t-elle.

On devinait à sa voix fatiguée et aux cernes sous ses yeux que ces derniers jours avaient été éprouvants. Konrad préféra ne pas l'importuner plus longtemps, il regrettait presque de l'avoir dérangée.

– Il semble que oui, répondit-il, mais nous n'avons aucune certitude pour l'instant. La police ne sait pas quoi penser. Est-ce que Valborg vous a parlé de ses amis ou de sa famille ? Est-ce qu'elle recevait des visites ?

– Non, je crois bien que personne ne venait jamais la voir.

– Et vous n'avez pas non plus vu des inconnus traîner aux abords de l'immeuble ? Par exemple dans le jardin ? Des gens dans la rue qui auraient eu un comportement étrange ?

– Non, rien de tout ça, répondit la jeune femme. Mais vous, comment avez-vous connu Valborg ?

– Elle s'est adressée à moi pour une affaire précise, éluda Konrad, réticent à lui dévoiler toute la vérité. Et je ne l'ai pas beaucoup aidée.

– Une affaire précise, c'est-à-dire ?

– Des choses très personnelles. Je ne suis pas sûr qu'elle aurait aimé que j'en parle autour de moi.

– Je comprends. Du jour où j'ai emménagé ici, elle a toujours été très gentille avec moi, j'ignorais qu'elle avait des difficultés. On a tellement tendance à taire ce qui nous fait souffrir plutôt que d'en parler. On espère que personne n'est au courant et qu'un beau jour les problèmes disparaîtront d'eux-mêmes.

– Donc, elle ne vous a rien dit de sa maladie ? demanda Konrad.

– Elle était malade ?

– Il ne lui restait plus très longtemps à vivre. Personne ne vous en a parlé ?

– Non, je l'ignorais. Pauvre femme. Et voilà qu'il lui arrive ça.

– Elle avait un cancer. Elle tenait bon, mais elle savait que son temps était compté et voulait mettre de l'ordre dans ses affaires.

– C'est pour ça qu'elle vous a contacté ?

– Oui.

– Si seulement j'avais su ! J'aurais peut-être pu la soulager un peu.

– Elle se serait sans doute tournée vers vous en cas de besoin…

Quelques instants plus tard, Konrad se leva, s'apprêtant à prendre congé en espérant qu'il ne l'avait pas trop dérangée. On voyait depuis le couloir le canapé et les deux fauteuils du salon, un écran plat et quelques tableaux ornant les murs. Il remarqua le gros télescope posé sur une table devant la fenêtre. La jeune femme vit aussitôt que l'objet piquait sa curiosité.

– Je n'espionne pas les gens, se défendit-elle en attrapant l'appareil. J'essaie plutôt de voir si quelqu'un me surveille.

– Comment ça ?

– Je suis peut-être un peu parano, mais j'ai été deux ou trois fois éblouie par des lumières, comme si quelqu'un s'amusait avec un miroir ou m'observait à la jumelle dans les appartements d'en face. Mais je n'arrive pas à identifier avec précision la provenance de ces lueurs.

– De ces immeubles-là ? demanda Konrad, l'index pointé vers l'alignement de bâtiments à quatre étages.

– J'ai l'impression que ça vient de celui du milieu, mais comme ils se chevauchent plus ou moins, je n'en suis pas vraiment sûre.

Marta décrocha, essoufflée, au bout de neuf sonneries.

– Est-ce que tu as remarqué les rideaux du salon chez Valborg ? demanda Konrad en s'asseyant au volant de sa voiture.

– Les rideaux, comment ça ? répondit Marta, hors d'haleine.

– Je te dérange ? Qu'est-ce que tu fais ? Tu n'es pas seule ?

– Je… je fais mon jogging.

– Depuis quand ?

– C'est quoi ces questions ? Qu'est-ce que tu veux ?

– Est-ce que les rideaux étaient ouverts ? demanda Konrad.

– Ouverts ? Oui, ils l'étaient tous.

– Je crois que quelqu'un a été témoin du meurtre depuis sa fenêtre et que c'est lui qui vous l'a signalé immédiatement. Et je pense aussi savoir pourquoi il ne veut pas que la police l'interroge.

– Et c'est qui ?

– Un homme qui possède des jumelles…

– Des jumelles ? Et pourquoi il ne se manifeste pas ?

– C'est très simple. C'est un voyeur.

8

L'homme avait invité le médium guérisseur à le suivre dans l'étroit escalier puis dans le petit appartement sombre situé sous les combles. Eyglo était montée derrière eux. Elle se sentait oppressée depuis le début de la matinée et cette angoisse dont elle ignorait la source ne faisait que grandir à chaque marche. La femme qu'ils venaient voir louait cet appartement à l'homme qui les avait accueillis. Mère de deux enfants dont l'un était gravement malade, elle avait fait appel au guérisseur, espérant qu'il pourrait faire quelque chose. Sa petite fille âgée de sept ans avait attrapé la grippe qui sévissait en ville, elle était restée alitée quelques jours mais, ressortie trop tôt, elle avait rechuté et son état avait beaucoup empiré, elle souffrait de maux de tête, de courbatures et d'une forte fièvre. Elle avait vomi deux fois depuis le début de la journée.

La scène se passait dans le quartier de Thingholt par une froide journée de février 1978, une fine couche de neige recouvrait les rues. Petit et grassouillet, Kristleifur, le guérisseur, portait un épais manteau et un chapeau. C'était le mari de Malfridur, de la Société de spiritisme. Cette dernière avait eu l'idée de proposer à Eyglo de l'accompagner dans ses visites, ce qui lui permettrait peut-être d'apprendre des choses. Eyglo ne s'y était pas opposée, elle s'était rendue chez plusieurs personnes en sa compagnie, mais avait toujours veillé à se tenir soigneusement en retrait. Kristleifur était en communication directe avec sept médecins de l'au-delà qui souhaitaient réaliser de bonnes actions par son entremise. Partout où il allait, il précisait clairement qu'il n'exerçait pas lui-même cette profession et qu'il n'était que l'instrument de médecins qui lui envoyaient leur diagnostic depuis l'au-delà pour aider les malades.

L'enfant était allongée dans la petite chambre en soupente, elle partageait le lit de sa mère avec son frère cadet. La jeune maman avait du mal à joindre les deux bouts, elle les élevait seule. La fille allait à l'école le matin et elle faisait garder son fils, ce qui lui permettait d'aller travailler dans une des conserveries de poisson du quartier de Grandi. C'était une femme convenable qui s'occupait bien de ses deux petits.

Le médium avait discuté avec elle à voix basse pour avoir l'historique de la maladie pendant qu'il se débarrassait de son manteau et de son chapeau et les posait sur une chaise. La jeune femme semblait très inquiète. Elle lui avait tout raconté depuis le début en ajoutant qu'elle aurait dû mieux surveiller sa fille et l'empêcher de sortir trop tôt. Elle n'avait pas compris que la petite n'était pas encore tout à fait rétablie. Elle avait pourtant l'air d'avoir suffisamment récupéré pour aller à l'école, mais quand sa mère était rentrée dans la soirée, elle l'avait trouvée couchée, malade comme un chien. La petite avait sa clef, elle était rentrée toute seule et avait passé la moitié de la journée au lit. Sa mère avait appelé un médecin de nuit qui lui avait prescrit des cachets pour faire baisser la fièvre en indiquant qu'il fallait la surveiller de près.

– La pauvre petite se plaint d'affreuses douleurs au ventre depuis ce matin, avait précisé sa mère, morte d'inquiétude. Je lui ai donné du Magnyl. J'ai rappelé le médecin, je l'attends.

Eyglo avait entendu la conversation et perçu la terreur de cette femme. Sans le remarquer immédiatement, elle avait senti une étrange odeur dont elle ne comprenait pas la provenance.

Le médium avait demandé à se laver les mains, puis était allé s'asseoir au chevet de l'enfant. À demi inconsciente, la fillette l'avait à peine senti poser sa main sur son front. Il avait baissé la tête et récité des prières. Ses lèvres remuaient, ses doigts enserraient la petite tête de la gamine dont le visage disparaissait presque sous sa paume. Il avait fermé les yeux, l'air figé et concentré, comme un pasteur en plein exorcisme.

– Est-ce que la maman vient de faire la cuisine ? avait murmuré Eyglo au propriétaire qui était avec elle dans le salon tandis que la mère observait le médium à la porte de la chambre. Son fils dormait paisiblement sur le canapé. L'homme leur louait le grenier de sa maison en bois et occupait le rez-de-chaussée.

– La cuisine ? Non, avait-il répondu. En tout cas, pas depuis que la petite est tombée malade.

– Et vous ?

– Moi ?

– Vous avez cuisiné ?

– Oui, j'ai mangé de l'aiglefin bouilli ces trois derniers jours.

– Et vous leur en avez apporté ?

– Oui, avait-il murmuré. J'en ai fait pour nous tous, mais la pauvre femme n'a pas beaucoup d'appétit. Et ça se comprend. Elle et la petite sont très proches.

– Vous êtes seul au rez-de-chaussée ?

– Oui.

Eyglo s'était tue. L'odeur qui lui envahissait les narines devenait de plus en plus forte. Elle était allée dans la cuisine où une casserole de lait pasteurisé reposait sur une plaque électrique. Ce n'était pas de là que provenait l'odeur. Elle lui rappelait les plats bon marché que sa mère cuisinait en automne. Les abats. Les foies, les cœurs et les rognons. Eyglo trouvait ces mets peu ragoûtants et l'idée de manger les organes des animaux la rebutait.

Dans la chambre, le médium continuait à remuer les lèvres et à réciter des prières, la main posée sur le front de la fillette. Elle avait entrouvert les yeux, il avait souri en lui disant de ne pas avoir peur, sa mère veillait sur elle. L'air grave, l'enfant avait porté sa main à son ventre en gémissant de douleur.

– Tu as mal, ma chérie ? avait demandé Kristleifur.

La petite avait hoché la tête.

– Au ventre ?

À nouveau, elle avait bougé la tête. Il était évident qu'elle souffrait beaucoup.

Le médium avait posé sa main sur son ventre et récité d'autres prières. Au bord des larmes, l'enfant avait à nouveau gémi et regardé sa mère qui, debout dans l'embrasure, lui avait souri pour la rassurer.

Eyglo réfléchissait dans la cuisine, elle pensait à sa mère, aux abats, à la petite alitée dans la chambre, au médium et à ses prières.

– On doit l'emmener à l'hôpital, déclara-t-elle à son retour dans le salon. Il faut appeler une ambulance.

– Qu'est-ce que… ?

– Appelez une ambulance ! Immédiatement !

Le médium avait levé les yeux.

– Qu'est-ce que c'est que ce raffut ? avait-il demandé.

– Il faut qu'elle voie un médecin, ce n'est pas une simple grippe. C'est beaucoup plus grave, avait expliqué Eyglo.

– Qu'est-ce qui te fait dire ça ? avait-il rétorqué.

Elle s'était tournée vers la mère et lui avait une fois encore ordonné d'appeler une ambulance. Cette dernière les avait contemplés à tour de rôle, elle et le médium, puis elle s'était précipitée vers le téléphone.

– Tu es sûre de ce que tu avances ? avait demandé le voyant à Eyglo.

– Il faut que cette petite aille à l'hôpital, c'est tout ce que je sais, avait-elle répondu.

L'enfant gémissait de douleur, le médium essayait de la calmer tout en regardant Eyglo. Elle aurait eu envie de prendre la petite malade dans ses bras, mais elle s'était écartée de la porte pour laisser passer sa mère qui arrivait avec une couverture qu'elle avait posée sur l'enfant. Le médium s'était relevé, la maman allait prendre sa fille pour l'emmener hors de la chambre, quand Eyglo l'avait arrêtée.

– Laissez-les s'en occuper, avait-elle dit.

– Pardon ?

– Il vaut mieux laisser faire les ambulanciers, avait précisé Eyglo d'une voix douce.

Elle s'était penchée sur la fillette pour lui caresser les cheveux. L'enfant la regardait d'un air interrogateur, mi-apeurée, mi-inconsciente. Son front était couvert de sueur, elle grimaçait de douleur.

– Essaie de ne pas trop t'inquiéter, avait murmuré Eyglo en lui souriant pour la rassurer.

La petite avait levé les yeux vers elle en tentant d'esquisser un sourire, mais elle avait aussitôt gémi de douleur et porté sa main à son ventre.

Eyglo avait continué à lui parler d'une voix apaisante. Elle s'était assise à son chevet, remplaçant le médium. Quelques instants plus tard, l'ambulance s'était garée devant la maison, dérapant un peu sur la fine couche de neige. Deux ambulanciers avaient gravi les marches en portant une civière qu'ils avaient dû laisser au rez-de-chaussée : l'escalier était trop étroit. Ils avaient prudemment soulevé la fillette, l'avaient descendue puis installée dans l'ambulance. La mère les avait accompagnés, assise à côté de sa fille. Bientôt, le véhicule et la lueur de son gyrophare avaient disparu au bout de la rue.

Le médium avait repris son manteau et son chapeau.

– Vous veillerez sur lui ? avait-il demandé au propriétaire en regardant le frère de la petite malade qui dormait toujours à poings fermés, allongé sur le canapé.

– Oui, je reste à la maison, je vais m'occuper de lui.

– Parfait, avait répondu le médium, j'espère que tout se passera bien pour sa sœur. Vous nous tiendrez au courant, n'est-ce pas ?

Le propriétaire avait promis de s'en charger. Eyglo et le voyant étaient ressortis sur le palier et l'avaient salué d'une poignée de main. La visite était terminée.

Quand ils furent remontés en voiture, Eyglo comprit que le médium lui en voulait d'être intervenue même s'il avait essayé de n'en rien laisser paraître. Il avait accepté qu'elle l'accompagne à la demande de Malfridur, il avait cru comprendre qu'Eyglo n'était pas censée le déranger dans son travail ni s'en mêler, mais uniquement observer et apprendre. Elle lui avait présenté ses excuses. Elle n'avait pas compris que leur collaboration devait se plier à ces exigences, elle s'était uniquement souciée de la guérison de la gamine. Il l'avait déposée chez elle et ils s'étaient salués plutôt froidement.

Elle avait supposé qu'il ne la recontacterait pas. En fin de soirée, le téléphone d'Eyglo avait sonné. C'était Malfridur.

– Mon cher Kristleifur a reçu un coup de fil de l'hôpital et il a parlé à la mère de la fillette. Elle est toujours là-bas.

– Comment va-t-elle ?

– Ils pensent qu'elle s'en remettra.

Eyglo avait poussé un soupir de soulagement.

– Ce sont les reins ? avait-elle demandé prudemment.

– Oui, les… comment est-ce que tu l'as compris ? C'est pour ça que tu as demandé à la maman d'appeler une ambulance ?

– Je n'en sais rien… j'ai senti une odeur. Une chose qui m'envahissait complètement. Je ne sais pas pourquoi.

– Ils ont diagnostiqué une grave infection des deux reins, avait poursuivi Malfridur. Ils lui ont administré des antibiotiques par intraveineuse, ce qui permettra sans doute de lui sauver la vie, mais il s'en est fallu de peu.

Les deux femmes s'étaient dit au revoir et, la nuit venue, Eyglo était allée se coucher. Elle avait eu du mal à s'endormir, la sensation d'oppression qu'elle avait ressentie toute la journée n'avait pas encore tout à fait disparu.

9

Chaque fois qu'elle passait devant cette maison, elle se rappelait la fillette malade dans le grenier exigu. La bâtisse était depuis longtemps à l'abandon, il y avait des années que plus personne n'y vivait, les fenêtres et les portes étaient condamnées et les tagueurs s'en étaient donné à cœur joie. En outre, il semblait bien que des individus avaient tenté de l'incendier. Eyglo s'arrêta devant la masure, elle revoyait l'étroit escalier qui montait au grenier, repensait à l'inquiétude de la mère et à la maladie de la fillette. Malfridur lui avait parlé de cette visite la dernière fois qu'elle était allée la voir à la maison de retraite. La vieille dame avait rêvé de son mari peu avant sa mort et elle était convaincue qu'il revenait pour la guider dans son voyage vers l'au-delà.

Eyglo n'avait pas fait d'autres visites à domicile, d'ailleurs elle n'était pas en contact avec une armée de médecins communiquant avec elle depuis le monde des morts. Elle s'était intéressée aux guérisseurs car le phénomène avait piqué sa curiosité. Elle connaissait l'histoire des plus célèbres d'entre eux, mais après son expérience dans cette maison elle avait compris que lorsque la vie d'une personne ne tenait plus qu'à un fil, elle ne voulait pas être celle qui tenait le fil en question.

C'était cohérent avec le regard qu'elle portait sur les capacités que son père et plus tard Malfridur auraient voulu la voir cultiver avec plus d'assiduité. Pendant longtemps, elle avait refoulé les choses qu'elle percevait, les visions qu'elle avait eues dès l'enfance et dont elle avait parlé à son père lorsqu'il était encore en vie. Elle les réprimait et les refusait d'autant plus que certaines l'effrayaient. Au fil des ans, son attitude avait évolué. Elle s'était documentée sur les théories explorant les origines psychiques de ces visions ou hallucinations, lesquelles n'avaient peut-être en réalité rien à voir avec l'au-delà. Elle avait également lu des récits sur la vie après la mort, les voyants et les phénomènes inexpliqués sauf pour ceux qui étaient persuadés de l'existence d'une vie éternelle.

La visite qu'elle avait faite dans cette maison avec Kristleifur faisait partie de ce travail de documentation. Eyglo était incapable de dire comment elle avait compris la nature de la maladie dont souffrait cette enfant. Cette intuition lui était venue sans qu'elle demande quoi que ce soit et elle n'arrivait pas à s'expliquer son origine. Elle avait déjà accompagné Kristleifur pendant ses visites, mais jamais elle n'avait vécu une telle expérience.

Elle ignorait ce qu'était devenue la famille qui avait fait appel au guérisseur et avait vécu dans la maison qui, aujourd'hui, menaçait ruine. Jamais elle n'avait revu ces gens.

Elle était venue dans le quartier de Thingholt pour rencontrer Bödvar, le fils de Hansina, qui habitait une rue plus bas. N'ayant pas réussi à le joindre par téléphone, elle s'était mise en route en espérant qu'elle le trouverait chez lui. Josteinn, l'homme qui lui avait parlé de Hansina, lui avait donné le prénom de son fils. Elle l'avait cherché en vain dans l'annuaire sur Internet et avait fini par trouver son adresse dans le vieux bottin qu'elle gardait chez elle. Elle espérait qu'il n'avait pas déménagé.

La maison à un étage où il était censé habiter était presque aussi délabrée que celle devant laquelle elle s'était arrêtée quelques instants plus tôt. Il y avait bien longtemps qu'elle n'avait bénéficié d'aucune réfection, les gouttières étaient rouillées et les cadres des fenêtres vermoulus. Le pignon en très mauvais état, aveugle, lézardé de fissures et à la peinture écaillée, donnait sur un petit jardin en friche.

Il n'y avait qu'une seule porte d'entrée, Eyglo frappa et, voyant que personne ne répondait, elle entra dans le petit vestibule où se trouvait la porte d'un appartement. Un escalier permettait d'accéder à l'étage. Elle ignorait si Bödvar vivait au premier ou au rez-de-chaussée. Puisque personne ne venait lui ouvrir en bas, elle monta et cogna à la porte du premier. Là non plus, elle n'obtint aucune réponse. Elle frappa à nouveau, plus résolument, et entendit du bruit à l'intérieur. Elle s'apprêtait à frapper une troisième fois quand la porte s'entrouvrit, dévoilant un œil furieux.

– Bödvar ?

L'œil la fixait dans l'entrebâillement.

– Je vous prie de m'excuser, reprit-elle, mais je souhaitais vous parler de votre mère. Hansina, c'était bien son nom, n'est-ce pas ?

L'œil la toisa.

– Vous êtes bien Bödvar ?

L'œil continuait à la fixer.

– Hansina était bien votre mère ?

L'œil disparut de l'entrebâillement, mais la porte ne se referma pas. Au bout d'un long moment, Eyglo se risqua à la pousser. L'odeur de crasse accumulée depuis des années, mêlée à celles de remontées d'égouts, d'humidité et de moisissure, qu'on percevait à peine sur le palier, la prit aussitôt à la gorge. Elle crut qu'elle allait devoir se boucher le nez tant l'air empestait. L'homme était assis sur le canapé crasseux du salon où était allumée une vieille télévision à tube cathodique. Au bout de quelque temps, les yeux d'Eyglo s'habituèrent à la pénombre. Elle découvrit alors toutes sortes de saletés que l'occupant des lieux avait accumulées et qui emplissaient jusqu'aux moindres recoins de la pièce. Il y avait là de la ferraille, des cartons remplis de vieux journaux et des piles de livres qui montaient jusqu'au plafond.

– Qu'est-ce que vous en avez à foutre de ma mère ? lança le maître de maison d'un ton fort peu avenant.

– Je voulais savoir si elle avait été en contact avec mon père.

– Comment il s'appelait ?

– Engilbert, précisa Eyglo, debout à la porte, préférant ne pas s'aventurer trop loin dans l'appartement.

– Ça ne me dit rien, répondit l'homme dont elle supposait que c'était effectivement Bödvar. Il était presque entièrement chauve, mais compensait sa calvitie par une longue barbe grise en broussaille qui lui mangeait les joues. D'apparence particulièrement repoussante, il était affalé sur le canapé en pantalon de jogging bleu et en T-shirt rouge aux couleurs d'un club de foot étranger, ouvrant et fermant ses cuisses d'un air détaché comme pour montrer son entrejambe à Eyglo. Je ne connais pas d'Engilbert, insista-t-il.

– Il était médium. On m'a dit qu'il avait rendu visite à votre mère.

Bödvar la dévisagea depuis son canapé.

– Médium ?

– Voyant. Il organisait des séances de spiritisme et de voyance. On m'a dit qu'il était venu chez votre mère.

– Vous êtes qui ?

– Sa fille. Est-ce que votre mère s'intéressait au spiritisme ?

Bödvar la dévisageait, ses cuisses continuaient d'aller et venir.

– Ma mère est morte il y a trente ans, répondit-il.

– Mais ce dont je parle remonte à bien plus longtemps, rétorqua Eyglo en regardant les saletés qui envahissaient l'appartement. Elle se sentait oppressée. Est-ce que votre mère était… à l'aise financièrement ? demanda-t-elle.

– À l'aise financièrement ? répéta Bödvar. Quelle drôle d'idée !

– J'ai cru comprendre qu'ils ont… ou plutôt que mon père a essayé de lui extorquer de l'argent. Elle croyait à la vie après la mort et mon père s'en est servi pour la plumer. Ça ne vous dit vraiment rien ?

Bödvar cessa de remuer ses cuisses et la dévisagea.

– Attendez un peu, c'était votre père ? Ils étaient deux, n'est-ce pas ?

– C'est possible, répondit Eyglo en pensant au père de Konrad.

– Ces maudits escrocs ! Je me souviens très bien d'eux. Ils ont essayé de lui voler le peu qu'elle possédait. De vraies ordures ! Ils prétendaient être en contact avec notre grand-mère dans l'au-delà et savaient tout sur elle, j'ignore comment ils s'y sont pris pour apprendre ces choses-là. Toujours est-il que ma grand-mère leur communiquait toutes sortes d'ordres consistant à donner de l'argent à tel ou tel organisme de charité, ils proposaient de l'encaisser et de le remettre aux personnes concernées. Maman leur en a donné pas mal jusqu'à ce qu'on comprenne ce qu'il se passait avec mes frères. Un jour, nous sommes allés les attendre chez elle. Après ça, ils lui ont fichu la paix.

Bödvar s'était levé. Eyglo avait l'impression qu'il était ivre. Il y avait sur la table une bouteille de vodka entamée, des canettes de bière et des bouteilles de vin vides jonchaient le sol.

– Qu'est-ce que vous avez fait quand ils sont arrivés ? demanda-t-elle.

– L'un d'eux n'était qu'un pauvre type. C'était votre père ?! Dès qu'il nous a vus, il s'est aussitôt mis à pleurnicher en s'excusant. L'autre était un dur à cuire, c'était lui qui menait la danse. Une petite frappe. Une vraie ordure qui avait envie d'en découdre avec nous. Plus tard, on l'a retrouvé assassiné. C'est bien lui ? C'est lui dont vous parlez ?

– Si c'est bien l'homme que vous avez vu, oui, il a été poignardé, confirma Eyglo.

– Devant les abattoirs du Sudurland, c'est ça ? Pourquoi venir me poser ces questions après tout ce temps ?

– Ils étaient bien deux dans la combine ?

– Oh que oui ! Nous les avons foutus à la porte. La petite frappe ne voulait pas déguerpir et on a dû lui faire un dessin. Pourquoi venir me poser ces questions maintenant ? reprit Bödvar.

– Vous savez s'ils ont escroqué d'autres gens ?… Par exemple, d'autres femmes, à la même époque ? Ça vous dit quelque chose ? Des femmes à qui ils proposaient leurs services ?

– Maman n'a pas été la seule. Il y avait aussi son amie Stella. Ils lui en ont fait voir de toutes les couleurs. Et il y en a sans doute eu d'autres. Les gars de ce genre tendent leurs filets un peu partout. Maudits escrocs !

– Stella, l'amie de votre mère, elle est toujours vivante ?

– Vous êtes peut-être du même bois que votre père. Vous aussi, vous extorquez de l'argent ? Vous prétendez être voyante ?

– Vous pouvez me dire où la trouver et… ?

Bödvar ne la laissa pas achever sa phrase.

– Je suppose que vous voyez ici toutes sortes de fantômes, coupa-t-il en haussant le ton et en balayant son salon du regard. Il n'y aurait pas des spectres qui flottent un peu partout autour de moi ? Alors, qu'est-ce qu'ils vous racontent ? Ils sont où ? Qu'est-ce que vous voyez ?

Eyglo le regardait d'un air calme en se retenant de lui répondre que le seul fantôme qu'elle voyait ici, c'était l'affreux spectacle de la déchéance qu'elle avait sous les yeux.

– Vous pourriez me dire… ?

– Je peux vous dire de sortir d'ici ! hurla Bödvar en s'avançant d'un air menaçant. Dehors ! Allez, déguerpissez ! Je ne veux pas vous voir chez moi ! Ouste !

Eyglo était soulagée de retrouver l'air pur. Elle remonta vers l'ancien domicile de la fillette et s'arrêta à nouveau devant les graffitis, mesurant l'ampleur du désastre. Un quinquagénaire sortit alors de la maison voisine et la regarda.

– Ce n'est plus qu'une ruine, dit-il.

– Il y a longtemps qu'elle est inoccupée ?

– Au moins vingt ans. Ils vont enfin l'abattre pour en reconstruire une nouvelle. Vous connaissez cette maison ?

– Très peu. J'y suis entrée une fois. À l'époque, une jeune mère habitait là avec ses deux enfants. C'était dans les années 70, il y a bien longtemps.

– Elle avait un fils et une fille ? demanda l'homme.

– Exactement.

– Je les ai un peu connus quand j'habitais dans le quartier, dit-il avec un sourire. Je viens de racheter la maison de mon enfance pour la retaper.

– Cette femme, vous savez ce qu'elle est devenue ?

– Non, je me souviens qu'elle était divorcée, répondit l'homme en sortant la télécommande de sa voiture. J'ignore où elle est aujourd'hui. Mes parents et moi avons déménagé dans un autre quartier.

– Je ne me souviens pas vraiment du petit garçon, reprit Eyglo. Sa sœur était malade, quelle tristesse…

– En fait, ces deux enfants n'étaient pas frère et sœur, répondit l'homme en déverrouillant sa voiture qui bipa derrière Eyglo. Le garçon était en nourrice chez cette femme. C'est lui qui me l'a dit des années plus tard, un jour où je l'ai croisé en ville. Le pauvre, il avait l'air à moitié inconscient, il n'était pas beau à voir. Je crains qu'il n'ait été un peu trop porté sur la bouteille, ajouta-t-il en se hâtant de monter en voiture avant de disparaître au bout de la rue.

10

La correspondante de Konrad l'avait immédiatement situé. Elle avait accepté de le rencontrer malgré sa surprise, avouant qu'elle ne s'attendait pas à ce qu'il la contacte après tout ce temps.

Elle savait qu'il avait été policier. Des années après le drame des abattoirs, elle avait appris qu'il travaillait à la Criminelle et avait imaginé qu'il finirait par l'appeler. L'idée lui semblait plutôt naturelle. À cette époque, l'Islande était une petite société, ce qu'elle était d'ailleurs toujours – tous se connaissaient de près ou de loin, tous étaient liés par des liens familiaux plus ou moins proches. Elle avait régulièrement vu son nom dans les articles de presse se rapportant à des enquêtes et, chaque fois, elle s'était demandé pourquoi il ne l'avait jamais contactée.

Maintenant qu'il se manifestait enfin, après toutes ces années, elle était à la fois surprise et curieuse. Lorsqu'elle alla le retrouver dans le café où ils s'étaient donné rendez-vous, elle ne put s'empêcher de l'interroger en s'excusant de son indiscrétion, précisant qu'elle n'entendait bien sûr pas juger ses décisions. Elle lui posait cette question par simple curiosité et ne voulait surtout pas le froisser, mais il avait longtemps travaillé à la Criminelle, or son père avait tout de même été assassiné. Pourquoi n'avait-il rien entrepris jusque-là ? Et pourquoi ne se réveillait-il que maintenant ?

– À moins que vous n'ayez déjà essayé d'éclaircir cette affaire sans que je sois au courant, ajouta-t-elle, comprenant aussitôt qu'il n'était pas impossible qu'il se soit déjà attelé à cette tâche sans prendre la peine de la prévenir. Après tout, rien ne vous forçait à m'en informer, conclut-elle, confuse.

Konrad sourit, conscient qu'il ne devait pas interpréter les propos de cette femme comme relevant d'une curiosité malsaine. Au contraire, elle avait envie de l'aider dans la mesure de ses possibilités. C'était elle qui avait trouvé le corps inanimé de son père devant les abattoirs. Franche et directe, elle ne s'était pas offusquée de son coup de fil, elle l'avait écouté avec une grande disponibilité et avait accepté de le rencontrer dès qu'elle s'était remise de son étonnement. Dites-moi simplement quand vous souhaitez me voir, avait-elle conclu.

Pour sa part, Konrad n'avait pas imaginé qu'elle lui poserait ces questions. Il avait eu du mal à lui répondre, c'était souvent le cas quand on l'interrogeait sur le drame. Son père n'avait jamais été d'un abord agréable et Konrad se disait parfois qu'il avait appelé sur lui ce terrible destin même si rien ne pouvait justifier une telle violence. Son existence avait été jalonnée d'infractions et de délits en tout genre, il avait purgé plusieurs peines de prison et passé son temps à fréquenter le rebut de la société. Sa vie de famille ne valait guère mieux, il buvait, il était violent et il y avait aussi ce que Konrad n'avait appris que bien plus tard : les abus. Les derniers échanges entre le père et le fils avaient été pleins de haine et de colère parce que la mère de Konrad lui avait enfin dévoilé la vérité. Des années plus tôt, elle avait arraché sa fille aux griffes de son mari en déménageant à Seydisfjördur, à l'autre bout du pays, quand elle avait compris qu'il s'en prenait à la gamine. Les voisins avaient fait état d'une violente dispute entre le père et son fils quelques heures avant le meurtre. Le hasard avait voulu que la mère de Konrad se trouve à Reykjavik le soir du drame. Tôt le lendemain matin, elle avait pris l'autocar pour rentrer dans les fjords de l'Est et la police l'avait interceptée à la gare routière de Blönduos. Pendant ses interrogatoires répétés, elle avait nié toute implication dans le drame. Sa sœur et son beau-frère avaient confirmé qu'elle avait passé la nuit chez eux et n'avait pas quitté leur domicile. Konrad avait lui aussi été auditionné, ses amis avaient attesté qu'ils avaient passé la soirée avec lui.

La femme assise face à lui dans le bar avala une gorgée de café. Ils s'étaient installés à l'écart et la question qu'elle venait de lui poser était restée en suspens.

– Je n'en sais rien, répondit Konrad. Disons que le besoin de savoir se fait plus pressant au fil des ans. Je suis moins occupé et il m'arrive de réfléchir sur cet événement. Mon père n'était pas un homme sympathique, il était même très doué pour se faire des ennemis.

– Vous avez découvert de nouveaux éléments ? demanda Helga. Souriante, le geste souple, elle avait longtemps dirigé une école de danse.

– Non, aucun, répondit Konrad. Ça m'étonnerait que je parvienne à élucider cette affaire, je n'y pense pas sérieusement. L'enquête a été très bien menée à l'époque. Je n'y vois aucune faille. Disons simplement que je m'occupe.

Apparemment convaincue par ces explications pourtant imparfaites, Helga raconta ce qui s'était passé ce soir-là. Elle s'en souvenait comme si c'était arrivé la veille. Jamais elle n'avait vécu une chose pareille et elle avait été assaillie par des cauchemars longtemps après.

Elle faisait alors de la danse au gymnase Jon Thorsteinsson, dans le passage de Skuggasund, avec deux camarades de son âge. Après le cours, elle était allée chez l'une d'elles et y était restée un bon moment. Cette dernière habitait rue Lindargata, et Helga dans les immeubles à l'extrémité de la rue Skulagata, tout près de l'endroit où on avait plus tard construit le nouveau commissariat. Les deux amies n'avaient pas vu le temps passer, elles avaient mis au point une chorégraphie pour une compétition à laquelle elles devaient participer la semaine suivante et, quand Helga avait vu l'heure, elle s'était dépêchée de rentrer chez elle par le chemin le plus court en longeant la rue Skulagata.

– J'empruntais ce trajet presque tous les jours et je le connaissais comme ma poche, poursuivit Helga. La menuiserie Völundur avec sa tourelle, la station-service de Klöpp tout près de la plage, les anciens baraquements de la compagnie de pêche Kveldulfur et les abattoirs. Par contre, c'était rare que je passe par là si tard le soir, le chemin était plutôt lugubre et mal éclairé. En plus, il y avait très peu de circulation sur Skulagata à cette heure-là et il y avait beaucoup moins de voitures qu'aujourd'hui de toute façon. Je me souviens qu'un bon moment avant d'arriver devant les abattoirs, j'ai senti l'odeur des fumoirs qui flottait dans tout le quartier, ajouta-t-elle, s'éloignant de la version qu'elle avait fournie à la Criminelle. Sa déposition ne mentionnait pas que les fumoirs étaient allumés.

– Je me rappelle parfaitement cette odeur, répondit Konrad. Quand ces fumoirs fonctionnaient, on peut dire qu'on s'en rendait compte !

– L'entrée des abattoirs aurait dû être éclairée par un lampadaire, mais l'ampoule était cassée, à ce que m'ont dit les policiers. Par conséquent, j'étais arrivée tout près du porche quand j'ai remarqué une forme sur le trottoir. Ne sachant pas ce que c'était, j'ai ralenti. J'avais peur des chiens et j'ai pensé que c'en était peut-être un qui s'était couché là, mais je n'ai pas tardé à comprendre que je me trompais.

Helga prit une autre gorgée de café.

– Un homme était allongé sur le trottoir, je me suis dit que c'était sans doute un clochard qui dormait devant le porche.

– Donc, vous avez traversé la rue pour l'éviter ? demanda Konrad qui avait lu plusieurs fois sa déposition.

– J'avais peur des clochards, répondit-elle. Des clochards et des chiens. À l'époque, il y avait plein de clodos qui traînaient en ville, aujourd'hui on n'en voit presque plus.

– Et quand vous êtes arrivée de l'autre côté de la rue, vous avez compris que quelque chose ne tournait pas rond.

– Oui, j'ai aperçu cette flaque noire et luisante. Ce sang dans lequel il baignait. Mon Dieu, tout ce sang, c'était affreux. Au lieu de m'enfuir à toutes jambes, je me suis approchée et j'ai compris qu'il était gravement blessé. J'ai cru qu'il était mort, mais ce n'était pas le cas.

– Vous avez vu qu'il respirait encore.

Helga hocha la tête.

– Il m'a regardée en essayant de dire quelque chose, mais je n'ai pas entendu et, quand je me suis approchée un peu plus, j'ai marché dans son sang qui a éclaboussé ma chaussure. C'est le pire souvenir que je garde de cette horreur. Je n'étais encore qu'une enfant. Je n'ai jamais voulu remettre ces souliers et ma mère qui ne jetait rien a été obligée de les donner.

– Et vous n'avez jamais compris ce qu'il essayait de vous dire ?

– Non. En me voyant, il a tendu la main et ouvert la bouche, puis il est mort sous mes yeux. Je suis la dernière image de sa vie, une gamine de seize ans qui passait rue Skulagata.

– J'imagine que vous avez eu du mal à surmonter cette épreuve, vous étiez si jeune, répondit Konrad.

– Oui, c'était tout simplement affreux.

– J'espère que vous ne m'en voudrez pas de vous replonger dans cette histoire.

– Mais non, ça me fait du bien de pouvoir enfin en discuter avec vous. Je suis depuis longtemps au courant de votre existence et ça me fait plaisir de vous rencontrer. J'en suis même ravie.

– Je suppose que vous vous êtes souvent demandé ce qu'il essayait de vous dire.

– Aujourd'hui encore, je suis persuadée qu'il s'agissait du nom de l'homme qui l'a poignardé, répondit Helga.

– Vous avez dit à la police qu'il avait laissé échapper un son assez bizarre.

– Oui, mais je ne vois pas comment le décrire.

– Ce n'était pas juste un râle de douleur ?

– J'ai eu l'impression qu'il essayait de me dire quelque chose.

Helga continua son récit des événements, la station-service était fermée, comme toutes les autres entreprises des environs. Elle avait donc couru vers la première maison de la rue Vitastigur, avait réveillé ses occupants qui avaient appelé la police quand elle avait enfin réussi à leur expliquer ce qu'elle avait vu.

– J'étais tellement surprise que les policiers aient aussitôt reconnu cet homme, reprit-elle, s'écartant à nouveau de sa déposition. L'un des premiers arrivés sur les lieux a même dit : « Tiens, le voila. » Lui et ses collègues n'avaient pas du tout l'air étonnés de le voir étendu dans la rue.

– Il était, comme on dit, connu de leurs services, acquiesça Konrad.

– Oui, et ils semblaient penser qu'il avait bien cherché ce qui venait de lui arriver. C'est le sentiment que j'ai eu, je me souviens que j'étais très étonnée de la manière dont ils parlaient de lui.

– Il y a eu un attroupement devant les abattoirs ?

– Pas vraiment. La famille de la rue Vitastigur est sortie avec moi et quelques rares badauds se sont arrêtés. Je me souviens qu'il y avait des photographes de presse. En fait, tout s'est passé très vite. La police m'a raccompagnée à la maison, elle a tout expliqué à mes parents qui commençaient bien sûr à s'inquiéter et avaient déjà appelé plusieurs de mes amies. Ça m'a valu une certaine notoriété à l'école et dans la famille. J'avais trouvé un cadavre dans la rue. Certains trouvaient ça très excitant. Pour moi, c'était affreux et ça l'est toujours.

– Vous avez remarqué des détails particuliers ou des gens au comportement étrange sur les lieux ou dans les environs ? Des gens qui avaient l'air bizarre, se tenaient à l'écart ?

– Non.

– Vous dites que les fumoirs fonctionnaient, vous en êtes sûre ?

– Oui, je pense qu'ils étaient allumés.

– Et vous n'avez pas vu d'employés dans la cour des abattoirs ? demanda Konrad qui se rappelait que les fumoirs longeaient la rue Skulagata après le grand portail.

– Non.

Les procès-verbaux spécifiaient que le portail en acier des abattoirs était soigneusement fermé. La police avait interrogé les employés de l'entreprise, mais n'avait rien trouvé qui permette d'établir un lien entre eux et la victime. En outre, la plupart avaient un alibi. Seuls quelques-uns n'avaient pas été capables d'en fournir, c'étaient des célibataires qui ne connaissaient pas le père de Konrad, n'avaient jamais enfreint la loi et n'avaient aucune raison de perpétrer un tel crime. L'arme n'avait jamais été retrouvée, on supposait qu'il s'agissait d'un couteau de boucher. À en juger par les deux plaies examinées pendant l'autopsie, il était cependant impossible de le prouver, ce genre d'investigations étant encore balbutiant à l'époque. La police avait examiné la profondeur et la largeur de la blessure, les traces que le couteau avait laissées provenant de son usage antérieur, sans que tout cela permette de déterminer avec certitude le type d'arme utilisé. L'agression semblait avoir surpris le père de Konrad, c'était un geste résolu, exécuté sans la moindre hésitation. Son assassin ne lui avait laissé aucune chance de se défendre. On n'avait décelé aucune coupure sur ses mains et il n'y avait rien sous ses ongles indiquant qu'il avait tenté de riposter en lui empoignant le visage ou en lui arrachant les cheveux. On n'avait identifié sur le trottoir aucun indice, rien qui aurait pu correspondre à des traces laissées par les chaussures de l'assassin qui, contrairement à Helga quelques instants après le meurtre, n'avait pas marché dans la flaque de sang. L'identité de cet homme était toujours restée une énigme.

– C'est quelque chose qui vous a hanté toute votre vie, reprit Konrad.

– Mais sans doute pas autant que vous, répondit Helga avec un sourire, comme si toute comparaison de ce type était déplacée.

Marta appela son ancien collègue tard le soir pour l'interroger sur ce qu'elle qualifiait de manière très professionnelle comme ses relations avec la victime. Il lui répondit qu'il lui avait déjà dit tout ce qu'il savait sur Valborg même si ce n'était pas grand-chose. Il avait l'impression que Marta était mal à l'aise, comme si elle hésitait à dévoiler le véritable motif de son coup de fil.

– Tu n'es pas censé te mêler de cette affaire, fit-elle remarquer.

– Mais je n'en fais rien.

– Ben voyons, tu traînes devant l'immeuble de Valborg et tu emmerdes ses voisins.

– C'est pour ça que tu m'appelles ?

– Est-ce qu'elle t'a semblé équilibrée quand tu l'as rencontrée ? Elle allait bien ?

– Je dirais que « discrète » est le mot le plus adéquat pour la décrire.

– Tu crois qu'elle souffrait physiquement ?

– Marta, qu'est-ce qui se passe ? Il est tard et j'allais me coucher.

– Ah, nom de Dieu, je sais que je ne suis pas censée te raconter tout ça, tu es à la retraite et je suis tenue par le secret de l'enquête, mais je ne peux pas m'empêcher de tout te dire, comme je l'ai toujours fait.

– Qu'est-ce qu'il y a ?

– L'autopsie a révélé la présence de cicatrices sur la face interne des cuisses de ton amie. Des marques très anciennes et guéries depuis longtemps. On dirait bien qu'elle se les est infligées elle-même, qu'elle s'est scarifié les cuisses.

– Ces cicatrices, elles datent de quand ?

– Elles sont très vieilles. Mais ce n'est pas tout. Elle avait recommencé, on en a trouvé de plus récentes au même endroit.

– Nom de Dieu !

– Cette femme n'allait pas bien du tout, poursuivit Marta.

– Tu parles d'automutilation ?

– Ce n'est pas moi qui t'ai raconté tout ça, déclara Marta.

– Elle voulait se punir ?

– C'est une explication. Angoisse. Dépression. Pensées suicidaires. En tout cas, elle était très malheureuse, quelle qu'en soit la raison.

11

Konrad mordit dans un sandwich au goût acide. Il vérifia la date de péremption, constata qu'elle était dépassée depuis longtemps et revit le sourire du jeune homme qui le lui avait vendu à la station-service. Il envisagea cependant de l'avaler, il avait faim et le casse-croûte ne sentait pas mauvais. Finalement, il préféra ne pas courir le risque d'ingérer de la mayonnaise avariée et le reposa. Il ouvrit son thermos de café, en but une gorgée, alluma un cigarillo et rejeta la fumée par sa vitre entrouverte. Il ne quittait pas des yeux les trois immeubles dont les façades se superposaient partiellement. C'était le soir, il scrutait les fenêtres, espérant y repérer des lueurs. Il tenait à surprendre le voyeur la main dans le sac.

Deux jours plus tôt, Marta avait envoyé des policiers dans ces bâtiments pour demander aux habitants si l'un d'eux avait été témoin du meurtre et s'il avait prévenu le commissariat. L'immeuble de Valborg se trouvait à environ trois cents mètres et une personne équipée de bonnes jumelles pouvait facilement voir à l'intérieur de son appartement, avait fait remarquer Konrad à Marta qui s'était pourtant montrée réticente à agir, considérant que ces lueurs n'avaient aucun rapport avec l'enquête.

La police ignorait encore l'identité de la personne qui, selon la voisine de Valborg, épiait les habitants du quartier. Elle avait interrogé les occupants des appartements qui lui avaient ouvert leur porte. C'était pour la plupart des couples sans enfants ou des familles, et tous étaient étonnés de cette visite. Quelques-uns avaient sorti des jumelles qu'ils avaient achetées à des occasions diverses, certains s'intéressaient à l'ornithologie, d'autres les avaient reçues en cadeau de communion ou pour fêter leur bac et ne s'en étaient jamais servi. Depuis les appartements du deuxième étage et ceux qui se trouvaient au-dessus, on voyait l'immeuble de Valborg et il était facile de l'épier.

Konrad soupira.

Hugo, son fils, l'avait appelé des États-Unis. Il avait emmené sa famille en Floride avec un couple de médecins que Konrad connaissait un peu et qui possédait une maison là-bas. Ce couple passait son temps à jouer au golf, et Hugo et sa femme commençaient à s'intéresser à ce sport. Les enfants, les petits-fils chéris, étaient du voyage. Quand il les avait eus au bout du fil, il leur avait demandé si la Floride n'était pas d'un ennui mortel. Il aimait les taquiner. Les gamins avaient répondu en chœur que non, non, non, ils lui avaient parlé de la mer, de leurs jeux à la plage, et lui avaient dit qu'ils étaient allés au cinéma. Les deux enfants manquaient beaucoup à leur grand-père.

Il regarda son sandwich en se demandant combien de temps il allait supporter de rester là à attendre et à surveiller toutes ces fenêtres. Il avait froid, il avait faim, ce qui nuisait à sa concentration. Il repensait en permanence à sa conversation avec Helga. Elle ne lui avait rien appris de nouveau en dehors du fait que les fumoirs étaient allumés, sans doute remplis de travers de porc marinés et de gigots d'agneau que la fumée transformait en bacon moelleux et en délicieux *hangikjöt*.

Konrad prit une gorgée de café et, comme souvent lorsqu'il laissait son esprit vagabonder, ses souvenirs avec Erna revinrent l'envahir.

Il avait attendu longtemps pour lui parler de son père, il ne l'avait fait qu'une semaine avant leur mariage. Avant ça, il avait éludé les questions d'Erna sur sa famille en restant dans le vague et en se contentant de dire que sa mère et sa sœur avaient déménagé dans les fjords de l'Est. C'est à peine s'il avait prononcé le nom de son père. Il avait raconté à Erna qu'il était mort et qu'il avait été ouvrier, ce qui n'était pas tout à fait un mensonge. Il ne voulait pas prendre le risque de menacer leur couple et de la perdre en lui parlant des méfaits de cet homme. Peu à peu, son silence était devenu assourdissant et sa future femme avait senti à quel point il était mal à l'aise dès qu'elle l'interrogeait sur ses parents. Il avait fini par céder et par lui raconter en termes choisis ce qui s'était passé devant les abattoirs. Elle se souvenait avoir entendu parler du meurtre et lui avait avoué être abasourdie. Peu à peu, elle était parvenue à lui tirer les vers du nez et il lui avait parlé des activités illégales de son père, de la violence domestique, de la petite Beta tombée entre ses griffes et du divorce.

– Mais… comment tu as pu rester avec lui ? lui avait-elle demandé, fidèle à son esprit rationnel.

– Il ne m'a pas laissé partir, avait répondu Konrad. C'était sa manière de se venger de ma mère. Il m'a retenu et maman n'a pas eu la force de continuer à lutter contre lui. Elle faisait tout ce qu'elle pouvait, elle s'arrangeait pour me voir chaque fois qu'elle venait à Reykjavik et s'assurait que tout allait bien de mon côté. Elle a prévenu les services de protection de l'enfance, mais mon père les a embobinés et s'est arrangé pour faire traîner les procédures, puis, quand on m'a enfin demandé ce que je voulais, j'ai répondu que je préférais rester avec lui. Il était malin et très doué pour se mettre les gens dans la poche.

– Pourquoi tu ne m'as pas raconté ça plus tôt ?

– C'est évident, non ? avait répondu Konrad. Je ne voulais pas gâcher les choses entre nous. Cette histoire est tellement tragique.

– Tu n'aurais rien gâché du tout.

– Je préférais ne pas prendre de risques.

– Donc, tu as été élevé par cet ignoble individu ?

– Il a toujours été correct avec moi, mais c'est vrai, il n'avait pas un caractère facile. Quant à moi, je bénéficiais d'une certaine liberté que mes copains n'avaient pas. Et je ne savais pas ce qu'il avait fait à Beta. Maman ne me l'a dit que bien plus tard. Le jour où il a été assassiné, avait-il ajouté, hésitant.

Le sens de cette hésitation n'avait pas échappé à Erna.

– Qu'en a pensé la police ?

– Elle n'est pas au courant de ce détail, avait répondu Konrad. Elle sait que je me suis disputé avec lui ce jour-là parce que les voisins ont entendu des éclats de voix, mais elle ignore le motif de notre altercation. À cette époque, on s'accrochait souvent. J'envisageais de déménager.

– Et c'est à cause de Beta que vous vous êtes disputés ce jour-là ?

– Oui.

– Qui d'autre est au courant ?

– Personne en dehors de ma mère, Beta et, désormais, toi.

Erna l'avait regardé dans les yeux. Ils devaient se marier une semaine plus tard. Elle s'était retenue de lui poser la question qui lui brûlait les lèvres. Konrad y avait cependant répondu, puis ils n'en avaient plus jamais parlé.

– J'ai un alibi, avait-il dit. Ce n'est pas moi.

Pendant la noce, Konrad s'était réjoui de voir la gentillesse avec laquelle Erna traitait sa mère. Les deux femmes ne s'étaient rencontrées que très brièvement avant le mariage, mais ce jour-là elles s'étaient rapprochées. Après ça, Erna avait contacté sa belle-mère presque tous les jours, même si celle-ci vivait à l'autre bout du pays, en veillant à lui offrir la tendresse qui la caractérisait. Elle avait agi de même avec Beta, qui n'avait pourtant pas un caractère facile. Erna et elle étaient devenues amies au fil des années.

Konrad avala une gorgée de café, les souvenirs l'envahissaient comme l'écho lointain d'un temps révolu.

– Pourquoi tu n'essaies pas de découvrir ce qui est arrivé à ton père ? lui avait demandé Erna quelques années plus tard alors qu'ils étaient couchés.

La mère de Konrad venait de mourir, c'était un soir d'hiver et la tempête de neige se déchaînait sur leur maison. Ils avaient abordé le sujet dans la soirée et, comme toujours, Konrad s'était montré réticent à en parler. Erna avait insisté.

– Tu es le mieux placé pour le faire, avait-elle souligné. Tu as peur de quoi ?

Il avait gardé le silence et, pendant un long moment, on n'avait entendu que les hurlements du vent. La radio avait conseillé à la population de rester chez elle en attendant que les bourrasques les plus violentes soient passées.

– De la vérité, avait-il répondu.

– Tu as posé la question à ta mère ? avait chuchoté Erna après un instant de réflexion.

– Lui demander une chose pareille aurait sonné comme une accusation.

– C'est pour ça que tu n'as jamais essayé d'enquêter sur cette histoire ?

– Oui, entre autres.

– Mais… tu crois qu'il est possible que… ?

– Parfois, je me dis qu'elle est la seule suspecte, avait murmuré Konrad. Ses paroles s'étaient presque noyées dans les hurlements du vent.

Il vida les dernières gouttes de son thermos, saisit un cigarillo dans sa poche, leva les yeux vers les immeubles et vit une lueur à une des fenêtres du quatrième étage.

12

Konrad descendit de voiture, les yeux rivés sur la fenêtre, calculant l'endroit exact d'où provenait la lueur : quatrième étage, appartement du bout, immeuble du milieu quand on regardait depuis chez Valborg. Il s'était documenté sur l'agencement des appartements dans ces bâtiments et pensait trouver le bon du premier coup. Chaque sonnette portait un numéro à côté duquel figurait un nom. Konrad appuya sur une de celles correspondant à l'étage d'en haut et, voyant que personne ne répondait, essaya celle d'à côté. Le propriétaire répondit presque immédiatement à l'interphone. Konrad expliqua simplement qu'il avait oublié ses clefs. La porte de l'immeuble s'ouvrit. Il pénétra dans la cage d'escalier.

Il attendit un moment puis, contournant l'ascenseur, monta par les marches jusqu'à l'appartement où il avait aperçu le reflet et frappa à la porte.

Un jeune homme d'une vingtaine d'années vêtu d'un épais pantalon de jogging, sa casquette de base-ball à l'envers, vint lui ouvrir et le contempla d'un regard vide.

– Emanuel ? demanda Konrad, hésitant.

– Papa ! cria le gamin vers l'intérieur de l'appartement. Il se gratta l'entrejambe et disparut dans sa chambre.

Quelques instants plus tard, un homme sortit du salon et s'avança vers Konrad d'un air inquisiteur. La cinquantaine, les tempes grisonnantes, il portait un pull gris en polaire et avait un air respectable. On aurait dit un employé de bureau qui se détendait après sa journée. Il fit remarquer à Konrad que les ventes en porte-à-porte étaient interdites dans l'immeuble et que toute forme de démarchage l'était également.

– Oui, mais je ne vends rien du tout, au contraire. Je recherche une paire de bonnes jumelles, répondit Konrad, oubliant qu'il s'était promis de faire preuve de délicatesse. Il faudrait qu'elles soient assez puissantes pour voir jusqu'aux immeubles qu'on aperçoit en face.

Le quinquagénaire le dévisagea en silence.

– Est-ce que votre fils en posséderait ? Je pourrais peut-être voir ça avec lui ?

L'homme regarda la porte de la chambre où le gamin était entré. Ses épaules s'affaissèrent et il toisa Konrad d'un air gêné.

– Vous êtes de la police ? demanda-t-il. J'ai entendu dire qu'elle était passée dans les trois immeubles.

– Je cherche des témoins, éluda Konrad.

– Je ne suis pas un pervers, murmura l'homme en veillant à ce que ses paroles ne résonnent pas dans la cage d'escalier.

– Non, vous faites ce que vous voulez. Je peux entrer ?

– Nous ne pourrions pas plutôt discuter en bas ? Si ça ne vous dérange pas... répondit Emanuel, jetant à nouveau un regard vers la chambre de son fils.

Konrad accepta. Il descendit par l'ascenseur et attendit dans le hall d'entrée. Emanuel arriva presque aussitôt. Konrad lui proposa d'aller s'asseoir dans sa voiture. L'ancien policier attrapa le sandwich périmé qu'il avait laissé sur le siège du passager et le balança sur la banquette arrière puis démarra le moteur et mit le chauffage.

– J'ai vu un homme agresser cette femme, commença Emanuel. J'ai appris qu'elle était morte en allant sur le Net, plus tard dans la soirée. Vous n'imaginez même pas le choc que ça m'a fait. Depuis, je me dis qu'il faut que j'aille voir la police, mais c'est tellement difficile…

– De reconnaître que vous espionnez les gens ?

– Je n'espionne pas les gens, démentit Emanuel d'un ton résolu. C'est par le plus pur des hasards que j'ai assisté à la scène. J'essayais mon nouveau télescope.

– Votre nouveau télescope ?

– Tout à fait.

– Il doit être rudement puissant avec sa grosse lentille qui scintille. Vous observez les étoiles ?

– Exactement. Il n'est pas si gros et très maniable.

– Et vous étiez en train de l'essayer ?

– En effet.

Konrad avait mené une foule d'interrogatoires pendant sa carrière. Il sentait quand les intéressés s'étaient préparés et avançaient des excuses pour un comportement dont ils n'étaient pas fiers. Quand ils lui servaient la version qu'ils avaient apprise et répétée mille fois dans leur tête jusqu'à être eux-mêmes persuadés qu'elle correspondait à la vérité, il le repérait.

– Vous vivez seul avec votre fils ?

– Ma femme est partie. Elle me trompait depuis deux ans sans m'avoir… enfin, elle m'a laissé le gamin. Je n'arrive pas à communiquer avec lui. Il ne sort jamais de son antre sauf pour me demander de l'argent. Je me suis servi de son téléphone pour prévenir la police. Il a une carte prépayée.

Emanuel se souvint brusquement que Konrad n'avait pas répondu à sa question.

– Vous êtes policier ?

– Je l'ai été. La victime de cette agression était une amie. Pourquoi vous ne vous êtes pas manifesté à la police puisque vous ne faisiez qu'essayer un nouveau télescope ? Voilà qui aurait permis d'accélérer l'enquête et nous aurait évité de nous retrouver assis là comme deux imbéciles.

– J'allais le faire, répondit Emanuel qui avait manifestement anticipé cette question. J'ai même essayé d'appeler, mais le standard m'a mis en attente.

Peu intéressé par ses justifications, Konrad orienta ses questions sur ce qu'il avait vu dans son télescope braqué sur l'appartement de Valborg. Emanuel expliqua de son mieux la scène dont il avait été témoin en essayant de n'omettre aucun détail, livrant un récit aussi efficace que précis.

– Vous avez eu l'impression que le voleur cherchait quelque chose en particulier ? demanda Konrad.

– Il ne s'est pas attardé chez elle, répondit Emanuel. J'étais en train d'appeler le commissariat quand il est subitement reparti. Il semblait très pressé, mais je ne l'ai pas bien vu, il faisait sombre dans l'appartement. Je serais incapable de le reconnaître. Je n'ai même pas aperçu son visage.

– Il était jeune ? Vieux ?

– Je n'en sais rien. Pas forcément jeune, mais maigre, et il avait l'air plutôt maladroit.

– Vous avez peut-être observé d'autres fenêtres entre-temps ?

– Non.

– Et il a attaqué cette femme tout de suite ?

– Dès qu'elle lui a ouvert sa porte. J'étais très inquiet pour elle et j'ai eu un sacré choc en apprenant qu'elle était morte. J'ai vu l'agression de manière très fugace, à dire vrai, uniquement par la vitre de la cage d'escalier. Je ne voyais pas l'entrée de l'appartement.

– Vous avez vu d'autres personnes de cet immeuble ? demanda Konrad.

– Non. Sauf la femme qui vit à l'étage du dessous.

– Celle qui parlait au téléphone ?

– Au téléphone ?

– Oui ?

– Je n'ai pas remarqué ça, répondit Emanuel. Elle n'était pas au téléphone quand je l'ai vue. Il m'a semblé qu'elle n'allait pas bien.

– Sa sœur venait d'avoir un accident, elle était à l'hôpital.

– Ah, je comprends. En tout cas, elle ne parlait pas au téléphone.

– Vous en êtes sûr ?

– Absolument. Il y avait un homme chez elle.

– Un homme ? Qui ça ?

– Évidemment je l'ignore, répondit Emanuel, honteux. Il était habillé en noir. Il est sorti de l'appartement, puis il a disparu. Je ne peux pas vraiment dire que je l'ai vu distinctement.

– Vous croyez que lui et cette femme savaient ce qui se passait à l'étage ?

– Je n'en sais rien. Cet homme venait de partir quand l'agression a eu lieu.

– Vous l'avez vu quitter l'immeuble ?

Emanuel s'accorda un instant de réflexion.

– Non, je ne l'ai pas remarqué. Je suppose que je regardais… autre chose.

– Vous croyez que c'est lui qui s'en est pris à cette femme, à Valborg ?

– Non, ça… enfin, je ne sais pas.

– Il faut que vous parliez à une de mes anciennes collègues de la police, déclara Konrad en sortant son portable pour appeler Marta. Il regarda l'heure sur le tableau de bord. Elle sera ravie d'avoir enfin de vos nouvelles, ajouta-t-il, persuadé que son interlocuteur ne goûterait pas ce trait d'humour.

13

Konrad décida de mettre à profit la légère avance dont il disposait. Il se rendit très vite à l'immeuble où Valborg avait vécu. Sa voisine du rez-de-chaussée remontait de la buanderie du sous-sol. Elle sursauta en le voyant devant la porte d'entrée et vint lui ouvrir, les bras chargés du linge qu'elle venait de récupérer sur les fils de la cave. Il lui demanda s'il pouvait l'aider et si elle avait un moment à lui consacrer. Elle déclina son offre. Il la suivit jusqu'à son appartement.

Méfiante, elle ne l'invita pas à entrer chez elle. À la porte, il lui annonça qu'elle ne s'était pas trompée quand elle avait parlé de cette lueur provenant des immeubles d'en face. Elle ne comprit pas immédiatement où il voulait en venir, puis jeta un œil vers les jumelles posées sur la petite table devant la fenêtre du salon.

– Voilà l'arroseur arrosé, poursuivit Konrad.

– Comment ça ?

– Est-ce que vous avez réellement une sœur ?

Elle avait posé le linge sur la table du salon en rentrant chez elle. La télé diffusait un programme de cuisine islandaise où un présentateur souriant mettait au four un baron d'agneau.

– J'ai réussi à retrouver le voyeur. C'est un père célibataire, un homme divorcé qui n'arrive pas à communiquer avec son insupportable fils. Il trouve une forme de consolation ou peut-être d'accomplissement en espionnant le quotidien des autres. Il a été témoin du meurtre, c'est lui qui a prévenu la police. Il a également vu ce qu'il se passait chez vous. Il est en ce moment interrogé par la policière chargée de l'enquête, qui voudra sans doute aussi vous entendre, à mon avis, dès ce soir.

La femme le regarda sans dire un mot.

– C'est de cet homme que viennent les scintillements que vous avez vus dans les immeubles d'en face.

Elle regarda à nouveau les jumelles posées sur la table devant la fenêtre.

– Il a vu quoi ? demanda-t-elle.

– Je vous conseille de fermer vos rideaux à l'avenir, éluda Konrad. Je ne suis pas certain qu'un sermon de la police suffise à le convaincre de renoncer à son voyeurisme.

La jeune femme regarda par la fenêtre.

– Il a vu l'homme qui était chez vous ce soir-là, poursuivit Konrad.

Elle esquissa un sourire sans joie.

– Je ne vois pas comment vous expliquer ça sans que lui et moi passions pour des salauds.

– Vous pouvez essayer.

– J'ai bien une sœur, répondit-elle, je ne vous ai pas menti.

– Elle est à l'hôpital ?

– Oui, elle a eu un accident, même si ce n'était pas aussi grave que ce que je vous ai dit.

– Et l'homme ?

– C'est son mari.

– Le mari de votre sœur ? Votre beau-frère ? Et vous… vous le consoliez ?

– Nous nous voyons depuis quelques mois, répondit-elle.

Il fallut à Konrad quelques instants pour comprendre que ces propos impliquaient qu'elle couchait avec le mari de sa sœur.

– Et il était chez vous juste avant l'effraction ?

– Oui.

– Mais enfin ! Pourquoi ne pas l'avoir dit immédiatement à la police ?

– Parce que je ne voulais pas que ma sœur soit au courant, c'est quand même évident.

– Le mensonge ne mène à rien dans ce genre d'histoire, répondit Konrad.

– Vous ne pensez tout de même pas que c'est lui qui a fait ça ? Il n'avait aucune raison de s'en prendre à cette vieille dame !

– On l'a vu sortir de chez vous, mais pas de votre immeuble. Quelques instants plus tard, Valborg a été agressée.

– C'est ce pervers qui vous a dit ça ? s'emporta la jeune femme en regardant la fenêtre. C'est n'importe quoi. Il ne ferait jamais une chose pareille. C'est impossible.

– Donc, si je comprends bien, votre sœur ne doit pas apprendre que vous voyez son mari ? Ils sont donc toujours ensemble ? demanda Konrad.

– Est-ce que nous sommes obligés de le lui dire ? En fait, je voulais lui en parler moi-même. Il y a longtemps que je l'envisage, lui aussi, d'ailleurs, mais c'est tellement difficile à avouer que nous avons toujours repoussé le moment. Puis elle a eu cet accident. Elle venait chez moi quand c'est arrivé. J'avais l'intention de tout lui raconter. Enfin, bref, cette situation est terrible.

– Vous devriez vous dépêcher de tout lui raconter, observa Konrad. La police va vouloir vous interroger, vous et votre beau-frère, et tout ça éclatera au grand jour. Je vous conseille de ne rien omettre. Vous êtes déjà dans de beaux draps pour avoir caché la présence de cet homme chez vous.

– Mais il n'a rien à voir avec cette histoire. Et moi non plus. Nous n'avons rien fait.

– C'est vous qui le dites, fit remarquer Konrad. Et votre parole a perdu beaucoup de valeur depuis notre dernière rencontre. Est-ce que Valborg vous aurait parlé de ses finances ?

– Comment ça, de ses finances ? Non.

– Elle m'a dit qu'elle avait mis de l'argent de côté et je suppose qu'elle gardait une grosse somme chez elle.

– Je n'étais pas au courant. On n'a jamais parlé d'argent. Jamais.

Konrad était ressorti quand Marta arriva, accompagnée d'un enquêteur qui venait d'être recruté par la Criminelle. C'était la première fois qu'il le voyait. Son ancienne collègue pompait sur sa cigarette électronique. Tout ça ne l'amusait pas.

– Pourquoi tu ne nous laisses pas bosser tranquilles ? lança-t-elle en le voyant. Pourquoi tu n'es pas chez toi à faire des réussites ?

– Tu n'as pas apprécié de rencontrer Emanuel ? Vous étiez complètement passés à côté de lui !

– Quel pervers, souffla Marta.

– Je n'ai même pas droit à un petit merci ?

– Très cher, en premier lieu tu n'es pas censé te mêler de tout ça.

Marta se remit à tirer sur sa cigarette.

– Qu'est-ce que t'a dit cette gamine ? demanda-t-elle, comme si elle avait déjà oublié que Konrad n'était pas supposé s'immiscer dans les enquêtes de police.

– Elle m'a raconté une de ces jolies histoires d'amour dont je ne me lasserai jamais, répondit-il. Je suis sûr que toi aussi, tu l'apprécieras. Un garçon rencontre une fille, il tombe amoureux d'elle, puis se met aussi à coucher avec sa sœur.

– Comme c'est mignon ! grogna Marta en rejetant deux nuages de fumée avant d'entrer comme une locomotive lancée à toute vapeur dans la cage d'escalier.

– Ça vous plaît de travailler avec Marta ? demanda Konrad à la jeune recrue.

– Beaucoup, murmura le nouvel enquêteur en emboîtant le pas à sa collègue. J'aurais pu tomber sur bien pire.

– Oh que oui, confirma Konrad. Il y en a pas mal qui sont bien pires qu'elle.

14

Konrad avait éteint son portable. En le rallumant, il vit qu'Eyglo avait tenté de le contacter deux fois et décida de la rappeler malgré l'heure tardive. Elle décrocha presque aussitôt en lui demandant s'il pouvait passer la voir chez elle. Elle venait d'obtenir confirmation de ce qu'ils soupçonnaient tous les deux : leurs pères s'étaient remis à travailler ensemble bien après la guerre et elle avait maintenant découvert la nature de leurs activités.

Elle lui souhaita la bienvenue, lui servit un verre de rouge en lui racontant l'histoire de la veuve de Hafnarfjördur que les deux acolytes avaient tenté de dépouiller. Ils avaient organisé une séance de voyance pour la berner en profitant de sa crédulité. Et elle n'avait pas été la seule à être ainsi dupée. Bödvar, le fils de la veuve, avait également parlé d'une amie à elle, une certaine Stella qui avait sans doute été, elle aussi, une proie facile. Eyglo était allée à la Société de spiritisme pour se renseigner sur cette dernière et elle avait appris qu'une dame portant ce prénom avait plusieurs fois sollicité l'association. Elle était morte depuis des années.

Konrad écouta en silence le récit de son amie. Eyglo et lui parlaient souvent des deux compères. Un jour, il avait réussi à la mettre en colère en insinuant qu'Engilbert, le père d'Eyglo, avait été impliqué dans la mort du sien, en disant que, quoi qu'on puisse en penser, il ne fallait pas exclure l'éventualité que leur collaboration ait fini par conduire Engilbert ou un de ses amis à poignarder son père. Konrad n'avait aucune preuve de ce qu'il avait avancé, en dehors du fait que les deux hommes avaient sans doute repris leurs activités d'escrocs. Eyglo avait trouvé l'hypothèse tout à fait ridicule. Selon elle, son père avait été forcé de travailler avec celui de Konrad pendant la guerre, ce qui l'avait beaucoup affecté. Le père de Konrad, seul et unique instigateur de ces escroqueries, était un voyou qui inspirait de la terreur à Engilbert, qui ne voulait pas le contrarier. Alcoolique invétéré, Engilbert avait à peine de quoi se mettre sous la dent. Eyglo n'excluait pas l'idée que le père de Konrad soit à nouveau parvenu à l'impliquer dans ses magouilles et à le manipuler comme un pantin.

C'est en ces termes qu'ils parlaient de leurs pères : celui d'Eyglo, qui n'avait laissé derrière lui qu'incertitude et mélancolie, celui de Konrad, qui avait semé dans l'esprit de son fils une amertume et une colère sans bornes. Aussi étrange que cela puisse paraître, l'histoire de ces deux hommes avait rapproché Eyglo et Konrad, en dépit de leurs différences. Eyglo était réceptive au paranormal grâce à son expérience et à ses capacités de voyance alors que Konrad, ancien policier, ne croyait que ce qu'il voyait. Il essayait de faire en sorte que son amie ne perçoive pas qu'il n'avait aucune foi dans les choses qui façonnaient son univers. Pour sa part, elle faisait de son mieux pour dissimuler à quel point elle considérait sa vision de la vie comme limitée voire étriquée. Ces points de vue diamétralement opposés ne les avaient toutefois pas éloignés, ils se connaissaient maintenant assez bien pour s'amuser des contradictions qui les habitaient.

À minuit passé, Konrad reposa son verre et annonça qu'il devait rentrer.

– On pourrait peut-être interroger la famille de Stella ? suggéra-t-il. Tiens-moi au courant.

– Je n'y manquerai pas, répondit Eyglo en le raccompagnant dans l'entrée où il avait suspendu son manteau dans le placard. En allant sur le Net il n'y a pas longtemps, j'ai lu des articles sur le meurtre, ajouta-t-elle.

– Oui, c'est une des choses qui m'occupent en ce moment.

– Tu as pensé à contacter les photographes qui étaient présents sur les lieux ? Je suppose que seule une petite partie des clichés a été publiée dans les journaux. Ils ont dû en prendre beaucoup plus. Tu pourrais peut-être les examiner de plus près. S'ils n'ont pas été détruits. Il y a des gens plus ou moins soigneux.

– Évidemment, l'idée m'est déjà venue à l'esprit, répondit Konrad. Pendant longtemps, c'étaient les mêmes qui se branchaient sur les canaux de la police et, parfois, ils arrivaient même sur les lieux avant nos services.

– Je ne sais pas pourquoi, il y a une odeur de fumée sur toi, observa Eyglo alors qu'il enfilait son vêtement.

– Une odeur de fumée ? C'est peut-être celle de la cigarette électronique de Marta.

– Possible.

– Ou de mes cigarillos. Je suis resté assis longtemps dans ma voiture ce soir et j'en ai grillé un certain nombre.

– J'ai senti cette odeur quand tu es entré et je la sens à nouveau maintenant. Elle est assez forte. Mais ce n'est quand même pas…

– C'est peut-être celle des fumoirs ? suggéra Konrad avec un sourire, comme s'il proférait une absurdité.

Ceux des anciens abattoirs. J'ai rencontré la femme qui a trouvé le corps de papa, j'ai oublié de t'en parler.

– Tu as discuté avec elle ? Elle t'a appris des choses ?

– Très peu. Elle était adorable et ça m'a fait du bien de lui parler même si ça ne m'a rien apporté d'autre. Elle a mis du temps à se remettre de son expérience. Elle m'a dit que les fumoirs à viande qui longeaient autrefois la rue Skulagata étaient allumés ce soir-là. Je ne le savais pas.

– Je ne me souviens pas de ces fumoirs, mais bon, je ne sais presque rien des abattoirs.

– Je me rappelle parfaitement qu'ils longeaient la rue.

– Le fait qu'ils aient été allumés change la donne ?

– Pas vraiment. Le fumage faisait partie de l'activité de l'entreprise. Les ouvriers ont allumé ces fumoirs dans la journée, bien avant que mon père soit assassiné. Je ne vois pas en quoi ce détail serait important pour l'enquête, d'ailleurs il n'est mentionné nulle part. En tout cas, cette rencontre m'a fait comprendre que très peu de temps s'était écoulé entre le moment où on l'a poignardé et celui où Helga, c'est-à-dire le témoin, l'a trouvé. Il était encore en vie, il a essayé de lui dire quelque chose, puis il est mort sous ses yeux. Évidemment, je savais déjà tout ça, mais en parler avec elle m'a permis de voir la scène plus clairement.

– Ce qui signifie… ?

– Que l'assassin n'avait pas eu le temps de partir bien loin, répondit Konrad. Il était dans la rue voisine ou s'était caché sur la plage. À cette époque, la mer longeait la rue Skulagata.

– Puis il aurait filé discrètement ?

– Je me suis souvent posé la question. Il devait être tout près.

– Mais elle ne l'a pas vu ?

– Non, elle n'a vu personne.

Konrad hésitait sur le pas de la porte.

– Bon, je ferais mieux d'y aller, dit-il. À moins que…

Il regarda Eyglo.

– Que quoi ?

– Qu'il te reste un peu… de vin rouge.

– Comment ça ?

– Je pourrais… rester un peu plus longtemps… enfin, si tu veux, dit-il en s'avançant vers elle.

– Non, Konrad, je ne pense pas, répondit-elle, souriant à sa tentative d'approche. Je ne crois pas pouvoir t'offrir quoi que ce soit de plus ce soir.

– Tu en es sûre ?

Elle hocha la tête.

– D'accord, dans ce cas… il ne me reste plus qu'à te souhaiter bonne nuit, conclut-il en reculant d'un pas. Puis il sortit et referma la porte.

15

La vieille dame regardait Konrad d'un air terrifié. Elle ne saisissait pas un mot de ce qu'il lui disait. Il ne tarda pas à se rendre compte qu'il ne parviendrait pas à se faire comprendre quelle que soit la manière dont il s'y prendrait. Personne n'avait pris la peine de lui exposer la situation lorsqu'il avait demandé à la voir à l'accueil de l'établissement. Assise dans son lit, elle regardait par la fenêtre quand il était entré dans sa chambre. Il s'était présenté, lui avait expliqué le motif de sa visite et avait constaté qu'il lui faisait peur. Craignant qu'elle ne fonde en larmes, il lui avait dit qu'il ne voulait pas l'affoler, mais elle n'avait pas répondu et s'était contentée de le regarder comme l'intrus qu'il était dans sa chambre et dans son monde perdu.

– Qui êtes-vous ? demanda une voix derrière lui. Il se retourna et découvrit une quinquagénaire qui le toisait d'un air interrogateur dans l'embrasure de la porte. Je peux vous aider ?

– Je souhaitais parler à… euh…

En l'espace d'un instant, il avait oublié le nom de la vieille dame.

– Ça ne sert à rien, répondit la quinquagénaire, petite et potelée, son manteau déboutonné, un gobelet de café à la main comme si elle s'était absentée de la chambre pour aller se chercher à boire. Il y a bien longtemps qu'on ne peut plus avoir aucune conversation avec elle. Je ne vous ai jamais vu ici. Si je peux me permettre, comment vous connaissez ma mère ?

Konrad se présenta en expliquant qu'il ne la connaissait pas directement, mais qu'il avait connu sa sœur.

– Valborg ? s'étonna-t-elle. Pauvre Valborg ! C'est affreux ce qui lui est arrivé. Alors qu'elle était déjà tellement malade. Je n'arrive pas à croire que des choses pareilles puissent se produire.

– En effet.

– Il paraît que la police interroge sa voisine, la femme qui habite en dessous de chez elle.

Konrad en avait eu des échos. Marta avait décidé de transférer la jeune femme au commissariat. La police souhaitait également interroger son amant qu'elle recherchait activement. Ce dernier n'était pas totalement inconnu des services. Délinquant depuis l'adolescence, il avait purgé une peine de plusieurs années pour trafic de drogue. Depuis sa sortie de prison, il s'était tenu tranquille. En revanche, il s'était trouvé au rez-de-chaussée de l'immeuble de Valborg lorsque cette dernière avait été assassinée et on ne l'avait pas vu quitter le bâtiment. C'était en tout cas ce qu'Emanuel avait déclaré dans sa déposition. Cela dit, cet homme épiait l'immeuble à distance et il était tout à fait possible qu'il ne l'ait pas vu sortir. Konrad n'arrivait pas imaginer que la police puisse considérer son témoignage comme entièrement fiable.

Il avait interrogé les employés du cabinet médical où Valborg avait travaillé et en avait conclu qu'elle avait été une collègue appréciée, dévouée et généreuse. Modérée dans tout ce qu'elle entreprenait, plutôt solitaire, elle parlait peu d'elle-même.

Konrad expliqua à son interlocutrice que Valborg l'avait contacté pour une affaire très personnelle, mais qu'il avait refusé de l'aider et qu'il le regrettait beaucoup. Elle comprit immédiatement de quoi il parlait.

– C'était à propos de son enfant ? demanda-t-elle. Elle m'avait dit qu'elle voulait essayer de le retrouver.

– Donc, sa famille était au courant ?

Elle s'approcha de sa mère qui la regarda avec le même étonnement qu'elle avait manifesté en voyant Konrad. Elle lui parla avec douceur, l'aida à s'allonger et remonta sa couette. On eût dit qu'elle s'occupait d'un nouveau-né.

– Je ne sais pas trop… vous disiez que Valborg vous avait contacté ?

Konrad comprenait ses réticences à partager ce secret de famille avec un parfait inconnu. Il précisa qu'il avait rencontré Valborg au musée Asmundur Sveinsson et qu'elle lui avait raconté une partie de son histoire. Malheureusement, il n'avait pas accepté de l'aider et il reconnaissait qu'il le regrettait amèrement étant donné ce qui était arrivé peu après. Ancien flic, il avait encore des contacts dans la police et il suivait l'enquête, mais il avait envie d'en faire plus.

– J'ai beaucoup réfléchi à ce qu'elle m'a dit et, si vous êtes d'accord, je veux bien remuer ciel et terre pour retrouver cet enfant, reprit-il. Même s'il est trop tard pour Valborg.

– Mais à quoi bon ? Ma tante est morte.

– Certes, mais il y a deux faces dans cette histoire. La sienne et celle de l'enfant. Or elle voulait qu'il connaisse son existence, qu'il sache qu'elle n'avait jamais cessé de penser à lui et qu'elle avait envie de le rencontrer même si les années avaient passé.

La nièce semblait adhérer partiellement à ce point de vue.

– On ne peut plus vraiment dire que nous formons une famille, répondit-elle. J'ai vu tout ça avec la police quand je suis allée au commissariat. Valborg ne m'a parlé de cette histoire que lorsqu'on a découvert sa maladie, il y a environ six mois. Ma mère était déjà hospitalisée ici, elle avait perdu la tête. Valborg m'a dit qu'elle était au courant de cette histoire, mais elle ne m'en a jamais parlé. Tout cela s'est passé peu après ma naissance, j'ai en grande partie été élevée par ma grand-mère, mon grand-père était décédé. Elle non plus ne m'a jamais soufflé mot de tout ça. Valborg disait que grand-mère n'était pas au courant et qu'évidemment, elle regrettait de ne rien lui avoir dit.

Elle regarda longuement Konrad en silence comme si elle ne savait pas comment réagir à cette visite inattendue. Elle lui posa d'autres questions sur la manière dont il avait rencontré Valborg. Il fit de son mieux pour y répondre en ajoutant qu'il l'avait très peu connue, mais que leur rencontre le hantait pour diverses raisons, sans doute avant tout parce qu'il lui avait refusé son aide.

– Et vous croyez pouvoir retrouver cet enfant alors que ma tante elle-même a échoué ? s'étonna-t-elle.

– J'aimerais essayer. Ne serait-ce que pour être en paix avec ma conscience. Et si la police parvient à découvrir ce qu'il est devenu, ce sera aussi une bonne chose.

Elle s'accorda un instant de réflexion puis se présenta, lui serra la main en guise d'assentiment et lui raconta ce qu'elle savait sur Valborg et son enfant. Ce dernier était né à Selfoss où sa tante avait habité quelque temps. Elle avait alors rencontré une sage-femme qui l'avait prise sous son aile après qu'elle lui avait confié vouloir mettre fin à sa grossesse. Elle avait mis l'enfant au monde chez cette femme, l'avait abandonné et ne savait pas ce qu'il était devenu quand, des années plus tard, elle avait tout raconté à sa sœur qui lui avait d'ailleurs conseillé de ne pas chercher à le retrouver. Au fil des ans, l'histoire avait été de plus en plus lourde à porter. Valborg avait voulu savoir ce qu'était devenu son enfant, comment il s'était débrouillé dans la vie, ce qu'il faisait et où il était. Il lui était arrivé de lire des récits de gens qui avaient découvert qu'ils étaient adoptés et qui, à l'âge adulte, avaient tout fait pour retrouver leurs parents biologiques. Elle avait imaginé qu'il tenterait de la retrouver, mais cela n'avait pas été le cas.

– Est-ce qu'elle a donné le nom de cette femme à votre sœur ? demanda Konrad. Elle lui a dit comment ça s'était passé ? Qui a trouvé les parents adoptifs ? Ces détails sont peut-être consignés quelque part ?

– Comme je viens de vous l'expliquer, elle voulait d'abord avorter, puis elle a rencontré cette sage-femme qui l'en a dissuadée et l'a convaincue de garder l'enfant en lui promettant qu'elle lui trouverait des parents adoptifs et que personne n'en saurait rien. Valborg a accepté. Quand elle a commencé à faire des recherches, des dizaines d'années plus tard, elle a découvert que cette femme était décédée. Elle n'a jamais dévoilé son identité. Le nom de ma tante n'apparaissait nulle part dans les documents administratifs. C'était comme si cet accouchement n'avait jamais eu lieu. La sage-femme semble avoir participé très activement à tout le processus. Valborg a toujours dit du bien d'elle, jamais cette femme ne l'avait forcée en aucune manière. Elle avait simplement tout fait pour l'aider et l'accompagner dans sa décision.

– Quand a-t-elle accouché ?

– En septembre 1972.

– Elle a mis du temps avant d'entreprendre ces recherches.

– Je crois qu'elle avait peur de découvrir des choses qui, enfin, vous voyez, qui risquaient de la rendre encore plus malheureuse.

– Elle vous a expliqué pourquoi elle ne voulait pas de cet enfant ? demanda Konrad.

– Non, pas vraiment, répondit la nièce en replaçant l'oreiller sous la tête de sa mère tout en caressant ses cheveux gris.

– Pas vraiment ?

– Eh bien, je ne sais pas trop quoi dire. J'ai senti en elle une grande souffrance quand elle m'en a parlé, elle a fondu en larmes. Tout cela a été pour elle une terrible épreuve. J'ai même eu l'impression qu'elle n'avait pas eu le choix.

– Vous voulez dire que quelqu'un l'aurait forcée à abandonner l'enfant ?

– Elle n'a pas dit ça.

– Le père s'en est peut-être mêlé ?

– Tout ce que je sais, c'est que l'émotion l'a empêchée de m'en dire plus.

Konrad resta un moment pensif à la fenêtre puis continua à interroger la nièce de Valborg. Elle ne savait pas grand-chose de la vie de sa tante à l'époque en question et n'avait pas la moindre idée des gens qu'elle avait fréquentés dans sa jeunesse. Elle se rappelait cependant que sa mère lui avait dit qu'elle avait été serveuse et qu'elle travaillait à la discothèque du Glaumbaer quand celle-ci avait été ravagée par un incendie.

– Et le père de l’enfant ? demanda Konrad.

– Elle n’a jamais dévoilé son identité.

– Il était peut-être dans la confidence ?

– Dans la confidence ? rétorqua la nièce. On dirait plutôt qu’il n’a jamais existé !

16

Lorsqu'elle alla interroger la sœur trompée, Marta repensa à une citation familière, en version évidemment déformée puisqu'elle était incapable de se rappeler ce genre de formules mot pour mot : « *L'enfer lui-même ne saurait égaler la fureur d'une épouse trahie.* » En réalité, la colère de l'intéressée se cristallisait sur sa sœur plutôt que sur son mari infidèle, cette sœur qu'elle n'arrêtait pas de dénigrer, qu'elle traitait de salope et de putain tandis que son joli petit nez rougi reniflait régulièrement.

Gloey affirmait n'avoir pas soupçonné ces infidélités avant que les policiers de la Criminelle débarquent chez elle pour interroger son mari. Quand ils lui avaient demandé si elle savait où le trouver, elle avait répondu qu'elle était sans nouvelles de lui depuis plusieurs jours. En réalité, elle n'avait pas été très coopérative et leur avait dit d'aller au diable. Ils avaient alors précisé que son mari se trouvait probablement chez sa sœur lorsqu'un crime avait été commis dans l'immeuble de cette dernière. Savait-elle ce qu'il était allé faire là-bas ce soir-là ?

Cette explication avait mis la puce à l'oreille de Gloey. Elle tombait des nues et ils avaient dû tout lui répéter jusqu'au moment où elle avait compris ce que leurs propos impliquaient et le motif de leur visite.

– Cette espèce de salope ! avait-elle fulminé en allumant une cigarette, le visage soigneusement maquillé, fond de teint et fard à paupières compris. Je le savais ! Putain, je le savais ! Elle n'a jamais pu le voir comme elle voulait ! Et elle a profité du fait que j'étais à l'hôpital. Ça lui ressemble bien ! Ah ça oui, c'est elle tout craché !

La police était arrivée avec un mandat de perquisition. Le mari de Gloey avait un passé de trafiquant de drogue et de dealer, ce qui le rendait suspect. On avait trouvé dans l'appartement des matraques et des battes de base-ball ainsi qu'une bonne quantité de pilules et de poudre conditionnées en petits sachets individuels. Gloey jurait ses grands dieux qu'elle ignorait comment tout ça était arrivé chez elle.

– Il a tué cette vieille femme ?! avait-elle hurlé à Marta quand elle était venue l'interroger, plus tard dans la journée. Le mari n'avait toujours pas été localisé. Je suis sûre que c'est ma sœur qui l'a encouragé à faire ça ! Nom de Dieu, la prochaine fois que je la croise… je vais la buter. Ils se voient depuis combien de temps ? Quelle putain de salope !

Marta avait essayé de la calmer en lui expliquant posément que la police ne faisait qu'explorer une piste impliquant sa sœur et son mari. Il fallait qu'elle puisse interroger celui-ci au plus vite pour éclaircir certains détails. Elle lui avait demandé si elle était d'accord pour l'aider, si elle ne pensait pas que c'était préférable pour tout le monde. Il valait mieux lever les doutes au plus vite. Marta s'était contentée de débiter des formules apprises sans vraiment tenter d'être convaincante.

Quoi qu'il en soit, Gloey était devenue plus tranquille. Elle s'était assise sur une chaise, la tête baissée. Sortie de l'hôpital la veille, elle portait encore les traces de l'accident, sa tête était enveloppée dans des bandages et elle avait un bras dans le plâtre. Son mari s'était déjà comporté ainsi, mais c'était la première fois que son infidélité impliquait la sœur de son épouse. C'était un homme à femmes incorrigible et elle reconnaissait qu'elle aurait dû le quitter depuis longtemps.

– Et c'est ce que je vais faire, avait-elle promis. Je laisse tomber. Je n'en peux plus. Je ne peux pas accepter ça. Vraiment pas.

– En effet, c'est…

– Quelle salope ! avait-elle à nouveau soufflé en grattant son plâtre.

– Est-ce que votre sœur vous a parlé de sa voisine du dessus ? avait demandé Marta.

– Je ne m'en souviens pas. Elle habite dans cet immeuble depuis un peu plus d'un an et, à mon avis, elle ne connaît pas vraiment ses voisins. C'est là-bas qu'ils se voyaient ? Chez elle ?

– Il semblerait.

– Il était avec moi en voiture, avait repris Gloey. Quand on m'est rentré dedans. J'ai dû être hospitalisée. Regardez-moi ça ! Vous voyez un peu dans quel état je suis ! Il s'en est tiré indemne. Même pas une égratignure ! Vous savez… il y a un bon Dieu pour…

– C'est vrai, mais dites-moi, est-ce qu'il a ou est-ce que vous avez des problèmes ? Je veux dire des difficultés financières ? avait demandé Marta.

Gloey avait arrêté de gratter son plâtre.

– Comment ça ? Cette vieille femme avait du fric ?

– Est-ce que ça pourrait être un mobile ?

– Ce connard est endetté jusqu'au cou. Il doit du fric à tout le monde !

Un peu plus tard, Marta s'installa avec l'occupante du rez-de-chaussée dans la salle d'interrogatoire du commissariat, rue Hverfisgata. Les deux sœurs étaient très différentes. Gloey était blonde, plutôt nerveuse, et son visage était marqué par une vie de fête. L'autre, Begga, avait les cheveux bruns, elle était plus silencieuse et ne se peinturlurait pas le visage. On était allé la chercher sur son lieu de travail, elle avait suivi les policiers sans dire un mot et, quand on lui avait demandé où était son beau-frère, elle avait répondu ne pas le savoir.

Assise en face de Marta, elle lui demanda combien de temps elle comptait la retenir au commissariat et si la police n'aurait pas pu se dispenser de venir la chercher à son boulot au vu et au su de tous ses collègues, d'autant plus qu'elle n'avait rien fait.

– Votre sœur n'est pas du même avis, répondit Marta. Elle a honte pour vous.

– Elle ne manque pas d'air, on ne peut pas dire que ce soit un ange non plus !

– Selon elle, votre beau-frère serait tout à fait capable de s'en prendre à une femme sans défense et il est, si on peut dire, endetté de manière chronique. C'est lui qui a agressé Valborg ?

– Pas du tout.

– Vous l'avez aidé ?

– Il ne lui a rien fait, et moi non plus.

– Vous la connaissiez bien ?

– Non, très peu. Il n'empêche que c'était une femme adorable et que je n'aurais jamais pu m'en prendre à elle.

– Elle ne vous a jamais parlé de sa situation financière ?

– Jamais. Quelle situation financière ?

Konrad avait expliqué à Marta que, lorsqu'il avait rencontré Valborg, cette dernière avait mentionné qu'elle avait mis de l'argent de côté. L'ensemble de ses comptes bancaires contenaient une somme modeste, tout au plus un million, et elle avait régulièrement effectué des retraits de plusieurs dizaines de milliers de couronnes sur son compte courant. Elle ne possédait ni actions, ni emprunts d'État, ni quoi que ce soit de ce genre. Quand on avait interrogé sa nièce, elle avait déclaré que Valborg ne faisait plus confiance aux banques ni aux organismes financiers depuis la grande crise de 2008. En revanche, elle ignorait si sa tante s'était constitué un petit magot et la manière dont elle le gérait. Elle savait en revanche que Valborg avait soutenu généreusement et de manière anonyme plusieurs associations impliquées dans l'aide à l'enfance ou dans la recherche sur les maladies infantiles. On pouvait supposer qu'elle avait simplement donné l'argent dont elle considérait ne pas avoir besoin, ce qui expliquait les retraits sur son compte courant.

– Est-ce que votre beau-frère, votre amant, a des problèmes d'argent ? demanda Marta.

– Mon am… Il a l'intention de quitter Gloey, répondit Begga. Ça fait longtemps qu'il veut partir. Leur couple n'en est plus un. C'est pour ça qu'il vient me voir.

– Vous ne voulez pas nous dire où il est pour que nous puissions l'interroger directement ? insista Marta d'un ton las.

– Je ne sais pas où il se trouve.

– Il est sorti de chez vous, puis il est monté chez Valborg et il s'est introduit à son domicile ?

– Non.

– À moins qu'il n'ait envoyé quelqu'un chez elle pour la cambrioler à sa place, à votre place, c'est ça ?

– Vous croyez qu'il aurait été assez idiot pour venir chez moi juste au même moment ? Nous n'avons rien fait. Il n'a envoyé personne chez cette femme.

– Est-ce qu'il vous a donné des nouvelles depuis ce soir-là ?

– Non, et j'ignore où il est. Il ne m'a pas recontactée.

17

Konrad contemplait l'ancienne discothèque et, bientôt, une foule de souvenirs lui revint en mémoire. Il revoyait l'environnement banal aux abords de l'établissement situé à l'arrière de l'église de Frikirkja, les files d'attente interminables par une météo déchaînée et les flaques d'eau sur le parking devant l'entrée. Les chignons choucroute aussi rigides et aérés que de la barbe à papa, les jupes incroyablement courtes arrivées tout droit de Londres. Les bottes blanches à talons compensés. Il se souvenait de chevelures plus ou moins propres retombant sur les épaules, de barbes de toutes tailles et de tous styles, comme si l'amour libre naissait dans la pilosité. Il se souvenait de l'ivresse. La bouteille passait de main en main dans la file d'attente, on chantait, parfois c'était une belle soirée d'été, parfois c'était le plein hiver et on grelottait, le parking s'était changé en patinoire et la neige s'accumulait sur les vêtements. Cela correspondait à l'histoire du lieu, qui servait autrefois à entreposer la glace, dans cette ruelle qui montait de l'étang de Tjörnin où on allait chercher des blocs en hiver. Cet entrepôt était par la suite devenu la discothèque la plus populaire d'Islande et on l'avait baptisé le Glaumbaer.

L'important, c'était de boire autant que possible avant d'entrer dans l'établissement où l'alcool était hors de prix. Les plus malins commandaient plusieurs verres de chartreuse verte au comptoir avant la fermeture pour s'assurer une quantité d'alcool maximale pour un coût minimum. Konrad se rappelait la chaleur étouffante qui régnait dans l'établissement. On ne tardait jamais à y croiser un visage familier. Les gens allaient et venaient entre les salles, les étages et les comptoirs. La discothèque s'étendait sur les trois niveaux d'un bâtiment en trois blocs dont chacun était lui-même divisé en petites salles reliées par d'interminables couloirs. Celle du rez-de-chaussée abritait une piste de danse où venaient jouer les orchestres les plus célèbres d'Islande. Une discothèque était installée à l'étage supérieur, c'est là qu'un incendie s'était déclaré peu avant Noël 1971. Le Glaumbaer avait été réduit en cendres. L'établissement n'avait jamais rouvert ses portes. C'est ainsi qu'en un clin d'œil, le principal lieu de distraction de la génération hippie avait disparu. La fête était finie.

Konrad, debout au milieu d'une des salles d'exposition, essayait de se rappeler l'ancien agencement des espaces du Glaumbaer. L'ancien entrepôt à glace avait aujourd'hui une tout autre fonction puisqu'il abritait la Galerie nationale d'Islande. Le musée proposait une rétrospective des peintres islandais Thorarinn B. Thorlaksson et Jon Stefansson. Un groupe de gens avançait dans la salle, telle une cohorte de fantômes, et se postait devant les œuvres pour les admirer. Il régnait désormais un silence recueilli en ces lieux où, jadis, on n'entendait pas ce que disait le voisin à cause de la musique et du bruit.

– Tu t'y connais en peinture ? demanda une voix derrière lui.

Konrad se retourna et vit l'homme avec qui il avait rendez-vous. Il lui sourit et lui serra la main.

– On vient ici bien trop rarement, répondit-il.

– En effet. Ce n'est pas le premier endroit où je me rends quand je suis en congé.

Ils se rendirent à la petite cafétéria, s'y installèrent, discutèrent de tout et de rien et se rappelèrent leurs années dans la police, où ils avaient fait connaissance. Auparavant, Eythor avait été employé dans plusieurs restaurants de Reykjavik. Konrad se souvenait l'avoir parfois entendu parler de ses années au Glaumbaer, qu'il qualifiait de fantastiques. Il avait démissionné un an avant l'incendie, avait été serveur au restaurant Naustid et dans d'autres établissements, puis était entré dans la police où il avait passé dix ans avant de devenir agent immobilier. Il s'était enrichi et semblait en pleine forme, avec un costume hors de prix et un bronzage acquis en Floride. Même si Konrad n'avait plus de nouvelles de lui depuis longtemps, il l'avait appelé pour lui demander s'il pouvait lui rendre un petit service. Au bout d'un moment, Konrad en vint au fait.

– Qu'est-ce qui te chagrine ? demanda Eythor. J'ai appris que tu t'es occupé de plusieurs enquêtes après avoir pris ta retraite.

– Je m'ennuie.

– Et maintenant, qu'est-ce qui t'amène ?

– Je ne sais pas, mentit Konrad.

– Ce n'est tout de même pas… Tu enquêtes sur le meurtre qui s'est produit dans cet immeuble ? Comment s'appelait cette femme ? Valborg, c'est ça ?

– Tu te souviens d'elle ?

– Moi ?

– Elle travaillait au Glaumbaer quand ça a brûlé.

Eythor regarda autour de lui.

– C'est pour ça que tu as voulu me voir ici ? Pour me parler du Glaumbaer ?

– Tu ne te rappellerais pas une collègue prénommée Valborg ?

– Et le Glaumbaer aurait quelque chose à voir avec ce qui lui est arrivé ?

– Non, disons simplement que je m'occupe en fouinant un peu, répondit Konrad. Elle s'est adressée à moi il y a quelque temps et m'a demandé de lui rendre un petit service… j'aimerais en savoir plus sur elle et j'essaie de me documenter. Je me suis dit qu'un peu d'art et de peinture ne te feraient pas de mal. Et j'ai l'impression de ne pas m'être trompé.

Eythor eut un sourire.

– Je suis passé à côté, répondit-il. Je ne me rappelle pas avoir connu quelqu'un de ce nom. J'étais déjà parti travailler au Naustid.

– Tu es encore en contact avec tes anciens collègues du Glaumbaer ?

– Oui, avec certains, répondit Eythor. Tu veux que je leur en parle ? Que je les interroge sur Valborg ?

– Ça ne te gêne pas ? Je n'en ai pas cru mes oreilles, quand j'ai appris la nouvelle de l'incendie, à l'époque, ajouta Konrad en observant les murs épais de l'ancienne glacière.

– Il paraît qu'il a été déclenché par un mégot de cigarette oublié sur un canapé, ici, à l'étage supérieur, c'est ça ? demanda Eythor. Ce sont bien les conclusions de la police ? C'était à pleurer. Le propriétaire venait juste de faire des travaux, il avait tout rénové et l'endroit n'avait jamais été aussi vivant. J'ai vu la comédie musicale *Hair* ici, sur scène, en décembre, juste avant l'incendie et… enfin, quelle tristesse.

– Et tes collègues étaient sympas ?

– Exceptionnels, répondit Eythor. Je suis resté ami avec plusieurs, d'ailleurs. Je vais leur en parler et leur demander s'ils se souviennent d'elle.

– Je dois te dire autre chose, reprit Konrad, comme s'il pensait à voix haute. Je ne sais pas s'il y a un lien avec le meurtre, mais Valborg a eu un enfant qu'elle a abandonné à la naissance.

– Ah bon ?

– Évite d'en parler à tes amis, j'ignore si c'est important, je suppose que ce n'est qu'une coïncidence…

– Ah oui ?

– L'enfant est né en septembre 1972, il a donc été conçu en décembre de l'année précédente.

– En 71 ?

– Quand elle travaillait ici.

– Tu veux dire… lorsque le Glaumbaer a brûlé ?

– Exactement.

La police mit deux jours et deux nuits à retrouver le mari de Gloey. Les recherches finirent par aboutir quand une de ses connaissances murmura à l'oreille de la brigade des stups, qui accepta de fermer les yeux sur sa consommation de drogue alors qu'il était sous le coup d'une condamnation avec sursis, que l'homme recherché avait un cousin de père danois qu'il tenait en haute estime. Le demi-Danois avait également eu affaire à la police pour trafic de drogue. À son domicile, un appartement miteux du quartier d'Efra-Breidholt, on avait retrouvé le suspect complètement shooté, allongé à côté de deux revolvers, une clef en croix, trois battes de baseball et une grande quantité de stupéfiants appartenant à son cousin. Un des murs était orné d'un vieux poster défraîchi représentant l'équipe nationale du Danemark qui avait créé la surprise pendant la Coupe du monde de football à Mexico en 1986.

Vi er røde, vi er hvide… Nous sommes rouges, nous sommes blancs…

18

Accoudé au piano, débraillé, Engilbert était en équilibre instable. Le père de Konrad avait essayé de lui donner meilleure allure, il lui avait fait boire quelques verres avant d'aller au rendez-vous en lui promettant qu'il en aurait d'autres s'il travaillait correctement. Engilbert était pénible, il soutenait qu'il ne pouvait pas faire ce genre de chose sans boire un petit coup avant. Son acolyte lui avait offert un bonbon pour masquer son haleine, puis lui avait répété les renseignements qu'il avait réunis sur cette femme.

Stella les avait accueillis dans un flot de paroles en les remerciant vivement de consentir à venir la voir, elle les avait invités à entrer et ils s'étaient installés dans le salon. Elle avouait qu'elle ne savait pas trop ce qu'elle attendait ni comment ce genre de séance se passait. L'assistant du médium avait pris la parole, soulagé qu'elle soit seule à la maison même s'il n'en laissait rien paraître. Oui, c'était bien lui qu'elle avait eu au téléphone, avait-il dit après lui avoir présenté Engilbert, ce voyant philanthrope et très réputé. Il n'était que son chauffeur et il avait fort à faire. Oh oui, fort à faire, avait-il répété. Stella leur avait offert un café. Évidemment, les gens s'intéressent tellement à toutes ces choses-là ces temps-ci, avait-elle dit, ce à quoi il avait acquiescé avec vigueur. Engilbert tripotait sa cravate sans prendre part à la conversation. Stella avait la soixantaine, le visage avenant, elle portait un joli chemisier et une chaîne d'argent où était fixé un portrait de son mari. Un sourire légèrement gêné lui montait parfois aux lèvres.

Comme elle l'avait dit au téléphone, elle passait depuis quelque temps des nuits agitées. Elle avait rêvé de son mari, Halldor, et avait senti qu'il n'allait pas bien. Deux fois, elle s'était réveillée en sursaut, le visage de Halldor devant elle, grimaçant de colère et de douleur.

– J'ai beaucoup de mal à trouver le sommeil, s'était-elle plainte. Halldor avait les cheveux blancs, vous vous rendez compte, les cheveux tout blancs et flamboyants.

– Vous aviez tous les deux un très bel intérieur, avait remarqué le père de Konrad en observant le salon richement décoré, les tableaux de Kjarval, les bibelots en porcelaine et la table en chêne massif à laquelle ils avaient pris place. Il faisait sombre, le soir tombait. Stella avait tiré les épais rideaux en velours bordeaux et allumé quelques bougies.

– Comment souhaitez-vous procéder ? Vous préférez rester ici ou aller dans la salle à manger ?

– C'est parfait comme ça, avait répondu le père de Konrad en donnant un coup de coude à son acolyte. Il préfère se déplacer. N'est-ce pas, Engilbert ? Tu préfères être debout ?

Engilbert avait marmonné quelque chose. Il s'était levé, était allé se poster à côté du piano sans rien dire et avait posé son index sur sa tempe, comme si ce geste lui permettait d'établir le contact avec l'au-delà. Il avait arpenté la pièce puis était revenu vers le piano et avait marmonné des paroles inaudibles. Il semblait en difficulté et ne faisait rien pour essayer de s'en cacher.

S'étant autrefois intéressé au théâtre et ayant joué dans une troupe d'amateurs, il maîtrisait le langage corporel et savait sentir le public, même si son auditoire se résumait à cette seule femme. Tout à coup, il avait abattu sa paume sur le piano.

– Bon sang, ce n'est pas possible, avait-il murmuré, ce n'est vraiment pas possible.

– Tout va bien, Engilbert ? s'était inquiété son assistant.

– Non, je ne veux pas. C'est impossible. On ferait mieux de partir.

– Tu ne veux pas qu'on attende un peu ? avait proposé son complice. On n'est pas pressés, avait-il ajouté en souriant à Stella.

– Non, ça ne sert à rien. À rien du tout. Je ne ressens aucune onde. Absolument aucune.

– Aucune onde ? s'était inquiétée Stella. Vous voulez dire, des ondes de l'au-delà ?

– Cette maison est pour moi un livre fermé, un livre fermé, avait martelé Engilbert.

– J'en suis vraiment désolée, avait regretté Stella, déconcertée.

– Hélas, je ne suis pas en condition. J'ai eu tort de venir ici, je ne perçois rien. Absolument rien. Il n'y a aucune onde dans cette maison, on ferait mieux de partir. Ça ne sert à rien. C'était inutile de venir ici.

Le père de Konrad surveillait les réactions de Stella. Les deux hommes allaient parfois très loin, en rejetant l'entière responsabilité de l'échec de la séance sur leur victime. Ceux chez qui ils venaient ne voulaient surtout pas les décevoir et ils étaient très doués pour s'engouffrer dans cette faille.

– C'est… à cause de moi ? avait demandé Stella.

– Ce sont des choses qui arrivent, avait-il expliqué, navré. Parfois, les gens ne se laissent pas porter, ce qui entrave la communication. C'est comme ça et personne n'en est responsable. Ce sont simplement des choses qui arrivent.

– Je fais pourtant de mon mieux, avait répondu Stella, craignant que les deux hommes ne renoncent à la séance. J'espère que…

– Voilà, avait dit Engilbert. Voilà… il y a… je perçois la présence d'un homme… il arrive…

– Qui est-ce ? avait demandé Stella.

– Je perçois… un homme qui vient à moi… il dit s'appeler Gudmundur. Vous le connaissez ?

Engilbert semblait enfin avoir établi un contact.

– Oui, si c'est bien le Gudmundur auquel je pense, avait prestement répondu Stella, tant elle désirait que les deux hommes réussissent dans leur entreprise. Elle ne voulait surtout pas que le médium frappe à nouveau le piano et répète que sa maison était pour lui un livre fermé. Oui, Gudmundur a fondé la centrale de vente en gros avec mon mari.

– Merci.

– Mais… il n'est pas mort, avait poursuivi Stella. L'homme dont vous parlez… est censé… être décédé, n'est-ce pas ?

– Non, il s'agit d'un autre Gudmundur, avait répondu Engilbert, péremptoire, en lançant un regard à son acolyte. Celui-là est… il est… je vois autour de lui une grande lumière.

– Ce serait mon grand-père paternel ? Il s'appelait aussi Gudmundur, c'était son deuxième prénom.

– Il est debout dans une verte prairie, avait repris Engilbert. Et il y a… autour de lui… une grande lumière…

– C'était un paysan.

– … oui, il baigne dans une grande lumière et il y a une femme à ses côtés, avait poursuivi Engilbert en regardant la photo de famille posée sur le piano. Elle est petite, avec les cheveux tressés, et elle sait que vous êtes inquiète. Vous comprenez pourquoi ? Ça vous dit quelque chose ? Une femme pas très grande ? Au visage bienveillant. Je vois aussi une ferme en tourbe et une cuisine comme dans l'ancien temps. Et un nom qui commence par S. Je vois beaucoup de S. C'est possible ?

– C'est peut-être ma grand-mère, Sesselia.

– Parfait.

– C'était une brave femme, avait précisé Stella. Elle a passé les dernières années de sa vie chez nous.

– Elle vous dit de ne pas trop vous inquiéter…

– Pour Halldor ?

– Elle vous dit de ne pas trop vous inquiéter pour votre mari. Il se trouve bien où il est. Elle sait que vous êtes inquiète, mais elle dit que si vous continuez à prier pour lui, tout se passera bien. Elle vous conseille de prier et de ne pas oublier d'aider tous ceux qui sont dans le besoin, de soutenir les bonnes œuvres chrétiennes en…

L'assistant avait toussoté. En le consultant du regard, Engilbert avait compris qu'il allait trop vite en besogne.

– Elle s'éloigne des yeux de mon esprit, mais je perçois une autre présence. Très puissante. Celle d'un homme. Il règne autour de lui une joie sans pareille.

– C'est Halldor, n'est-ce pas ? avait murmuré Stella.

– Il veut que vous vous souveniez des moments heureux que vous avez vécus ensemble. Je vois… j'ai l'impression d'être en haute mer. Je vois un paquebot, on entend de la musique sur le pont, je vois des gens endimanchés…

– C'est sans doute le *Gullfoss*, nous le prenions une fois par an avec mon mari.

– Il y a beaucoup de joie. J'entends une très belle musique et des chants.

– Oui, ces voyages étaient merveilleux ! Halldor chantait très bien. *Hamraborgin*, c'était sa chanson fétiche.

Engilbert avait poursuivi dans le même registre. Stella était pour ainsi dire entrée en lévitation quand elle s'était rappelé tous ces magnifiques souvenirs. C'était un jeu d'enfant pour le médium d'appuyer sur les bonnes touches. Elle était particulièrement réceptive à tout ce qu'il lui soumettait. Ils étaient restés ainsi, dans la lumière des bougies, jusqu'à ce que son assistant juge opportun de prendre les rênes. Profitant d'une pause pendant la séance, il avait emmené le voyant là où tous deux l'escomptaient dès leur arrivée dans cette maison. Le père de Konrad s'était rendu au cimetière de la rue Sudurgata où il avait vu la magnifique tombe en granite que Stella avait fait confectionner pour son époux regretté. La stèle était ornée à l'avant d'une plaque de basalte à reflets bleus portant une inscription en lettres d'or. Rien n'était trop beau pour entretenir la mémoire des défunts – pas uniquement celle du grossiste puisqu'un autre nom était gravé à côté du sien.

Un silence absolu régnait dans le salon. Engilbert avait fait mine d'entrer en transe. Accoudé au piano, les yeux fermés, le menton retombant sur la poitrine, il était resté un long moment immobile. Sa tête seule tressautait par intermittence, au milieu de borborygmes furieux et incompréhensibles. Stella avait regardé l'assistant qui s'était contenté de lui sourire, comme si le comportement du médium obéissait à des règles qui lui échappaient autant qu'à elle.

– Non… je ne ferai pas ça… je sens qu'il se passe autre chose ici…

Les marmonnements d'Engilbert devenaient plus audibles.

– Qu'est-ce qu'il dit ? avait murmuré Stella.

– Je ne sais pas ce qu'il se passe, avait répondu l'assistant.

– … elle revient. La vieille femme. Sesselia, elle affirme qu'ils sont réunis, qu'ils sont ensemble. Vous comprenez ce que je veux dire ?

Stella n'avait pas répondu.

– Il y a quelqu'un d'autre avec elle, avait repris Engilbert. Je ne vois pas clairement… l'image est floue, dans le brouillard, mais… C'est une personne très proche de vous. Jeune. Ça vous dit quelque chose ?

Engilbert s'était épongé le front avec son mouchoir.

Stella l'avait regardé, hésitant entre l'espoir et la peur.

– L'homme dont vous avez rêvé n'était peut-être pas votre mari, c'est peut-être pour cette raison que nous sommes venus chez vous, avait conjecturé le père de Konrad.

Stella avait baissé la tête.

– Il s'agit peut-être de quelqu'un d'autre ?

– Je ne suis pas certaine de vouloir continuer, avait-elle murmuré. Si ça ne vous dérange pas. Je n'ai guère d'expérience de ces… de ce genre de séances.

– J'entends… j'entends comme un murmure, avait repris Engilbert en s'agrippant au piano. Non, c'est autre chose… des sanglots ? On dirait un enfant qui pleure, il est très loin. Ça vous dit quelque chose ?

Le père de Konrad surveillait les réactions de Stella, il était satisfait. Engilbert interprétait son rôle à la perfection, ses mimiques et sa gestuelle produisaient sur elle l'effet attendu. Il n'y avait plus qu'à ajouter quelques paroles sur les bonnes œuvres chrétiennes et les congrégations religieuses. Lui dire que, si elle en avait les moyens, elle pouvait aider financièrement des associations caritatives auxquelles ils se chargeraient avec joie de remettre sa contribution. Ce n'était que la première séance. Le père de Konrad comptait bien s'arranger pour que ce ne soit pas la dernière.

Les bougies éclairaient le salon de leur clarté vacillante, les épais rideaux étaient autant d'écrans où défilaient les morts et les vivants. Stella avait levé les yeux et regardé le voyant avec un ravissement quasi religieux. Buvant chacune de ses paroles, elle avait répondu à sa question d'un hochement de tête.

– Ils dégagent beaucoup de chaleur et de lumière, avait ajouté le médium que Stella dévisageait, immobile.

– C'est lui ? avait-elle demandé prudemment.

Engilbert n'avait pas répondu.

– Ils sont… ensemble ? avait-elle insisté. Vous pouvez demander à Sesselia des nouvelles de notre petit ?

– Je vois… de la brume. Une brume froide.

– Oui.

– Et de l'eau.

– Oui.

– Il y a un jeune homme qui grelotte. On dirait qu'il est tombé dans l'eau.

– Oh, mon Dieu, avait soupiré Stella.

– La vieille femme me dit que maintenant tout va bien. Il est auprès d'elle, il va bien, il ne veut pas que vous vous inquiétiez.

Stella faisait de son mieux pour retenir ses larmes.

– Pauvre petit, avait-elle murmuré.

– Il était souvent à cet endroit, avait repris Engilbert, qui semblait être complètement sous l'emprise de l'au-delà. Ici, dans le coin. Je sens une présence très forte à côté du piano. Il en jouait ?

Stella avait acquiescé.

– Merci, avait répondu le médium.

– C'était un excellent pianiste malgré son jeune âge. Il allait à l'école de musique et ses professeurs disaient qu'il faisait partie des élèves les plus prometteurs. On était tellement fiers. Personne n'a jamais plus touché à ce piano depuis sa mort. Je ne sais même pas s'il est encore accordé.

– Je perçois la lumière, avait répondu Engilbert en caressant l'instrument. Le couvercle de protection des touches était fermé, sur le chevalet de partition reposait un vieux livre de chants élimé. Oui, juste à cet endroit, avait répété le voyant. Je ressens la présence de son âme. La présence de l'enfant. Il règne autour de lui une belle atmosphère. Tout en lumière et en beauté.

À peine avait-il achevé sa phrase qu'une note solitaire s'était échappée de l'instrument, une note solitaire et dissonante, puis un silence de mort s'était abattu dans le salon.

19

L'homme ouvrit la porte de son garage d'un coup sec. Konrad comprit aussitôt ce qu'il avait voulu dire quand il l'avait prévenu que la collection de photos y était entreposée dans un fouillis sans grand tri pour l'essentiel. Il n'avait pas menti non plus quand il avait annoncé que ce fonds immense couvrait presque un demi-siècle de travail de son père et qu'il faudrait des années pour le classer. Il avait sollicité des subventions pour ce faire après le décès de ce dernier, mais rien ne lui avait été accordé. Ce garage n'était pas un endroit adéquat pour stocker ces documents de valeur historique. Certains avaient été endommagés par des fuites d'eau, les lieux avaient subi deux inondations qui avaient abîmé des cartons contenant des milliers de négatifs et de tirages sur papier. Ce qu'il redoutait le plus était cependant que la collection prenne feu. Chacun savait que les vieilles pellicules aujourd'hui tombées en désuétude constituaient un matériau hautement inflammable.

Son père ne s'était pas vraiment soucié de classer ces documents. Sa grande passion était de prendre des photos, pas de les conserver. Il avait été photographe de presse indépendant la plus grande partie de sa vie. Il lui était arrivé çà et là d'être engagé par des organes de presse. Il avait passé quelques années comme journaliste dans un quotidien du soir et quelques autres dans des journaux du matin. Il existait à cette époque une kyrielle de publications liées aux partis politiques. Ces dernières étaient depuis longtemps tombées dans l'oubli.

L'homme poussa un carton coincé derrière la porte, tout en expliquant que son père avait été témoin de beaucoup d'événements marquants dans la vie du pays. Il avait également rencontré des personnalités étrangères venues en visite en Islande : Lyndon B. Johnson, Reagan et Gorbatchev, Benny Goodman et Helen Keller, Ella Fitzgerald et Louis Armstrong. Il n'avait jamais beaucoup parlé de son travail, sauf lorsqu'il était d'humeur particulièrement enjouée. Il lui arrivait alors de raconter comment Helen Keller avait posé ses mains sur son visage en disant qu'il semblait rude, mais bienveillant.

– Et il était toujours branché sur le canal de la police, souligna le fils. C'est un des premiers souvenirs que j'ai de lui. Je le revois assis dans sa voiture avec deux ou trois appareils photo, la radio grésille, le standard du commissariat diffuse une annonce et mon père me dit qu'il doit y aller et qu'il n'en a pas pour longtemps.

– Il arrivait en général sur les lieux avant nous, acquiesça Konrad, qui se souvenait bien de cet homme d'apparence assez austère, grand et maigre, un appareil photo autour du cou et un autre à la main. Il veillait toujours à ne pas gêner la police dans son travail, qu'elle intervienne sur le lieu d'un grave accident de la route, d'un cambriolage ou, plus exceptionnellement, sur une scène d'homicide.

Konrad avait expliqué ce qu'il faisait au fils du photographe sans toutefois mentionner que l'affaire le touchait personnellement. Il s'était contenté de lui dire qu'il était à la retraite après une longue carrière, qu'il n'avait pas grand-chose à faire et qu'il s'intéressait depuis longtemps à cette vieille histoire. Il avait rendu visite aux enfants d'un autre photographe qui avait pris des clichés aux abords des abattoirs ce soir-là, mais était rentré bredouille. Les pellicules les plus anciennes s'étaient perdues. Le journal où il avait travaillé avait fusionné avec un autre qui s'était à son tour associé à un troisième, lequel avait fini par faire faillite. Le fonds photographique de ce quotidien avait été vendu à plusieurs acheteurs et une partie avait simplement été jetée. Konrad n'avait pas eu envie d'essayer de reconstituer les morceaux épars de ce puzzle.

– Bon, déclara son hôte en regardant le garage, le matériel le plus vieux se trouve dans les cartons du fond, plus on se rapproche de la porte, plus les documents sont récents. Enfin, c'est censé fonctionner comme ça. Certaines pellicules ont été mises sous enveloppes datées, d'autres ont été tirées sur papier, mais pour la majeure partie ce sont des négatifs. Un tas de négatifs. Mon père a essayé d'avoir un semblant d'organisation les premières années, vous aurez peut-être de la chance.

– Est-ce qu'il vous a parlé de cet événement, de ce qu'il a vu devant les abattoirs ? demanda Konrad.

– Non, je ne m'en souviens pas, répondit le fils, pensif. Il parlait très peu de son travail, mais maman m'a dit qu'il était parfois très affecté par ce qu'il voyait derrière son objectif. Surtout quand il allait sur les lieux d'un grave accident de voiture. Naturellement, c'était avant l'obligation des ceintures de sécurité. C'était ça qui le rendait le plus triste, les accidents de la circulation.

Les deux hommes se mirent à l'œuvre. Konrad repéra de grandes enveloppes en papier kraft contenant des négatifs et des tirages sur papier, datées des années 50. L'une d'elles était de 1954. Elle contenait deux séries de négatifs et trois photos représentant une station-service toute neuve légèrement à l'écart de Reykjavik. Les clichés avaient sans doute été pris le jour de l'ouverture, des voitures stationnaient devant les pompes, on y voyait des hommes coiffés de chapeaux et des femmes en robe qui allaient et venaient au soleil, leur sac à main accroché à leur bras.

Au bout d'une heure, Konrad et le fils du photographe avaient atteint les années 60. Ils étaient restés debout à scruter à la lumière du puissant néon qui éclairait le garage une kyrielle de négatifs sur lesquels étaient fixés des gens et des événements oubliés de longue date. Konrad était reconnaissant de la patience du fils qui se donnait du mal pour l'aider dans sa quête et comprenait ses motivations. Cet homme lui avait dit que sa visite lui offrait une occasion bienvenue de se plonger dans les archives de son père auxquelles il n'avait guère touché jusque-là.

Au bout de deux heures, ils s'accordèrent une pause. Le maître de maison alla faire du café et revint avec deux tasses fumantes accompagnées d'une bugne pour chacun d'eux. Ils discutèrent de la pluie et du beau temps à la porte du garage. Le fils du photographe était maçon, une petite intervention qu'il avait récemment subie au genou l'avait forcé à ralentir sa cadence de travail. Il avait envisagé de confier ces archives à une institution culturelle, par exemple au Thjodminjasafn, le Musée national d'Islande. Une grande partie des documents qu'ils venaient d'examiner ensemble pouvait sembler banale, mais elle avait néanmoins une valeur historique indéniable. Konrad s'était dit la même chose en regardant ces clichés et en scrutant les négatifs à la lumière du néon. Ils attestaient du développement fulgurant de Reykjavik à l'époque où la ville avait débordé ses faubourgs. C'étaient autant de témoins de la mode, des rencontres sportives, des voitures, du travail quotidien des hommes et des femmes, de tout un style de vie qui avait sombré dans le silence et l'oubli.

Son hôte avala les dernières gouttes de sa tasse de café puis regarda sa montre en disant qu'il avait à faire dans la maison, mais qu'il invitait Konrad à poursuivre ses recherches. L'ancien policier le remercia une nouvelle fois de se montrer si compréhensif et se remit au travail en veillant à remettre en place tout ce qu'il consultait. La nuit commençait à tomber lorsqu'il se plongea dans un carton posé par terre dans un coin du garage dont le fond gondolé avait sans doute subi un dégât des eaux. Le carton céda quand il essaya de le soulever et le contenu se déversa à ses pieds : négatifs, étuis à pellicules vides, vieilles enveloppes et vieux sachets en papier renfermant d'autres négatifs et des tirages. Konrad retint un juron. Aucune indication ne figurait sur ces documents. Il les explora consciencieusement, scrutant les négatifs. Une des enveloppes était plus grande et plus épaisse que les autres. Il l'ouvrit, sortit les photos et comprit qu'il avait enfin trouvé ce qu'il cherchait.

Ces clichés en noir et blanc, pour certains assez flous, avaient été pris au flash. Konrad reconnut immédiatement les lieux : l'environnement gris, le mur d'enceinte des abattoirs, le grand porche en acier, la rue Skulagata et la mer en contrebas. On y voyait les policiers et leurs véhicules ainsi que quelques badauds qui observaient la scène à distance respectable. Il n'avait vu aucun de ces clichés dans les archives de la police ou parmi ceux que les journaux avaient publiés à l'époque. Ils étaient totalement nouveaux pour lui et, tandis qu'il les passait en revue, l'angoisse qui l'avait étreint des dizaines d'années plus tôt revenait à la charge.

La dernière photo de la pile montrait le corps de son père. Assez nette, prise quelques instants avant qu'on ne l'emmène, elle était aussi inquiétante qu'une image de guerre. L'ambulance était garée à proximité, toutes portes ouvertes. Penchés sur le corps, des hommes étaient sur le point de le déposer sur une civière. Couché sur le trottoir, on l'avait recouvert d'un drap dont seule une main dépassait. Konrad scruta cette main froide qui, quelques heures auparavant, avait été le poing menaçant que le père brandissait vers son fils, un poing de colère et de haine.

20

Marta éteignit sa cigarette électronique dans le couloir et ouvrit la porte de la salle d'interrogatoire. Hallur se redressa sur sa chaise en la voyant. C'était le lendemain de son arrestation dans l'appartement de son cousin. Il avait eu le temps de reprendre ses esprits et avait les idées à peu près claires. Il avait passé la nuit en cellule après s'être attaqué aux policiers venus l'appréhender. Il avait eu beau paraître complètement stone, il avait tout de même réussi à en blesser un à la main en faisant tournoyer une clef en croix autour de lui avant d'être plaqué à terre et menotté, puis embarqué au commissariat.

Il n'en était pas à sa première visite. Il avait été condamné pour son implication dans un important trafic de drogue dont les ramifications s'étendaient jusqu'au Danemark et aux Pays-Bas. Quelques années avaient passé sans qu'il ait affaire à la police, jusqu'à récemment : quelqu'un l'avait vu au mauvais endroit au mauvais moment.

– Gloey vous passe le bonjour, lança Marta, histoire de le mettre en jambes, même si elle n'avait pas recontacté l'épouse de Hallur depuis son arrestation.

– Vous l'avez interrogée ? Pourquoi ? répondit-il, nerveux. Laissez-la tranquille !

– Elle demande sans arrêt de vos nouvelles, répondit Marta. Elle veut savoir quand nous allons vous relâcher et ce que vous êtes allé faire chez sa sœur.

– Nom de Dieu ! s'alarma Hallur.

Il était assisté par son avocat qui regardait Marta d'un air interrogateur comme s'il ne comprenait pas où elle voulait en venir en tenant ce genre de propos à son client. Il lui suggéra d'entrer dans le vif du sujet, regarda sa montre hors de prix, manifestement pressé de pouvoir se consacrer à des choses plus importantes. Il se chargeait souvent d'affaires comme celles-là, et ce d'autant plus volontiers qu'elles étaient susceptibles d'être relayées par la presse.

Marta feuilleta les documents qu'elle avait apportés. On avait trouvé dans les effets personnels de Hallur des chaussures portant des traces d'herbe et de terre concordant avec le sol du jardinet situé à l'arrière de l'immeuble de Valborg par lequel on pensait que l'agresseur était entré. Déjà interrogé à ce sujet, Hallur avait répondu qu'il était sorti une ou deux fois de chez sa belle-sœur pour fumer une cigarette. Sans doute avait-il donné quelques coups de pied dans la terre. Mais personne ne l'avait vu fumer, ni les occupants de l'immeuble ni ceux des bâtiments voisins, même si on avait trouvé des mégots dans le jardin. Il semblait que des gens fumaient sur leur balcon et les jetaient dans l'herbe. Des traces de terre avaient été repérées dans l'escalier et dans l'appartement de Valborg sans qu'on puisse identifier aucune empreinte de chaussures.

Hallur était en proie à de graves difficultés financières. Furieuse, Gloey avait bien aidé la police sur ce volet de l'enquête. Selon elle, plongé jusqu'au cou dans son addiction, il s'approvisionnait auprès d'individus qu'elle refusait de nommer et à qui il devait des sommes astronomiques dont elle se demandait comment il parviendrait à les rembourser. Il subissait les menaces permanentes de ces gens, mais avait annoncé à sa femme qu'il avait enfin trouvé le moyen de régler tous ses problèmes de manière définitive. Gloey avait débité toutes ces informations sous le coup de la colère puis elle avait compris qu'elle en avait peut-être trop dit et qu'elle les avait mis tous les deux dans une situation encore plus épineuse. Ensuite, les policiers n'avaient plus réussi à lui tirer les vers du nez et elle était revenue sur un certain nombre de détails qu'elle avait laissés échapper par mégarde.

– Vous allez souvent chez votre belle-sœur ces temps-ci ? demanda Marta après avoir chauffé le suspect en lui posant quelques questions d'ordre général.

– Souvent ? Non.

– Une fois par semaine ? Ou peut-être deux ?

– Peut-être, répondit Hallur en se grattant le bras.

Il portait un T-shirt gris à manches courtes et une foule de tatouages dont Marta avait du mal à voir ce qu'ils représentaient. Elle crut y distinguer le nom de Gloey et un petit cœur rouge à la place du *o*.

– Et vous n'avez jamais croisé sa voisine du dessus ?

– Non.

– Vous ne l'avez jamais vue malgré vos nombreuses visites ?

– Non, je ne l'ai jamais vue. Je ne sais pas de qui vous parlez et je ne la connaissais pas du tout.

– Et votre belle-sœur ? Elle ne vous a jamais parlé d'elle ?

– Non, jamais.

– Elle ne vous a pas dit qu'elle conservait chez elle beaucoup d'argent liquide ?

– Non plus.

– C'est vrai que vous avez de gros problèmes financiers ? Que vous êtes criblé de dettes ?

– Pas du tout, répondit Hallur. Je ne dois rien à personne.

– Et que vous avez trouvé un moyen de tout régler définitivement, d'un coup de baguette magique ?

– Non. Je ne vois pas de quoi vous parlez. Ce sont des mensonges. Je n'ai rien fait à cette bonne femme. Rien du tout.

– Nous avons un témoin qui affirme vous avoir vu quitter l'appartement de votre belle-sœur à peu près au moment où la voisine à l'étage du dessus a été assassinée. Ce témoin ne vous a pas vu sortir de l'immeuble.

– Et vous croyez ce que vous raconte ce genre de pervers ? demanda Hallur à qui sa belle-sœur et maîtresse avait parlé du voyeur. Je suis juste rentré chez moi. J'ignore ce que ce pauvre type a vu ou pas.

– Donc, vous avez quitté l'appartement de votre belle-sœur, vous avez pris l'escalier et vous êtes sorti par la porte de devant ?

– Exactement. J'avais garé ma voiture dans la rue parce qu'il n'y avait plus de place sur le parking de l'immeuble.

– Vous pensez qu'on vous a vu ?

– Je ne crois pas. Mais j'ai remarqué une femme à sa fenêtre. Dans un des immeubles à trois étages.

– Qu'est-ce qu'elle faisait ?

– Rien. Elle était assise à sa fenêtre. J'avais l'impression… enfin, qu'elle n'allait pas bien.

– Comment ça ?

– Je n'en sais rien. C'était juste une impression.

– D'accord, répondit Marta. Retournons à l'intérieur de l'immeuble. Vous sortez de chez votre belle-sœur, vous êtes sur le palier, est-ce que vous remarquez quelque chose d'inhabituel, un bruit, une odeur, un détail qui n'était pas à sa place ?

– Vous me croyez ?

– Je ne sais pas, hésita Marta. Je devrais ?

– Je n'ai rien fait à cette femme, répéta Hallur. Je suis sorti de l'appartement, j'ai descendu quelques marches et il y avait… j'ai senti…

– Oui ?

– Une mauvaise odeur dans la cage d'escalier.

– Une mauvaise odeur ?

– Enfin, vous voyez… comme si quelqu'un avait oublié une poubelle, répondit Hallur. Une odeur rance, je ne sais pas trop comment la décrire. Une puanteur.

Marta le dévisagea longuement.

– Je ne vois pas comment dire ça autrement, s'excusa Hallur. En tout cas, je l'ai sentie puis je suis parti.

Gloey trouva enfin un moment pour se vernir les ongles des orteils entre ses multiples activités. Elle avait appelé sa sœur, cette catin dépravée, avait déversé son fiel et n'avait reçu en retour qu'un flot d'injures. Les deux femmes s'étaient querellées, en se traitant de tous les noms. De vieilles rancunes remontant à leur enfance s'étaient ravivées, dont le reproche de la petite sœur envers Gloey de ne jamais l'avoir associée à aucune de ses activités.

Elle prit une gorgée de cocktail à base de gin, alluma une cigarette, inspira une bouffée qu'elle rejeta par le nez tout en écoutant une star de la pop américaine sur son smartphone. Puis elle plongea le pinceau dans le vernis rouge carmin. Certes, son plâtre la gênait, mais tout de même pas au point de l'empêcher de se faire les ongles.

Elle n'avait aucune envie de discuter avec Hallur, elle était même contente qu'il marine en garde à vue à cause de cette bonne femme dans l'immeuble. Résolue à ne plus jamais lui adresser la parole, elle avait pris des mesures pour qu'il ne franchisse plus la porte de leur domicile. Elle en avait assez de ses trahisons et de ses coups fourrés. Assez de ce sale con. De ce sale petit con et de toutes ses âneries !

Elle leva les yeux de ses ongles en entendant frapper à la porte. Elle n'attendait aucune visite.

Elle découvrit deux inconnus dans l'embrasure, l'un d'eux lui abattit aussitôt son poing en plein visage, puis ils se précipitèrent à l'intérieur et refermèrent la porte.

21

Konrad examinait les photos en prenant tout son temps. Le fils du photographe l'avait autorisé à emporter chez lui l'enveloppe contenant les clichés et les négatifs pris dans le périmètre des abattoirs. Il les avait déposés sur la table dans le salon et, muni d'une lampe puissante et d'une loupe, il scrutait maintenant chaque cliché l'un après l'autre avec la plus grande attention. L'homme qui les avait pris avait parfaitement conscience du caractère exceptionnel du drame qui venait de se dérouler et il n'avait pas hésité à mitrailler les lieux.

L'ancien policier s'était efforcé de rétablir l'ordre chronologique en partant des premières photos prises juste après l'arrivée du photographe jusqu'au moment où le corps avait été emmené dans l'ambulance et où le nombre de policiers et de badauds avait diminué. Étant donné que le meurtre avait eu lieu juste devant le porche plongé dans la pénombre, comme l'avait mentionné Helga, une grande partie des premiers clichés étaient sombres et assez flous malgré le flash. À cette époque, les appareils photo étaient encombrants et peu maniables, et il fallait changer l'ampoule du flash à chaque prise de vue. Sans doute le photographe avait-il fini par épuiser toutes ses ampoules. Les photos suivantes montraient que la police avait installé un projecteur devant le porche illuminé de surcroît par la lueur des gyrophares. Les lieux étant mieux éclairés, les clichés gagnaient en qualité.

Konrad les trouvait nimbés d'étrangeté, ils avaient à ses yeux quelque chose d'irréel, surtout quand il pensait que l'homme qu'on y voyait n'était autre que son propre père. À travers l'œil du photographe de presse, ces clichés faisaient état d'un assassinat commis de sang-froid, un événement qui restait comme gravé dans cet environnement sordide, ces murs en ciment nu, cet imposant portail d'acier et cette nuit glaciale. On y distinguait des ombres qui allaient et venaient alentour, des policiers qui grelottaient à côté du corps, pour certains en uniforme avec leur ceinture blanche serrée à la taille. On y voyait l'air hagard de ceux qui étaient sortis de chez eux pour aller aux nouvelles et s'étonnaient de la violence de la scène qui leur apparaissait alors.

Konrad approcha sa loupe et examina les visages de ces gens sans pouvoir les identifier. Il reconnaissait cependant quelques-uns des policiers, notamment Palmi, qui apparaissait sur plusieurs photos. C'est lui qui avait été chargé de l'enquête, c'est lui qui avait parlé à Konrad quand on lui avait signalé le meurtre. Konrad appréciait cet homme. Il lui avait parlé avec tact et respect en lui annonçant le décès de son père. Plus tard, ils s'étaient affrontés dans des interrogatoires pénibles, les soupçons de la police s'étant momentanément orientés vers la famille de la victime, Palmi l'avait harcelé de questions sur le divorce de ses parents, sa relation avec son père et l'altercation qui les avait opposés le jour même de sa mort. Le policier n'avait pas été tendre avec lui et, pendant un temps, Konrad avait pensé qu'il serait placé en garde à vue, mais finalement ça n'avait pas été le cas.

Il avait vécu des journées difficiles. Il avait continué à habiter seul dans le sous-sol du quartier des Ombres où il avait passé son enfance, restant de longs moments assis, la joue appuyée sur la main, le regard fixé sur le vide étrange que la mort de son père avait laissé. Il passait des jours entiers sans franchir la porte de l'appartement et sans parler à personne. L'émotion le submergeait sans crier gare, brusquement il fondait en larmes seul, dans le noir, tout à tour anesthésié, terrifié, furieux, affligé. Sa mère l'avait encouragé à venir la rejoindre dans les fjords de l'Est où elle vivait avec son second mari et Beta, sa sœur, mais il n'imaginait pas quitter Reykjavik, son quartier et son appartement. Il n'imaginait pas vivre en province. Sa place était à Reykjavik. Il ne pouvait pas habiter ailleurs. C'était un enfant de la ville et il le revendiquait.

Il pensait en permanence à la manière dont son père avait trouvé la mort en se disant que, peut-être, ce dernier avait réussi à mettre quelqu'un dans une telle colère que cela lui avait coûté la vie. Il pensait bien le connaître, mais il n'était pas au courant de toutes ses manigances, pas plus qu'il ne connaissait tous ceux qu'il fréquentait ou auxquels il avait nui, au fil des ans.

Il savait cependant qu'il y avait parmi eux un certain Svanbjörn. Konrad avait vu son père s'en prendre à lui pour une histoire de dettes dont il tardait à s'acquitter et il avait dû intervenir pour le calmer. Svanbjörn possédait deux restaurants, il achetait de l'alcool de contrebande au père de Konrad, mais avait du mal à payer ce qu'il lui devait. Un incendie s'était déclaré dans un de ses établissements peu après une entrevue des plus violentes. Le père de Konrad avait juré ses grands dieux qu'il n'avait rien à voir avec ça. Quelque temps plus tard, on l'avait poignardé. Svanbjörn avait produit des témoins qui avaient attesté qu'il se trouvait à Olafsvik au moment du meurtre.

Un jour, après mûre réflexion, Konrad n'avait pas pu se retenir et était allé le voir dans l'un de ses restaurants. Svanbjörn était occupé à la cuisine, c'était un petit homme à l'air maladif, aux gestes lents et aux yeux marqués de profonds cernes. Il avait sursauté à la vue de ce visiteur inattendu.

– Qu'est-ce que tu me veux ? avait-il demandé d'un ton brutal.

– C'est toi qui as fait ça ?

– Moi ? Tu crois que j'ai tué ton père ? J'étais à Olafsvik !

– Tu as pu payer quelqu'un.

– J'aurais été ravi de m'en charger, mais ce n'est pas moi le coupable. Allez, dégage !

– Tu lui devais du fric ?

– Tu viens me réclamer de l'argent ? J'ai payé toutes mes dettes.

– Tu connais des gens qui lui en devaient ?

– Pourquoi cette question ?

– Est-ce que tu en connais ?

– Lui aussi, il en devait, avait répondu Svanbjörn. Ce n'était pas à sens unique, si c'est ce que tu crois.

– À qui ?

– Fiche-moi la paix, avait rétorqué Svanbjörn d'un ton las. Sors d'ici et fous-moi la paix. Je ne peux rien pour toi, mon garçon. Ton père n'était qu'un pauvre type. Une sale ordure doublée d'un pauvre type, voilà pourquoi ça s'est mal fini pour lui. Tu es bien placé pour le savoir. Même si je connaissais le nom de son assassin, je ne te le dirais pas. Je ne le dirais à personne.

Konrad bouillonnait de colère. Svanbjörn n'avait pas peur, il s'était avancé vers lui, avait attrapé un gros couteau de cuisine qu'il agitait le long de sa cuisse.

– Alors, tu ne bondis pas sur moi comme ton père ? Tu n'as pas envie de devenir comme lui ? Allez, viens ! Viens donc si tu l'oses !

Svanbjörn l'avait bousculé. Un instant, Konrad avait failli riposter, puis il s'était calmé, la tension était retombée. Il avait reculé devant le restaurateur et s'était éclipsé.

Plus tard, la police l'avait interrogé, tout comme sa mère et une foule de connaissances de son père, bien connues des services. On avait exploré quantité de pistes, toujours en vain. Peu à peu, l'enquête s'était enlisée. Lorsque Konrad était devenu policier, les choses avaient eu le temps de se tasser, le dossier avait rejoint les autres affaires non résolues.

Konrad continuait à scruter les photos les unes après les autres, il était sur le point de les ranger quand il repéra la fenêtre. Elle apparaissait plus ou moins distinctement sur plusieurs clichés, mais il ne l'avait pas remarquée jusqu'au moment où il avait pris en main une photo où on la voyait sous un autre angle. Il approcha sa loupe, compara le cliché aux autres et constata qu'elle était soigneusement fermée. S'il se souvenait bien, elle se trouvait à un peu plus d'un mètre en surplomb de la rue, dans la partie des abattoirs abritant les fumoirs et le bois qui servait à les allumer.

Lorsque Helga avait découvert le père de Konrad gisant sur le trottoir, ce dernier venait d'être poignardé. Pourtant, elle n'avait vu personne. L'agresseur avait déjà disparu, comme englouti par la nuit. Les rapports de police ne mentionnaient nulle part l'existence de cette fenêtre ni l'éventualité que l'assassin soit allé se cacher du côté des fumoirs. Konrad se disait qu'il n'était pas impossible qu'il s'y soit réfugié et qu'il ait ensuite traversé les abattoirs pour ressortir par la rue Lindargata, sur le terrain en pente qui se trouvait de l'autre côté.

22

Konrad reposa la loupe et frotta ses yeux fatigués en pensant aux ennemis de son père et au don qu'il avait pour s'attirer les rancœurs. Il regarda le désordre de la table. Il avait sorti quelques boîtes contenant des papiers et de petits objets qui lui avaient appartenu, parmi lesquels un anneau qu'il portait toujours au petit doigt, un briquet Ronson aux bords usés, des boutons de manchettes dorés et une montre dont il manquait le bracelet. Ces breloques sans grande valeur étaient cependant liées aux souvenirs d'enfance de Konrad, bons ou mauvais. Il y avait également un objet qu'il n'arrivait pas vraiment à identifier, un outil qu'il avait déjà vu posé par terre dans leur appartement, et que Konrad avait trouvé en rangeant les affaires de son père juste après sa mort. Pour une raison qui lui échappait, il ne s'en était jamais débarrassé et, les rares fois où il ouvrait les cartons, il sortait l'objet et s'interrogeait sur sa fonction. D'apparence banale, il tenait facilement dans une poche de pantalon. C'était un morceau de bois enrobé d'un fil de fer tendu entre deux clous. Le ressort en métal fixé dans le bois sous le fil de fer était autrefois mobile, mais aujourd'hui il était bloqué.

Son père lui avait dit qu'aucun objet ne lui avait rapporté autant d'argent. Dans son souvenir, cet outil était en rapport avec une visite qu'il avait reçue un soir. Malade comme un chien, Konrad ne s'était pas levé, cloué au lit par sa grippe. Assommé par une forte fièvre et des courbatures, en proie à des cauchemars et des hallucinations, il délirait, à mi-chemin entre le sommeil et la veille, et il avait parfois l'impression que cette visite était une invention de son esprit. Dans son état semi-conscient, il avait remarqué que son père venait de temps à autre le voir sans avoir l'air de trop s'inquiéter, puis, tout à coup, Konrad avait été sorti de sa torpeur par des coups puissants à la porte de leur appartement.

Son père buvait, assis dans la cuisine, comme bien souvent. Il lui arrivait de passer des jours entiers, seul, à écluser de l'alcool bon marché, à jouer aux dés ou à faire des réussites. La radio était en sourdine, il buvait dans un verre à digestif, on entendait le bruit des cartes quand il les posait sur la table ou celui des dés qui rebondissaient. Saloperie, maugréait-il quand les choses n'allaient pas comme il le voulait.

Konrad l'avait entendu se lever et aller à la porte. Ses marmonnements s'étaient transformés en éclats de voix qui avaient résonné dans l'appartement, puis la porte s'était refermée.

– Qu'est-ce que vous venez foutre ici ? Sortez tout de suite ! Allez, dehors !

Konrad n'avait pas entendu l'échange qui avait suivi, sombrant à nouveau dans la torpeur.

– Puisque je vous dis que c'est un malentendu, avait protesté son père. Je ne connais pas cette femme !

– Espèce d'ordure, tu n'as pas honte de harceler comme ça une pauvre femme sans défense, s'était écrié un autre homme. Il faut vraiment être un sacré salaud pour faire une chose pareille.

– C'est un malentendu, avait répété le père de Konrad. Je ne comprends pas de quoi vous parlez. Je ne suis pas voyant. Est-ce que j'ai l'air d'être médium ?

– On veut récupérer l'argent que tu lui as pris, avait répondu une autre voix d'homme.

– C'est quoi, ces conneries ?! Je ne lui ai pas pris d'argent, allez, dégagez !

– Ce n'est pas ce que dit ton copain.

Le père de Konrad avait hésité.

– Mon copain ?

– Il n'a pas traîné pour nous donner ton adresse. Il nous a dit que c'est toi qui étais le cerveau. Et quel héros ! Un pauvre type qui arnaque des veuves sans défense. Tu devrais avoir honte, espèce d'ordure !

– C'est un menteur et un poivrot, avait rétorqué le père de Konrad. Vous êtes encore plus crétins que vous en avez l'air si vous croyez ce qu'il raconte.

– Il est chez toi ?

– Qui ça ?

– L'argent, tu l'as ici ?

Bien qu'assommé par la fièvre, Konrad s'était assis dans son lit pour écouter. Il entendait toutes sortes de bruits, chaises qui raclaient le plancher, tiroirs qui se fermaient, portes de placard qui claquaient. Son père s'emportait et, tout à coup, un homme était apparu à la porte de sa chambre et l'avait regardé, ébahi.

– C'est qui ? avait-il demandé.

– Mon fils, fous-lui la paix !

La quarantaine, l'air teigneux, l'homme portait un épais manteau. C'était la mi-décembre, le temps était glacial. Il avait balayé la chambre du regard.

– Tu sais où il a caché le fric ? avait-il demandé à Konrad, qui s'était contenté de le fixer d'un air interrogateur, sans comprendre ce que ces hommes venaient faire ici ni le motif de leur fureur envers son père. Il ne savait rien de l'argent dont ils parlaient. Il n'avait pas répondu, l'homme était entré dans la chambre et Konrad s'était demandé ce qu'il fabriquait quand il avait soulevé le matelas pour regarder dessous.

– Laissez mon fils tranquille ! avait hurlé son père dans le salon. Il est malade comme un chien, vous ne le voyez donc pas ? Allez, sortez de chez moi !

L'homme avait reculé, puis quitté la chambre. Konrad avait entendu de nouveaux cris et éclats de voix dans la cuisine puis, soudain, l'un d'eux avait prévenu son copain en hurlant que le père de Konrad avait un couteau à la main.

– Je te conseille de surveiller tes arrières, pauvre connard, avait lancé l'homme.

– Ouais, ta gueule ! avait rétorqué le père de Konrad. Allez, dehors !

– Il peut arriver des tas de choses aux ordures de ton espèce.

– Dégagez ! Sortez de chez moi ! Allez, dehors, et immédiatement ! Sinon, vous allez dérouiller !

Il y avait eu d'autres bruits, son père avait lancé des jurons et menacé de leur trouer la peau, à quoi ils avaient rétorqué que ce n'était pas fini, qu'ils reviendraient ou qu'ils l'attendraient quelque part et que là, il en aurait pour son argent. Les cris avaient continué jusqu'à la porte d'entrée, puis brusquement le silence était revenu.

– Papa ? avait crié Konrad. Papa ! Tout va bien ?

Au bout d'un moment, son père était apparu à la porte de la chambre, le couteau à la main.

– C'est qui, ces hommes ? lui avait demandé son fils.

– Personne. C'est personne ! Juste des petits merdeux ! Allez, rendors-toi, bon sang.

– C'est quoi cette histoire d'argent ?

– C'est des crétins. Ils sont persuadés que j'ai volé du fric. Ne t'inquiète pas pour ça. Rendors-toi.

Konrad avait reposé sa tête sur l'oreiller. Son père avait remis de l'ordre après ce raffut, puis il avait repris sa place dans la cuisine et, bientôt, on avait entendu les dés rouler sur la table. Konrad avait ensuite dormi d'un sommeil entrecoupé, incapable de dire combien de temps s'était écoulé à son réveil. Il se sentait légèrement mieux. Et malgré son épuisement, ses nausées et ses maux de tête, il était sorti de sa chambre pour aller chercher un verre d'eau. Il avait alors vu son père assis seul dans la nuit, perdu dans ses pensées, cet étrange objet entre les mains.

Konrad le manipulait en repensant à cette drôle de visite. Il ignorait la fonction de ce truc aujourd'hui cassé. C'était probablement parce qu'il était lié au souvenir de ces hommes énigmatiques qu'il ne s'en était pas débarrassé quand il avait envoyé une grande partie des affaires de son père à la décharge. Il savait juste que son père y tenait beaucoup et qu'il lui avait sans doute permis de gagner de l'argent que des inconnus avaient exigé qu'il rembourse.

23

La jeune femme était réticente à laisser entrer Marta. Son hésitation se prolongeant, la policière lui demanda si elle pouvait lui offrir un café, arguant qu'il fallait toujours du temps pour se rappeler certaines choses. La mémoire avait un fonctionnement surprenant. Certains souvenirs s'y ancraient et refusaient de s'effacer quoi qu'on fasse. D'autres étaient balayés sans même qu'on le remarque. Son interlocutrice n'était toujours pas convaincue, elle avait déjà été interrogée par un agent venu frapper à sa porte. Elle n'avait rien à ajouter. Nous verrons bien, insista Marta, tout témoignage compte dans ce genre d'enquête, même s'il peut sembler insignifiant. La police tenait à l'interroger à nouveau, espérant combler les failles de sa mémoire.

La jeune femme finit par céder. L'air abattu, hésitante et timide, elle s'exprimait d'une voix si faible qu'il fallait tendre l'oreille. Marta remarqua les Lego dans le salon et lui demanda où étaient les enfants. Tous étaient à l'école. Elle lui parla un moment de sujets sans importance, puis orienta la conversation sur le drame qui avait eu lieu dans l'immeuble d'en face. La jeune femme avoua qu'elle avait eu un sacré choc en apprenant qu'une chose pareille était arrivée dans le voisinage. Le quartier était calme, peuplé de gens charmants, et elle avait encore du mal à croire que de telles horreurs puissent se produire dans sa rue.

Marta acquiesça à ses propos en ajoutant que, fort heureusement, ce type de crime était très rare à Reykjavik et que la police s'employait à les résoudre rapidement pour que la population ne passe pas des jours entiers tenaillée par la peur et l'inquiétude. Elle ajouta que l'enquête n'avançait pas aussi vite qu'elle l'aurait souhaité et qu'il était important que tous coopèrent et assistent la police dans la mesure de leurs possibilités.

– Vous êtes mère au foyer ? demanda Marta en prenant une gorgée de café brûlant.

– Oui, depuis deux ans.

– Ça ne vous manque pas de ne pas travailler à l'extérieur ?

– Si, parfois. Mon mari…

– Oui ?

– Non, rien.

La policière n'insista pas. Elle l'avait discrètement observée. C'était elle que Hallur avait aperçue à sa fenêtre depuis l'autre côté de la rue, cette femme dont il avait eu l'impression qu'elle n'allait pas bien. La police avait déjà pris sa déposition et celles de ses voisins. Les procès-verbaux ne mentionnaient pas qu'elle ait déclaré avoir vu Hallur monter en voiture et s'en aller.

Marta orienta la conversation de manière à lui rafraîchir la mémoire sans toutefois lui révéler ce qu'avait dit Hallur et, tout à coup, elle se rappela avoir vu un homme monter en voiture et quitter la rue. Elle demanda à la policière de l'excuser pour cet oubli, elle n'était pas dans son assiette ce soir-là. Elle ignorait si cet homme venait de sortir de l'immeuble, mais la description qu'elle en donnait pouvait parfaitement correspondre à Hallur. Elle ne l'avait pas vu très clairement et n'y connaissait rien en voitures, elle savait seulement que celle qu'elle avait vue était rouge, tout comme celle de Hallur.

Marta s'avança vers la fenêtre pour regarder la rue en contrebas. Le jardinet situé à l'arrière de l'immeuble de Valborg n'était pas visible de là. Elle se rendit dans la cuisine d'où l'on apercevait en revanche les rangées d'arbres qui le délimitaient et le vasistas de la buanderie. Elle demanda à la jeune femme si elle avait repéré des allées et venues bizarres dans le jardin ce soir-là ou même dans le quartier les jours précédents, mais son hôtesse se contenta de secouer la tête en disant qu'elle n'avait hélas rien remarqué d'inhabituel.

En la regardant, Marta ne pouvait s'empêcher d'éprouver de la compassion. Elle décida de prendre le taureau par les cornes. Elle avait l'impression que cette femme avait envie de parler à quelqu'un, mais qu'elle n'en trouvait pas la force.

– Dites-moi, demanda-t-elle, vous allez continuer à supporter ça longtemps ?

– Quoi donc ?

– Tout ce que vous subissez ?

– Comment ça ?

– Je veux dire cette violence.

– Cette violence ?

– Celle qu'il vous inflige.

La femme la regarda, sidérée.

– Ça dure depuis longtemps ? poursuivit Marta.

– Je ne vois pas de quoi vous parlez.

– Je comprends bien que ce n'est pas facile d'aborder ces choses-là, mais je tiens à vous y encourager et je serais ravie de vous y aider si vous me le permettez. Hélas, je suis spécialiste de cette question en tant que policière. J'ai aidé plusieurs femmes dans votre situation et je sais à quel point c'est difficile de faire le premier pas. Difficile, voire presque inconcevable.

Marta vit la peur remplacer la surprise sur le visage de la jeune femme qui fuyait son regard.

– Vous devriez réfléchir, reprit-elle, rassurante. Il est temps de penser un peu à vous. Ni à lui, ni à vos enfants, ni au reste de la famille. Ni à vos amis et connaissances, pour autant qu'il vous autorise encore à les voir. Pour l'instant, vous ne devriez penser qu'à vous seule. Il est grand temps. Vous devriez cesser de vous sacrifier à cet homme, à sa volonté et à sa violence.

Marta ne pouvait pas se taire. Elle avait remarqué dans son cou des bleus en voie de disparition que le col de son chemisier avait du mal à dissimuler. Elle avait également une trace à côté de l'œil et ne se servait que d'un bras quand elle s'affairait dans la cuisine. Elle négligeait son apparence et portait tous les signes d'une personne enfermée depuis longtemps dans une relation abusive. Marta avait rencontré beaucoup de victimes de violences conjugales et elle en reconnaissait les traces, les attitudes destinées à masquer la souffrance, la honte que leur regard avait du mal à dissimuler.

– Si vous le souhaitez, vous pouvez m'accompagner. J'ai des amies au refuge. Je sais qu'elles vous accueilleraient bien. Nous pouvons y aller maintenant, si vous en avez la force, proposa Marta.

– Vous feriez mieux de partir, répondit la jeune femme. Mon mari ne va plus tarder à rentrer et vous n'avez pas envie de le voir.

– Pourquoi donc ? Au contraire, j'aimerais bien le rencontrer, c'est toujours intéressant d'écouter ce que ces hommes-là ont à dire.

La jeune femme baissait les yeux.

– Voyez-vous, reprit la policière, je sais que je suis pour vous une parfaite inconnue et que vous pensez sans doute que je me mêle de choses qui ne me regardent pas, mais je vais quand même vous laisser mon numéro. Vous pouvez m'appeler quand vous voulez, de jour comme de nuit. N'hésitez pas. Je serais heureuse d'avoir de vos nouvelles.

Elle nota le numéro sur le calepin qu'elle gardait toujours dans sa poche, arracha la feuille et la lui tendit. La jeune femme refusa de la prendre, Marta la posa donc sur la table et se leva.

– Vous n'avez vu personne dans le jardin de l'immeuble ? demanda la policière. Personne qui se serait faufilé dans la nuit ?

La jeune femme secoua la tête.

– D'accord, bon, dans ce cas, j'y vais…

– Ça ne vous dérange pas de n'en parler à personne… murmura l'épouse maltraitée. Je ne vois pas où vous voulez en venir. C'est un malentendu et… enfin, ça ne vous regarde pas. Vraiment pas. Laissez-moi tranquille. Pour l'amour de Dieu, laissez-moi juste tranquille.

24

Assise dans la salle d'attente, Valborg était de plus en plus inquiète. Elle avait demandé un examen prénatal, on lui avait dit de venir au service de gynécologie où on lui donnerait un rendez-vous. Trois autres femmes dont la grossesse était plus ou moins avancée se trouvaient également là. Deux d'entre elles n'allaient manifestement pas tarder à accoucher, mais en ce qui concernait la troisième, on ne voyait même pas qu'elle était enceinte. Replète, d'un calme olympien, elle lisait des magazines de mode étrangers. Valborg était tout sauf calme. Elle avait feuilleté quelques numéros froissés du *Familie Journal* publié au Danemark, posés sur la table, mais elle n'arrivait pas à se concentrer, angoissée par ce rendez-vous. Angoissée par les services de protection des mères. Angoissée de devoir exposer sa situation. Elle maudissait la cohorte d'ennuis que cette grossesse lui apportait.

Sa plus grande peur était devenue réalité et elle se sentait désemparée. La première solution qui lui était venue à l'esprit, aussi affreuse que l'idée pût lui paraître, c'était d'opter pour un avortement. Elle ne pouvait pas envisager de mettre cet enfant au monde. Elle n'était pas habituée à éprouver de tels sentiments, un tel dégoût, mais elle était certaine que l'enfant lui rappellerait constamment ce qui lui était arrivé et qu'elle voulait plus que tout oublier comme si ça ne s'était jamais passé. Elle se sentait tellement mal depuis qu'elle avait un moment pensé mettre fin à ses jours. Pour ne rien arranger, elle ne pouvait envisager de se confier à qui que ce soit. Plongée dans la solitude et l'isolement pendant ses longues nuits d'insomnie, elle se débattait avec cette horreur.

On avait appelé une des femmes qui attendaient avec elle, Valborg savait que son tour approchait. Elle essayait de se concentrer sur ce qu'elle avait l'intention de dire. Elle avait préparé ses phrases avant d'arriver et, une fois encore, elle se les répétait mentalement, renonçant à certaines, en modifiant d'autres jusqu'à ne plus savoir où elle en était, ce qui n'avait fait que décupler son anxiété. Puis elle s'était à nouveau calmée. Elle venait avant tout ici pour prendre conseil. Il fallait simplement qu'elle expose sa situation à quelqu'un et elle craignait d'avoir attendu trop longtemps.

Quand une femme était enfin venue l'appeler, elle avait violemment sursauté et, au lieu de la suivre, elle était restée à sa place, avait bredouillé de vagues excuses avant de quitter la salle d'attente et de disparaître. Son courage s'était évanoui.

Les consultations prénatales n'étaient pas obligatoires, mais elle tenait à savoir si elle n'avait pas dépassé le délai légal pour pratiquer un avortement. Et elle avait besoin de parler à quelqu'un. Juste à quelqu'un. Une semaine plus tard, elle était donc revenue et, quand la secrétaire l'avait appelée, elle avait trouvé la force de la suivre à l'accueil puis jusqu'à une petite pièce où une sage-femme ne tarderait pas à la rejoindre. Je vous en prie, asseyez-vous. Elle va arriver. Prévenez-moi si vous avez besoin de quelque chose, avait dit la secrétaire avant de quitter la salle.

Quelques instants plus tard, la sage-femme avait fait son apparition. Elle avait serré la main de Valborg et l'avait sentie très tendue. Elle s'était donc abstenue de lui demander si tout allait bien et s'était contentée de lui proposer un verre d'eau.

Valborg l'avait accepté. Elle avait l'impression qu'elle allait vomir. La sage-femme lui avait tendu le verre en lui parlant d'une voix apaisante et en lui demandant si c'était la première fois qu'elle venait consulter, si elle avait déjà des enfants, à quel moment elle allait accoucher, si elle avait bénéficié d'un suivi. Chacune de ces questions sonnait comme une attaque, une accusation, une condamnation. Certes, c'étaient là des vérifications routinières, mais elle avait compris qu'elle allait devoir s'armer de courage si elle voulait obtenir l'aide dont elle avait tellement besoin. Le problème, c'était que d'une part elle ne savait pas vraiment ce qu'elle voulait et que, d'autre part, elle savait qu'elle n'avait pas le choix. Elle était aussi déterminée qu'hésitante. Un jour désemparée, le lendemain résolue. Elle ne savait qu'une seule chose : elle était terriblement malheureuse et cela durait depuis cette affreuse nuit qui avait précédé Noël.

– Je ne veux rien savoir de cet enfant, avait martelé Valborg. Je ne veux rien avoir à faire avec lui. Je sais que c'est affreux de dire une chose pareille, mais j'ai mes raisons. Ne me demandez pas lesquelles.

– Et le père ? avait rétorqué la sage-femme d'un air sévère. Il est au courant ? Il est d'accord ?

– Non, il ne sait rien.

– Vous comptez lui en parler ? avait demandé la sage-femme d'un ton accusateur.

Valborg avait secoué la tête.

– Non, je n'y compte pas.

– Je peux vous demander pourquoi ?

À nouveau, Valborg avait secoué la tête dans une angoisse muette.

– Il vous a violée ?

– Je préférerais que vous évitiez de me poser ce genre de questions. Je n'en ai parlé à personne et je n'en ai pas envie.

La sage-femme avait hésité.

– Donc, vous envisageriez un avortement ?

– Oui. Non. Enfin, je ne sais pas. Sans doute. Pourtant, je ne veux pas… j'ai peur qu'il ne soit trop tard.

– Vous êtes enceinte de combien de mois ?

– Bientôt trois.

– C'est donc en décembre que…

Valborg avait hoché la tête.

– Je crains que vous n'ayez atteint la dernière limite, avait poursuivi la sage-femme, l'air de plus en plus austère. Vous êtes sûre de ne pas vouloir cet enfant ? Il arrive que les grossesses soient difficiles et qu'elles engendrent toutes sortes d'idées, elles s'accompagnent parfois de mélancolie et mettent l'équilibre psychologique en péril. Un avortement est une chose très grave et il n'est autorisé qu'à titre exceptionnel. Il faut remplir certaines conditions. Je crains que vous ne puissiez y être… autorisée simplement comme ça…

– Vous me l'interdisez ?

– C'est compliqué. À mon avis, il vaut mieux vous résoudre à votre sort.

– Mais je ne veux pas voir cet enfant, avait murmuré Valborg. Il m'est déjà assez difficile de l'avouer.

Mon Dieu, je ne peux pas, pardonnez-moi, mais je ne peux pas.

Elle s'était levée et avancée vers la porte.

– Vous n'avez pas le droit de m'interdire ça. Pardonnez-moi… mais vous n'en avez pas le droit.

Puis elle s'était précipitée dehors.

Deux jours plus tard, elle avait reçu un coup de téléphone. Elle ne connaissait ni la voix ni le nom de la femme qui l'appelait pour lui dire qu'elle avait eu vent de ses problèmes. Valborg se demandait ce qui se passait. Sa correspondante semblait lire dans ses pensées et sa voix avait un effet étrangement apaisant. Elle lui avait expliqué qu'elle était sage-femme et qu'une de ses amies lui avait communiqué son numéro. Elle souhaitait savoir si elle pouvait l'aider. Elle avait compris que l'enfant avait été conçu dans des conditions particulières sur lesquelles il était inutile de s'étendre et savait qu'elle souhaitait avorter.

– Oui, avait répondu Valborg, je suis parvenue à la conclusion que c'est la meilleure solution, mais je ne suis pas sûre qu'on m'y aut…

– Et l'enfant ? avait demandé sa correspondante. Vous ne trouvez pas que vous devriez aussi penser à lui ?

Son ton n'avait rien d'accusateur, elle continuait à s'exprimer avec douceur.

– Bien sûr, c'est à vous d'en décider, avait-elle ajouté, mais je voulais savoir si vous pourriez envisager de lui trouver une famille d'adoption ?

– J'y ai aussi réfléchi, avait avoué Valborg. En tout cas, je ne peux pas imaginer l'élever.

– Si vous le souhaitez, je peux vous aider. C'est évidemment vous qui décidez, mais vous ne devriez pas agir avant d'avoir tout bien pesé. J'ai rencontré un certain nombre de femmes dans votre situation et je sais que vous n'avez pas envie de faire une chose que vous risquez ensuite de regretter. Je vous propose de nous rencontrer pour tenter de trouver une solution.

Les paroles de cette femme l'avaient beaucoup rassurée, elles lui avaient apporté le réconfort dont elle avait besoin depuis longtemps. Elle semblait parfaitement comprendre la situation et la seule chose qu'elle avait en tête, c'était de l'aider.

– Vous pouvez me répéter votre nom ?

– Sunnefa.

– Et vous pensez… vous avez déjà fait ce genre de chose ? avait demandé Valborg. Je veux dire, contacter des femmes comme moi ?

– Vous n'êtes pas tout à fait seule au monde, avait rassuré Sunnefa. D'ailleurs, le monde est plus grand et plus complexe que vous l'imaginez.

– Vous en connaissez d'autres ? Des femmes comme moi ?

– Si vous me demandez si j'ai déjà rencontré des femmes dans votre situation, je dois vous avouer que oui. J'ai l'impression que ce qui s'est passé vous a traumatisée. Vous n'êtes pas la première ni la dernière, malheureusement. Je voudrais savoir si je peux vous aider. Si vous m'y autorisez. Et si vous pensez que l'avortement est vraiment la seule solution pour vous.

Valborg avait gardé le silence un long moment en réfléchissant à ses paroles.

– Si vous le souhaitez, je pourrais trouver une bonne maison pour cet enfant, avait repris sa correspondante. C'est à vous seule que revient la décision, mais nous pouvons nous arranger pour que personne n'en sache rien.

– Que personne n'en sache rien ? avait répété Valborg.

– Si c'est ce que vous souhaitez. Personne n'a besoin d'être au courant. Absolument personne.

25

La pluie était froide, drue et incessante. Abrité dans la cabane de chantier, l'homme fumait une Camel. Les cheveux gris, une barbe de deux jours blanche et râpeuse, il scrutait la pluie de ses petits yeux surmontés d'épais sourcils et observait Konrad qui, contournant les fondations, marchait d'un pas pressé dans sa direction. Bientôt, un nouvel hôtel, un de plus, sortirait de terre. C'était la fin de la journée, la plupart des ouvriers étaient rentrés chez eux. Ils avaient préparé les coffrages et les armatures, le lendemain ils couleraient le béton.

Les deux hommes se serrèrent la main et se présentèrent, Konrad comprit aussitôt qu'il avait trouvé le bon interlocuteur. Flosi continuait à fumer sa Camel sans trop se soucier de sa présence. L'ancien policier avait l'impression qu'il en fallait beaucoup pour troubler la quiétude naturelle de l'ouvrier et il supposait que sa visite ne dérogerait pas à cette règle.

Son ami Eythor n'était pas resté les bras croisés après leur entrevue à la Galerie nationale. Il avait appelé des gens rencontrés quand il travaillait au Glaumbaer, non seulement d'anciens collègues, mais également des habitués. Il était heureux de se replonger dans cette époque, certains coups de fil avaient d'ailleurs été assez longs. Parmi tous ceux qu'il avait connus, bon nombre étaient morts et il en avait oublié d'autres, mais au bout du compte, il avait réussi à rassembler quelques noms dont il se disait qu'ils pourraient être utiles à Konrad. Il lui avait demandé de le tenir au courant de la manière dont ses investigations avançaient.

– Maudite pluie ! s'exclama Konrad en s'ébrouant, heureux de pouvoir se mettre à l'abri. Il avait déjà interrogé deux anciens employés de Glaumbaer qui se souvenaient vaguement de Valborg, mais pas suffisamment.

– Voilà, c'est l'inondation, s'agaça Flosi d'une voix rauque de fumeur, attrapant sa cigarette entre ses doigts pour la jeter dans les fondations où une grande mare s'était formée. Vous êtes le copain d'Eythor ? demanda-t-il en le regardant, des mèches de cheveux gris en bataille dépassant de sous sa casquette.

– Il m'a dit que vous pourriez me parler du Glaumbaer, que vous y avez travaillé comme serveur et que vous étiez présent le soir de l'incendie.

– Je croyais que le Glaumbaer n'intéressait plus personne et que tout le monde l'avait oublié, répondit l'ouvrier.

– C'était un endroit fantastique, répondit Konrad en essayant d'imaginer cet homme plusieurs dizaines d'années plus jeune, mais il n'arrivait pas à le reconnaître alors que ce dernier lui avait nécessairement servi quelques chartreuses, juste avant l'heure de la fermeture. Je ne dis pas que j'étais un client régulier, mais j'y venais assez souvent.

Flosi le dévisagea.

– Je ne me souviens pas de vous. Eythor m'a dit que vous avez été collègues dans la police.

– En effet. Vous vous souvenez de Valborg, une jeune femme qui travaillait au Glaumbaer ? Je suppose qu'Eythor vous en a parlé.

– Et vous êtes à la retraite ou… ?

– Oui, j'ai pris ma retraite.

– Mais pas complètement ? demanda Flosi, le regard perdu dans la pluie.

– Si. Mais on ne se débarrasse pas si facilement de ce boulot.

– Eythor m'a parlé de cette femme, mais je n'arrive pas à me souvenir d'elle. Je le lui ai dit, mais il m'a répondu que je pouvais quand même en discuter avec vous au cas où des choses me reviendraient. Une foule de gens travaillaient au Glaumbaer à la grande époque, il y avait des orchestres et des filles qui jouaient les groupies et tout ça se confond plus ou moins dans ma mémoire. Je l'ai expliqué à Eythor en lui disant que je ne vous apprendrais pas grand-chose. D'ailleurs, je n'ai travaillé là-bas que deux ans et quelques.

– J'imagine que Valborg était une jeune femme très calme et discrète. Eythor vous a dit ce qu'il lui est arrivé ?

– Oui, et personne ne sait rien ?

Konrad secoua la tête et ajouta que la police faisait de son mieux pour retrouver l'assassin, mais qu'elle manquait cruellement d'éléments. Flosi sortit son paquet de Camel froissé. Il prit une cigarette, lui en proposa une, mais Konrad refusa. Il n'avait pas touché une Camel depuis des dizaines d'années. Autant fumer du crottin de cheval, se disait-il.

– Je ne me tiens pas trop au courant de l'actualité, répondit Flosi en allumant sa clope avec un briquet en plastique quasiment vide qu'il devait secouer et taper sur sa paume pour le faire fonctionner. Mais j'ai quand même entendu parler de ce cambriolage doublé d'un meurtre. Ça fait tout drôle de se dire que cette femme a travaillé au Glaumbaer autrefois.

– Oui, elle s'appelle Valborg.

– Et vous pensez qu'il y aurait un rapport avec la discothèque ? Elle fait partie de votre famille ? Vous la connaissez comment ?

– Je l'ai rencontrée très récemment, répondit Konrad. Peu avant sa mort, elle m'a contacté en me demandant de lui rendre un petit service et il me semble que je lui dois bien ça. Eythor m'a dit que vous lui aviez parlé de gens pas forcément très recommandables qui fréquentaient le Glaumbaer.

– Ils n'étaient pas nombreux.

– Évidemment.

– Tout le monde venait au Glaumbaer, reprit Flosi, et fatalement il y avait aussi des marginaux, comme on les appelle aujourd'hui. Des gens qui avaient fait de la taule, ou qui allaient en faire. Des zonards. Des types qui étaient là uniquement pour déclencher des bagarres. S'en prendre aux femmes mariées. Des gars qui cherchaient des noises. On les surveillait de près. Vous avez forcément rencontré des personnes de ce genre. Le rebut de la société, vous me suivez ? Ces trucs-là ont toujours existé.

Flosi jouait les philosophes sous la pluie battante, sa barbe de trois jours crissait sous sa paume quand il se grattait les joues.

– Vous vous souvenez de certains plus particulièrement ? demanda Konrad.

– Vous croyez qu'il est arrivé quelque chose à cette jeune femme au Glaumbaer ? éluda Flosi.

– Je l'ignore.

– Vous êtes bien ici pour une raison précise, non ?

– Oui, en effet, j'essaie de découvrir si quelque chose lui est arrivé là-bas, avoua Konrad. Quelqu'un m'a parlé du Glaumbaer dans ce contexte. Elle y travaillait au moment de l'incendie. Elle fréquentait peut-être un de ses collègues. Ou un client régulier.

– Vous voulez savoir si elle avait un homme dans sa vie ? À cette époque ?

– C'est une des questions que je me pose, reconnut Konrad. J'aimerais savoir si elle avait quelqu'un quand elle travaillait là-bas.

– Je suis désolé de ne pas pouvoir vous aider, regretta Flosi. Je ne me souviens même pas d'elle et donc encore moins des hommes avec qui elle pouvait sortir.

– Mais vous vous rappelez peut-être d'hommes qui l'auraient importunée et qu'elle aurait éconduits. Des hommes qui l'auraient harcelée, qui auraient refusé de la laisser tranquille. Des hommes dont les femmes avaient peur, dont elles venaient se plaindre auprès de vous. Vous savez comment sont certains. Surtout quand ils sortent faire la fête.

Flosi aspira la fumée de sa cigarette, méditant sur les étranges questions de Konrad, les yeux baissés sur les fondations et sur la mare de plus en plus large qui les envahissait.

– Je ne me souviens d'aucun en particulier, répondit-il après une longue réflexion. Il se passait toutes sortes de choses plus ou moins banales et souvent aussitôt oubliées. Des bagarres et des altercations, des frictions comme il y en a dans tous les lieux de distraction. Un homme qui faisait peur aux femmes ?

Le regard perdu dans la pluie, Flosi fouillait sa mémoire en quête de vieilles histoires datant de l'époque où il avait été serveur.

– Oui, je me souviens d'un gars qui venait assez régulièrement et qui avait été accusé de viol, si ça peut vous aider. C'est ma défunte sœur qui m'en a parlé. Je ne sais pas comment elle avait appris ça, mais elle me l'a montré un jour en me disant qu'il avait violé une fille dans un village de la côte, je me demande si ce n'était pas à Keflavik. En tout cas, il avait eu affaire à la justice même s'il avait été acquitté. Ma sœur était attentive à ces choses-là, elle était en fac de droit à l'époque. C'est elle qui m'a fait remarquer cet homme. C'est ce genre de chose que vous cherchez ?

– Oui, tout à fait.

– Il me semble qu'il avait des contacts à la base américaine, reprit Flosi. En général, les soldats étaient plutôt discrets, mais ils venaient se distraire à Reykjavik et ce gars-là était parfois avec un ou deux militaires. Les gens n'aimaient pas trop les Amerloques et je crois qu'ils le sentaient, les pauvres.

– Votre sœur est décédée ?

– Oui.

– Et vous n'avez pas souvenir d'autres hommes du même genre ? Ou d'autres cas de viols ? D'hommes qui auraient été accusés ?

– Non. Je ne vois rien d'autre à part ce truc-là. Et, pour être honnête, c'est un souvenir très flou, je crois que je me le rappelle uniquement parce que ma sœur m'en a parlé. Je me demande quand même si…

– Oui ?

– Il me semble qu'elle m'avait dit que c'était arrivé dans une discothèque.

– Quoi donc ?

– Ce viol. Dans une discothèque. Après la fermeture.

26

L'histoire était bien connue au sein de la famille, même si on en parlait le moins possible par respect pour cette femme aimée et appréciée de tous ceux qui l'avaient fréquentée. Deux hommes avaient abusé de la faiblesse et du veuvage de Stella. Qui plus est, ils avaient exploité la douleur de la perte de son fils en la convainquant qu'ils étaient en relation avec l'au-delà. Dès qu'ils eurent gagné sa confiance en lui proposant des séances de voyance, elle leur avait donné de l'argent qu'ils lui avaient promis de remettre à des associations de bienfaisance. Plus elle s'était montrée généreuse avec eux, à la mesure de sa candeur presque enfantine, plus ils s'étaient joués d'elle jusqu'à piller la totalité de ses économies. Puis un jour, elle avait demandé à son frère comment se procurer un nouveau chéquier et tout avait été découvert. Les deux compères s'étaient évanouis dans la nature. Elle ne les connaissait que par leurs prénoms et refusait de croire qu'ils aient pu la berner. Ces hommes lui avaient ouvert les portes de l'au-delà et apporté une consolation tout en l'aidant à accepter son destin là où bien d'autres avaient échoué. Le fait qu'elle ait eu affaire à des escrocs et à des voleurs ne semblait pas lui importer vraiment. Il avait fallu déployer des trésors d'énergie pour lui ouvrir les yeux sur ce qui lui était réellement arrivé.

Les années avaient passé, mais la blessure était encore vive pour toute la famille.

– C'étaient deux belles ordures, lança le neveu de Stella à Konrad lorsqu'il vint le voir en compagnie d'Eyglo, après avoir compris qu'il avait en face de lui le fils d'un des escrocs et la fille de l'autre. Ils n'avaient pas annoncé leur visite et l'expert-comptable avait été plutôt surpris. Il n'avait cependant pas tardé à se ressaisir, habitué à recevoir des inconnus qui venaient lui soumettre toutes sortes de problèmes.

– Et vous êtes la fille du médium ? demanda-t-il en regardant Eyglo et en traçant des guillemets du bout des doigts en prononçant le mot.

– Mon père travaillait comme voyant. Il avait de mauvaises fréquentations, répondit-elle en regardant Konrad.

– Votre tante n'est hélas pas leur seule victime, fit remarquer Konrad qui, tout comme Eyglo, découvrait plus en profondeur la mésaventure de Stella. Il croyait ce que cet homme leur racontait, n'ayant aucune raison de mettre sa parole en doute. Konrad avait entendu une foule d'histoires sur son père et il savait de quoi il était capable, surtout lorsqu'il était face à plus faible que lui.

– En effet, c'est ce qu'on nous a dit, répondit le comptable. Les deux compères étaient maîtres dans l'art de l'entourloupe, ils ont su exploiter ses faiblesses, et pas seulement son deuil. Elle était incapable de se débrouiller seule et elle faisait confiance à tout le monde.

– C'est hélas une qualité en voie de disparition, regretta Eyglo.

Après quelques hésitations, cédant à leur insistance, le comptable avait fini par leur raconter plus précisément les relations entre sa tante et les deux escrocs, et la manière dont ils l'avaient abusée. Le fils unique de Stella, un jeune homme très prometteur, s'était noyé dans le lac d'Ellidavatn où sa barque avait chaviré, à peine deux ans après le décès de son mari. Ces deux raclures l'avaient appris d'une manière ou d'une autre et ils avaient connaissance de détails intimes de la famille dont ils s'étaient servis pour la berner. Personne n'avait prévenu la police. L'affaire avait été étouffée. Souhaitant avant tout préserver Stella, ses proches n'avaient pas voulu l'ébruiter à cause de tout ce que cela aurait impliqué : articles dans la presse, enquête de police et peut-être même procès. Tout cela n'aurait pas manqué d'entacher sa réputation. Deux hommes étaient en revanche allés chez Konrad pour tenter de récupérer une partie de l'argent qu'ils avaient volé. Stella avait signé beaucoup de chèques qu'elle avait remis aux escrocs. Tout avait disparu. Ils n'avaient rien remboursé.

– Mon père était l'un des hommes qui ont retrouvé ces malfrats, poursuivit le comptable. Ils ont essayé de récupérer l'argent. Celui qui se prétendait médium n'était apparemment qu'un pauvre type qui accusait son complice d'être le cerveau et d'avoir endossé les chèques. L'autre vivait dans un sous-sol du quartier de Skuggahverfi. Quand ils sont allés chez lui, il était soûl et il les a menacés avec un couteau.

– Deux hommes ? Un sous-sol de Skuggahverfi ? répéta Konrad en repensant au soir où son père avait reçu une visite alors qu'il était alité dans sa chambre, malade comme un chien.

– Oui, confirma le comptable, mon père et un de ses copains.

Le souvenir que Konrad conservait de cette soirée gagna tout à coup en netteté. Il comprenait enfin la raison pour laquelle ces deux hommes avaient fait irruption chez lui.

– C'était votre père ?

– Il me semble me rappeler vaguement cette visite, répondit Konrad en revoyant l'homme au manteau et à l'air teigneux chercher l'argent sous son lit. Je crois que votre père et son ami sont repartis les mains vides.

– Oui, je viens de vous le dire, nous n'avons jamais récupéré l'argent.

– Et donc, l'affaire a été close ?

– J'imagine.

– Vous imaginez ? Quelle profession exerçait votre père ? demanda Konrad.

– Il était expert-comptable. Ici, dans ce bureau. Il est décédé il y a une dizaine d'années.

– Et celui qui l'a accompagné dans Skuggahverfi ? Son ami ?

– Comment ça, son ami ?

– C'était qui ? Il faisait quoi ?

– Je ne vois pas le rapport avec cette histoire, répondit-il en regardant tour à tour ses deux visiteurs. Ils étaient assis dans son bureau, entourés de dossiers et de documents : décomptes annuels, déclarations de revenus, restes dus, capital et dettes. L'air était lourd, les fenêtres closes, et le lieu manquait d'aération. Cet homme avait pris la succession de son père, les épaules tombantes, il était voûté après de longues heures passées à sa table de travail. Petit, les traits étonnamment grossiers, le nez épaté, une grande bouche et des lèvres épaisses, il portait des lunettes à double foyer. Son bureau était à deux pas de la cathédrale de Reykjavik et, derrière les fenêtres fermées, on entendait les cloches qui sonnaient tristement.

– Effectivement, reconnut Konrad, simple curiosité.

– C'était un ami de la famille, une connaissance de mon père.

– Il est encore en vie ?

– Eh bien, oui. Il s'appelle Henning, il est très vieux, mais je ne sais pas…

– Est-ce qu'ils ont fait d'autres tentatives pour récupérer l'argent ? demanda Konrad.

– D'autres tentatives ? Non, je ne crois pas. Comment ça ?

– Je me souviens qu'ils étaient menaçants.

Jusqu'alors, l'ancien policier n'avait pas relié la visite de ces deux hommes au destin de son père. Elle lui paraissait trop lointaine et irréelle, et ressemblait plutôt à un cauchemar.

– Vous dites qu'ils lui ont fait du mal ?

– Mon père a été assassiné à peu près un an après leur visite, souligna Konrad.

– Je sais.

– Vous en avez donc entendu parler ?

– Je n'étais pas né à l'époque, répondit le comptable, mais nous sommes tous au courant dans la famille. Mon père n'en parlait jamais, ma mère non plus. Par contre, l'ami de papa, celui qui l'a accompagné dans le quartier de Skuggahverfi, m'a raconté leur visite chez les escrocs. J'ai essayé d'en parler à mon père, de lui dire que l'homme qui avait fait tant de mal à Stella avait été assassiné, mais il s'est contenté de secouer la tête sans rien dire. Il ne voulait pas aborder le sujet.

– Vous ne trouvez pas ça bizarre ? Je veux dire, son silence.

– Non. Enfin, je n'y ai jamais vraiment réfléchi. Il a toujours été assez… Je ne sais pas pourquoi je vous dis tout ça mais ce n'était pas un homme très gai. Il était austère et n'avait pas un caractère facile. Pendant un moment, il a même été soigné pour les nerfs et il ne pouvait pas travailler. J'ai donc appris très tôt à le laisser tranquille.

– Selon vous, pourquoi il ne vous a jamais parlé de tout ça ? Pourquoi il refusait d'en discuter ? glissa Eyglo.

– Je n'en sais rien. J'essaie juste de vous dire comment il fonctionnait.

– Il aurait pourtant été logique qu'il aborde le sujet, reprit Eyglo. Un homme abuse de la confiance de votre tante, puis on le retrouve poignardé. Il avait sans doute quelque chose à dire là-dessus ? Il devait bien avoir une opinion.

– Vous croyez qu'il y a des règles en la matière ? Qu'est-ce que vous sous-entendez exactement ? rétorqua le comptable, manifestement agacé par leurs questions. Vous êtes peut-être venus ici tous les deux pour l'accuser de meurtre ? Vous comptez réellement essayer de faire porter le chapeau à mon père ?

– Mais non, pas du tout, loin de là, se récria Konrad.

– Vous feriez peut-être mieux de partir, répondit le comptable en faisant mine de les raccompagner. Je n'aime pas ce genre d'insinuations.

– Nous n'avons pas voulu en faire, reprit Konrad d'un ton calme.

– Soit. Enfin, j'ai autre chose à faire, je ne peux pas vous aider plus que ça.

– Mais cet ami de votre père, demanda Eyglo. Ce Henning, est-ce qu'il vous a parlé du meurtre quand il vous a raconté cette histoire ?

– Je viens de vous dire que ces questions ne m'intéressent pas.

Il ôta ses lunettes et se mit à les nettoyer.

– J'ai autre chose à faire. Pour tout dire, je suis très occupé. En outre, j'étais adolescent la première fois que j'ai entendu parler de ces événements qui dataient de déjà bien longtemps et je n'en sais pas assez pour pouvoir vous aider.

– Vous en savez quand même assez pour les traiter d'ordures, souligna Konrad.

Eyglo lui fit les gros yeux. Elle n'était pas venue là pour se disputer avec un homme dont la famille avait souffert des méfaits de son père. Le comptable les regarda alternativement et remit ses grosses lunettes.

– Il vous a dit quelque…

Eyglo n'eut pas le temps d'achever sa phrase.

– Je vous prie de m'excuser, coupa le comptable en se levant. Je ne voulais pas vous vexer. Je suis certain que ces deux-là étaient exemplaires dans tout ce qu'ils entreprenaient. Je vous remercie de votre visite, mais je suis très occupé et je n'ai pas plus de temps à vous consacrer. Désolé de ne pouvoir vous aider davantage.

– Ce Henning, l'ami de votre père, est-ce qu'il vous a dit quelque chose ? insista Eyglo avec un sourire amical pour contrebalancer le comportement de Konrad qui avait réussi à s'aliéner leur hôte.

– Ce qu'il m'a dit n'a aucune importance puisque ce n'est pas ce qui est arrivé. Mon père disait souvent des choses qui dépassaient sa pensée.

– Comment ça ?

L'homme les regarda derrière ses doubles foyers, ses lèvres lippues esquissèrent un sourire indéchiffrable. Depuis la rue, on entendait les cloches qui sonnaient le glas. La porte de la cathédrale s'ouvrit et un cortège se forma derrière un cercueil blanc.

– Il m'a dit que mon père voulait le tuer. Qu'il voulait le saigner comme on saigne un chien enragé.

27

Eyglo proposa à Konrad de l'accompagner au cimetière. Il répondit qu'il n'avait pas le temps. Elle y alla donc seule après l'avoir quitté. La nuit commençait à tomber et la circulation à s'intensifier lorsqu'elle se gara dans une rue à proximité. Le ciel était maussade, une bruine légère se déposait sur ses vêtements et son visage tandis qu'elle longeait les vieilles tombes et les stèles couvertes de mousses. Elle veillait à ne pas marcher sur d'anciennes sépultures et se faufilait entre elles en lisant les inscriptions et en regardant les dates de naissance et de mort. Elle venait souvent ici pour profiter de la tranquillité des lieux même si le calme était de plus en plus menacé par les touristes qui, dans leur perpétuelle quête de nouvelles activités, s'éloignaient du centre-ville et y étaient toujours plus nombreux.

Elle marchait tranquillement dans les allées en lisant les pierres tombales. Elle avait souvent pu constater combien la foi en l'existence d'une vie après la mort était ancrée chez les gens qui pensaient en détenir des preuves irréfutables. Engilbert en faisait partie et elle-même avait été éduquée dans cette croyance. Son père était persuadé de l'existence d'un monde de l'éther où les âmes des défunts se retrouvaient une fois libérées de leur enveloppe corporelle. Ces âmes pouvaient grâce à des puissances particulières entrer en contact avec les vivants. Il affirmait en avoir eu maintes fois la preuve dans son travail. Eyglo avait pour sa part vécu des choses qui échappaient à son entendement même si elle avait toujours douté de l'existence de ce que son père et les médiums de sa génération avaient baptisé le monde de l'éther. Elle n'avait pas d'idées préconçues sur les puissances à l'œuvre quand ce qu'elle percevait se plaçait en dehors du champ des perceptions habituelles. Ces forces demeuraient pour elle aussi énigmatiques que dans son enfance alors qu'elle voyait des choses étranges et inexpliquées.

Elle avait contourné le Tombeau de Sturla qu'on venait de restaurer et s'était bientôt retrouvée devant la tombe de Malfridur. La vieille dame reposait aux côtés de son mari. Elle était la seule à avoir été inhumée dans le cimetière depuis le début de l'année si on excluait les urnes funéraires enterrées dans des sépultures plus anciennes. Ceux qui avaient leur place réservée dans le plus ancien cimetière de la ville étaient de moins en moins nombreux. Eyglo aurait voulu pouvoir y acheter une concession, mais c'était impossible. Un jour, elle avait même proposé en riant à Malfridur de lui racheter sa place. Sa plaisanterie était tombée à plat.

Les très rares tombes nouvelles étaient aujourd'hui encore creusées à la pelle, comme en 1838, à l'époque où le cimetière avait été inauguré. Eyglo inspira l'odeur de la terre fraîchement remuée sur la sépulture de Malfridur, elle en prit une poignée qu'elle laissa filer entre ses doigts. Pour l'instant, il n'y avait pas de stèle, cela viendrait plus tard.

– Elle est dans un bel endroit, déclara une voix derrière elle.

En se retournant, elle découvrit l'amie de Malfridur, qu'elle avait trouvée assise à son chevet la dernière fois qu'elle l'avait vue. Elle croyait se souvenir que la vieille dame l'avait appelée Hulda. La femme portait le même manteau vert et un foulard noué sur la tête. Elle s'était discrètement approchée et avait regardé la tombe fraîchement creusée d'un air aussi doux que la bruine.

– Ce ne serait pas vous que j'ai vue le jour de sa mort ? demanda Eyglo.

– Je tenais à être à ses côtés quand elle partirait.

– Ça a dû la toucher.

La femme baissa les yeux sur la terre brune.

– Ce qu'elle cherchait, elle l'a maintenant…

Eyglo n'entendit pas la fin de la phrase. Un homme descendait l'allée et lui demanda en anglais si elle savait où se trouvait le tombeau de Jon Sigurdsson. Elle ne comprit pas immédiatement ce qu'il voulait, mais crut reconnaître un accent scandinave et lui répondit dans son anglais approximatif qu'il devait descendre vers la rue Sudurgata, la sépulture qu'il cherchait était sous une colonne de pierre. L'étranger la remercia et reprit sa route. Elle se retourna vers la tombe de Malfridur : la femme au manteau vert avait disparu. Elle scruta les alentours. Elle aurait voulu lui dire au revoir. Sa phrase était restée inachevée, Eyglo se demandait ce qu'elle avait voulu lui dire.

Elle resta encore quelque temps devant la tombe puis reprit ses pérégrinations. Elle aimait le calme des cimetières, mais elle était venue là pour autre chose. Ayant recherché sur Internet l'emplacement de la tombe qu'elle cherchait, elle n'eut aucun mal à la localiser. Elle était surprise de constater qu'elle n'était pas mieux entretenue. Des herbes folles envahissaient l'intérieur du carré délimitant les trois sépultures. Les bordures étaient cassées, la pierre tombale penchait vers l'arrière et, sur un côté, elle était très abîmée. La dorure censée célébrer la mémoire des défunts avait quasiment disparu. Le troisième nom avait été ajouté longtemps après les deux premiers, lorsque la famille avait enfin été réunie dans cette ultime demeure.

STELLA BJARNADOTTIR

Eyglo lut les noms et les années, puis posa sa main sur la pierre et récita une prière. Pardonnez-nous nos offenses, murmura-t-elle en se disant que son père avait profité du malheur de Stella. Même si elle avait du mal à le croire, il semblait bien qu'il avait berné cette femme innocente et crédule en s'associant avec un malfrat pour lui soutirer de l'argent. Plus elle pensait à son père, à Stella et à son fils, plus la tristesse la submergeait. Enfant, elle avait été bien plus proche d'Engilbert que de sa mère. Le père et la fille étaient faits du même bois et, quand elle ne se sentait pas bien, c'était lui qu'elle allait voir, lui qui lui offrait réconfort et tendresse, et qui comprenait ses états d'âme. Mais à chacun ses démons. Eyglo savait qu'il avait des défauts et qu'il se débattait avec pas mal de problèmes. Elle ne connaissait pas toutes les histoires qui le concernaient, mais craignait que plusieurs d'entre elles ne ressemblent au récit qu'elle avait entendu de la bouche du neveu de Stella.

Pardonnez-nous nos offenses. La pierre était froide, dure et rugueuse, la terre s'était affaissée sous son poids, comme si elle n'avait plus la force de porter toute la tristesse qu'elle abritait.

Le soir, Eyglo avait fait une chose qu'elle n'avait pas faite depuis longtemps. Elle avait la tête ailleurs et elle ignorait pourquoi cela s'était produit, mais tout à coup elle s'était retrouvée assise au piano installé dans un coin de son salon, une antiquité danoise héritée de la famille de son père qui avait surtout une valeur décorative. Ce piano se trouvait chez sa tante puis, lorsque cette dernière était morte, Eyglo l'avait pris chez elle. Il avait fallu quatre hommes robustes et adroits pour l'installer. Ils lui avaient dit qu'il pesait au moins trois cents kilos et qu'ils n'avaient jamais vu un truc pareil.

Eyglo n'en jouait pas, mais un jour, à une époque où elle avait pris des leçons, elle avait contacté un accordeur qui lui avait dit que ça ne valait pas vraiment la peine de le restaurer tant l'intérieur était abîmé. Selon lui, l'instrument avait été fabriqué au Danemark dans les années 1900. Le système complètement désuet était endommagé, tout comme le mécanisme d'échappement. Eyglo n'avait rien compris à ce qu'il racontait. Quant au bois du coffre, il était lui aussi très abîmé. Il était donc vain d'accorder l'instrument. En revanche, l'extérieur était en très bon état, c'était un bel objet ornementé et sculpté qui embellissait le salon. Il avait conclu en disant que beaucoup de gens gardaient chez eux des héritages de famille comme celui-ci à des fins purement décoratives.

Et voilà qu'elle s'était assise là sans même savoir pourquoi. Peut-être avait-elle entendu du piano dans les appartements de la rue Ljosvallagata où elle s'était garée pour aller au cimetière. Ou peut-être un concert à la radio dont elle avait oublié la diffusion. Elle souleva le couvercle pesant qui protégeait les touches, passa ses doigts sur l'ivoire jauni et remarqua qu'une des notes était bloquée. Elle essaya de la libérer sans y parvenir malgré des tentatives répétées. Elle ne se souvenait pas avoir remarqué ce détail la dernière fois qu'elle l'avait ouvert et se demanda à quel moment cela s'était produit. Elle recevait peu d'invités et elle était certaine que personne n'avait touché à l'instrument.

Il n'empêchait qu'on aurait pu croire que quelqu'un avait frappé si fort sur cette touche qu'elle était restée enfoncée. Elle referma le couvercle en se demandant quand et comment elle s'était bloquée, mais elle ne trouvait aucune réponse. Un sentiment désagréable l'avait accompagnée jusque dans son sommeil et, pendant la nuit, Engilbert lui était apparu en rêve. C'était une vision cauchemardesque. Il était penché sur le piano, ruisselant, comme lorsqu'on l'avait repêché dans le port. Il avait une flaque d'eau à ses pieds, des algues s'étaient emmêlées dans ses cheveux. Il lui tournait le dos, la tête inclinée, il avait ouvert le piano et frappait constamment la même fausse note, comme fou de colère.

Quand elle s'était réveillée le lendemain matin, elle avait regardé, hésitante, dans le salon, et compris que ce qu'elle avait vu pendant la nuit n'était peut-être pas uniquement un rêve.

28

Après l'entrevue avec l'expert-comptable, Konrad était en retard à son rendez-vous. Il avait appelé Palmi qui lui avait dit que sa soirée était prise, mais qu'il était le bienvenu s'il n'arrivait pas trop tard. Il roula aussi vite que possible malgré la circulation sur la route de Keflavik et, lorsqu'il arriva à destination, la nuit était tombée.

Les deux hommes se serrèrent la main. Konrad en vint droit au fait, c'était une qualité que Palmi appréciait chez lui. Il lui raconta qu'il avait enfin, après toutes ces années, rencontré le témoin principal de l'assassinat de son père, Helga, et que cette dernière lui avait dit que les fumoirs des abattoirs étaient allumés, mais que ce détail n'était pas mentionné dans les rapports de police.

– Les fumoirs ? répéta Palmi. Je croyais qu'ils fonctionnaient en continu.

– Pas du tout, répondit Konrad. J'ai passé mon enfance à deux pas de cet endroit. Parfois l'odeur de la fumée envahissait tout le quartier, parfois on ne la sentait pas du tout. Ces rues étaient mon terrain de jeu, il m'arrivait même de franchir le portail et de regarder les ouvriers travailler.

– Mais qu'est-ce que ça change ?

– Je me rappelle qu'on les allumait à la fin de la journée ou même tard le soir et qu'on laissait le combustible se consumer pendant la nuit. Par conséquent, il n'y avait pas grand monde dans les parages à ces moments-là.

– On a scrupuleusement épluché tout ça, répondit Palmi. Les employés ont été interrogés. On n'a pu établir aucun lien entre eux et ton père.

– J'ai lu les rapports, mais nous savons tous les deux que les procès-verbaux ne disent pas tout. Est-ce que tu te souviens si vous avez parlé des fumoirs quand vous avez interrogé tous ces gens ?

Palmi hocha la tête.

– Oui, je crois bien qu'on a vérifié ce détail à l'époque.

– Mon père a été poignardé juste devant, reprit Konrad. Le bâtiment qui abritait les fumoirs était à côté du porche où on l'a trouvé, il longeait la rue Skulagata et il comportait une petite fenêtre.

Konrad sortit la photo des archives du photographe de presse et la tendit à Palmi qui mit ses lunettes et la scruta attentivement. Le cliché était sombre et le grain assez grossier, mais la fenêtre était clairement visible.

– Elle est assez grande pour qu'un homme puisse s'y glisser, observa Konrad.

– Oui, on dirait. Et elle est fermée.

– Ce n'était sans doute pas difficile d'y entrer et de s'arranger pour que personne ne s'en rende compte.

Konrad exposa la théorie qu'il avait échafaudée depuis sa rencontre avec Helga, soulignant qu'il s'était écoulé très peu de temps entre le moment où son père avait été poignardé et celui où la jeune fille l'avait découvert. Alors encore en vie, il était mort sous ses yeux et avait essayé de lui dire quelque chose qu'elle n'avait pas compris. L'assassin avait filé, mais il aurait été logique qu'elle l'aperçoive dans la rue puisqu'il venait juste de commettre son crime. Konrad se disait que le meurtrier avait vu Helga et qu'il n'avait pas eu d'autre solution que de détaler en passant par cette fenêtre.

– Je me rappelle que nous avons vérifié tout ça, répondit Palmi. D'ailleurs, ce n'était pas la seule ouverture donnant sur la rue Skulagata, même si c'était la seule par laquelle il pouvait entrer. Si je me souviens bien, l'entreprise était en train de changer les barreaux des fenêtres ou peut-être d'en installer. On n'a trouvé aucune trace aux abords de celle dont tu parles. De plus, les portes de ces fumoirs étaient fermées de l'extérieur. Ce qui signifie que, si quelqu'un y était entré, il n'aurait pas pu en ressortir.

– Et il n'aurait pas pu s'y cacher ?

– Non, répondit Palmi. On a vérifié tout ça le soir même. On a passé tout le périmètre au peigne fin à l'exception des fours. En effet, ils fonctionnaient. Ce détail me revient maintenant qu'on en parle.

– Et vous ne les avez pas ouverts ?

– Non, on pouvait à peine poser la main sur les portes, elles étaient brûlantes.

Palmi se souvenait que la police avait rapidement envisagé au minimum trois versions des faits. Première possibilité : quelqu'un avait donné rendez-vous à la victime dans l'intention de l'assassiner, il s'agissait donc d'un meurtre avec préméditation. Deuxième hypothèse : la victime avait rendez-vous avec un ou plusieurs hommes, ils s'étaient disputés et cela s'était terminé par cette agression sanglante, il s'agissait donc d'un homicide involontaire. Troisième hypothèse : quelqu'un surveillait ses allées et venues depuis un bon moment, et ce quelqu'un avait décidé de l'attendre devant les abattoirs pour le tuer. Toutes ces versions impliquaient que la victime connaissait son assassin de près ou de loin.

Il existait également une quatrième hypothèse. Le père de Konrad avait longé Skulagata où il avait croisé son assassin par hasard devant les abattoirs, il y avait eu une bagarre qui s'était mal terminée. Ce meurtre avait été commis sans que l'assassin et la victime se connaissent. Comme l'enquête ne progressait pas, la police avait de plus en plus penché en faveur de cette quatrième hypothèse, d'autant qu'il est difficile d'élucider un crime sans mobile apparent.

Les deux hommes poursuivaient leur discussion et, comme d'habitude, ils ne parvinrent à aucune conclusion. Puis Palmi déclara qu'il devait se mettre en route.

– Si mon père avait rendez-vous à cet endroit, il me semblerait logique que ce rendez-vous ait eu quelque chose à voir avec les abattoirs, reprit Konrad. On peut imaginer qu'un ouvrier ait voulu lui passer de la viande en douce par la grille.

– Mais n'importe qui dans la rue aurait pu les voir, non ? rétorqua Palmi. Skulagata n'est pas vraiment l'endroit idéal pour ce genre de magouilles. En plus, on n'a rien trouvé qui permette d'établir un lien entre ton père et cette entreprise.

– J'en suis bien conscient, mais tu sais, les gens sont parfois prêts à mentir pour moins que ça.

– Et quand bien même. Celui ou ceux qui se seraient livrés à ces vols de marchandises sont très probablement morts et enterrés, conclut Palmi en raccompagnant Konrad à sa porte. Il faisait nuit noire, le vent glacial qui soufflait du nord les rudoyait.

– Évidemment. Et je n'ai jamais entendu parler d'un employé qui aurait voulu soulager sa conscience sur son lit de mort avant d'aller à la rencontre de son Créateur.

– Dans ce cas, il est allé brûler dans les flammes de l'enfer, répondit Palmi.

Konrad esquissa un sourire.

– Ce n'est pas ça qui compte. Mon but n'est pas la vengeance ni le châtiment. Je voudrais juste savoir ce qui s'est passé et pourquoi.

– Tu as franchi une étape importante en rencontrant Helga, répondit Palmi après un silence. Ça t'a fait du bien de lui parler, non ?

– Oui, beaucoup. J'aurais sans doute dû la contacter bien avant.

– Tu crois vraiment que tu vas pouvoir résoudre cette enquête après tout ce temps ?

Palmi lui avait déjà posé la question et la réponse n'avait pas changé.

– J'en doute. J'en doute énormément. Je suppose que je m'y suis pris trop tard. Et je sais que vous avez remué ciel et terre à l'époque, par conséquent…

– Il n'empêche que ça m'amusera de voir comment tu te débrouilles, répondit Palmi.

– Non, rien de tout ça n'est amusant, absolument rien, fit tristement Konrad.

Il hésita.

– À part ça, je n'étais pas encore entré dans la police à l'époque, mais tu te souviens peut-être d'une affaire de viol qui s'est produit ici, sur la côte, vers 1970. Un viol dans une discothèque. Après la fermeture. Il y a eu un procès, mais le gars a été acquitté.

Palmi s'accorda un instant de réflexion.

– 1970 ? Non, ça ne me dit rien. Tu veux que je vérifie ?

– Ça ne te dérange pas ?

– C'était peut-être…

– Quoi ?

– Non, répondit Palmi, pensif. Il y avait un emmerdeur qui traînait dans les parages à l'époque. Je me souviens qu'on est allés le chercher un jour chez lui parce qu'une femme l'avait accusé de viol. Un vrai connard. Il jouait du couteau, ce qui était plutôt rare dans ce temps-là. Ce détail m'a beaucoup marqué, c'est pour ça que je m'en souviens. Je ne sais pas s'il est mort ou pas.

– Tu peux vérifier ?

– Je vais voir ce que je trouve, répondit Palmi en demandant à Konrad d'être prudent sur la route avant de rentrer se mettre au chaud.

29

La douleur semblait ne jamais devoir prendre fin et devenait insupportable. Valborg essayait de ne pas crier, elle poussait tellement qu'elle craignait de s'évanouir. Sunnefa lui parlait d'un ton rassurant et l'encourageait, tout se passait bien et, d'ici peu, ce serait terminé. Il fallait juste qu'elle pousse encore un peu, on commençait à voir la tête de l'enfant, c'était presque fini, il n'y en avait plus que pour quelques minutes.

Elle avait senti les premières contractions trois heures plus tôt. Elle avait perdu les eaux quelques instants auparavant et Sunnefa avait pris les choses en main. Elles avaient tout préparé avec soin, Valborg était rassurée par le professionnalisme et l'assurance de la sage-femme. Elle ne voulait surtout pas qu'il arrive malheur à l'enfant qu'il lui était déjà assez difficile d'abandonner immédiatement après sa naissance.

Vers la fin de sa grossesse, elle avait déménagé à Selfoss où travaillait Sunnefa, et s'était installée chez elle. Les deux femmes étaient conscientes qu'elles prenaient des risques en se passant de la présence d'un médecin. En cas de complications, Sunnefa n'hésiterait pas à appeler une ambulance. Cela dit, elle était persuadée que l'accouchement se déroulerait normalement. Valborg était robuste, elle n'avait pas eu de problèmes pendant la grossesse. Sa sœur n'était pas en Islande, elle avait travaillé comme bonne à tout faire à Copenhague tout l'été et une bonne partie de l'automne. Deux ans plus tôt, leur mère avait déménagé à Vik i Myrdal avec son nouveau compagnon, elles se téléphonaient de temps en temps, mais c'était tout. Valborg avait dit à ses amis qu'elle allait travailler en province à l'est de Reykjavik. Elle n'avait parlé à personne de ce qui lui était arrivé ni de ses projets.

Quand tout avait été terminé, elle s'était endormie, épuisée. Sunnefa s'était occupée de l'enfant, elle l'avait lavé et avait vérifié les signes vitaux. Elle avait également nettoyé les draps et les serviettes qu'elle avait étendus sur le fil à linge dans la salle de bains. Quand Valborg s'était réveillée, elle l'avait aidée à faire sa toilette. L'accouchée n'avait posé aucune question sur l'enfant et elle avait évité de regarder l'endroit où il dormait à poings fermés.

Sunnefa s'était penchée sur elle.

– Je te le demande pour la dernière fois. Tu es bien certaine de vouloir opter pour cette solution ?

Valborg l'avait regardée droit dans les yeux.

– Oui, j'en suis certaine, avait-elle murmuré.

– Tu ne veux même pas le voir ?

Valborg avait secoué la tête.

– Non, jamais.

– Tu en es bien sûre ?

– Tu m'as promis de ne pas m'y obliger.

– D'accord. Tu veux savoir si c'est une fille ou un garçon ?

– Non, ne me dis rien. Emmène-le, avait-elle ordonné en secouant la tête, plus déterminée que jamais. Emmène-le loin d'ici, fais ce que tu avais prévu et laisse-moi me reposer.

30

Gloey affirmait s'être blessée avec la portière de sa voiture, ce qui expliquait sa lèvre fendue et les bleus qu'elle avait au visage. Sa portière avait presque été arrachée par un coup de vent et lui était revenue en plein visage. Elle avait eu très mal. Comme pour prouver qu'elle disait la vérité, elle ajouta que cela lui était déjà arrivé par le passé, voilà longtemps. Une bourrasque lui avait alors littéralement projeté la portière en pleine tête et l'avait éraflée. Mais, cette fois, elle n'avait pas pu se servir de son bras pour se protéger.

Assise dans le bureau de Marta, Gloey avait demandé deux fois si elle pouvait fumer. La policière lui avait dit non en lui proposant sa cigarette électronique, mais la jeune femme ne supportait pas ces trucs-là. Marta l'avait interrogée sur ses blessures, Gloey avait fourni cette explication en ajoutant qu'elle n'était pas venue au commissariat pour lui parler de ses démêlés avec les portières de voiture et les bourrasques, mais pour lui dire qu'elle n'était pas dans son état normal les jours précédents. Elle avait beaucoup bu, s'était droguée et tout ce qu'elle avait raconté sur son mari était très exagéré. En réalité, elle avait été folle de rage en découvrant que Hallur la trompait avec sa sœur et elle avait inventé ce tissu de mensonges. Elle avait parlé sous le coup de la colère, elle le regrettait et tenait à en informer la police. Hallur ne devait d'argent à personne. Il avait renoncé à la drogue depuis longtemps. Personne ne le menaçait. Elle avait dit tout ça uniquement pour lui nuire et elle ne comprenait pas comment elle avait pu inventer toutes ces âneries.

Marta l'écouta calmement en essayant d'imaginer comme on s'y prenait pour recevoir la portière d'une voiture en s'installant au volant. Ce genre d'accident devait sans doute arriver. Peut-être même deux fois dans une courte vie. Elle savait d'expérience qu'il fallait se méfier des bourrasques. Ce n'était pas une farce. Un jour, sa portière lui avait échappé et le vent l'avait tellement malmenée qu'elle s'était retrouvée toute cabossée : Marta descendait de voiture devant le bâtiment de Jon Loftsson, situé sur une place réputée pleine de courants d'air, et elle n'avait pas fait attention.

Elle avait entendu dans sa vie des mensonges beaucoup plus gênants, mais ce n'était pas le récit finalement assez plausible de Gloey qui lui posait problème. C'était son attitude. Elle n'était plus furieuse, elle avait peur, elle remuait nerveusement sur sa chaise, son joli visage esquinté et son bras dans le plâtre.

– Gloey, qu'est-ce qui se passe ? demanda-t-elle.

– J'ai la lèvre qui me brûle.

– Non, je veux dire, de quoi avez-vous peur comme ça ?

– De rien. Je n'ai pas peur.

– De Hallur ?

– Non. Pourquoi ? Pourquoi je devrais avoir peur de lui ?

– De ses copains alors ?

– Non, enfin, je ne sais pas… je ne les connais pas.

– Ces gens à qui Hallur doit de l'argent ?

– Non. Je veux dire, il ne doit rien à personne. À personne.

– Vous m'avez dit qu'ils étaient trois, mais vous n'avez pas voulu les nommer. Vous souhaitez me donner leurs noms ?

– Je ne sais pas…

– Ce sont eux qui vous ont fait ça ?

– Non, c'est…

– Oui, la portière de votre voiture, pardon, j'avais oublié, répondit Marta. Votre mari doit énormément d'argent, c'est ce que vous m'avez dit la dernière fois que nous nous sommes vues. Vous n'arriviez pas à imaginer comment il allait rembourser des sommes pareilles. Je vous pose à nouveau la question, est-ce que ce sont ces gens qui vous ont fait ça ?

Gloey ne répondit pas.

– Ils l'ont menacé, reprit Marta, et il pensait avoir trouvé une solution pour les rembourser. C'est ce que vous m'avez dit l'autre jour.

– Je n'étais pas dans mon état normal, répéta Gloey. C'était des conneries. Je vous ai raconté n'importe quoi.

– Ce sont eux qui vous ont fait ça ?

– Non, je m'y suis mal prise pour ouvrir ma portière, s'entêta Gloey.

– Qui sont ces gens ?

– J'ai été maladroite.

Les interrogatoires de Hallur n'avaient pas été très fructueux. Les seuls indices de son éventuel passage chez Valborg étaient les traces de terre du jardin qu'on avait retrouvées sur ses chaussures, mais il avait fourni une tout autre explication à leur présence. Il avait en outre déclaré avoir senti une odeur de poubelles, de crasse ou de déchets dans la cage d'escalier quand il était sorti de chez la sœur de Gloey. Personne n'avait compris d'où elle provenait jusqu'au moment où quelqu'un avait fait remarquer le vide-ordures dont le conduit débouchait au sous-sol dans le local à poubelles.

La police s'était procuré les enregistrements des caméras de surveillance installées à proximité du domicile de Valborg au cas où ces derniers auraient permis de cartographier les déplacements de Hallur et de les comparer à sa version. Mais ces caméras étaient peu nombreuses dans les quartiers résidentiels et le résultat était peu concluant.

Marta était allée chez Emanuel, il continuait à affirmer qu'il essayait seulement le nouveau télescope qu'il s'était offert pour observer les étoiles. C'était un appareil de marque Acuter posé sur un trépied semblable à ceux dont se servaient beaucoup de photographes. Il s'était révélé assez encombrant quand son propriétaire avait dû le réinstaller dans son salon à la demande de Marta. L'astronome l'avait en effet rangé dans un placard après la visite de Konrad.

Ce télescope était doté d'un très bon zoom pour qui voulait observer d'autres choses, plus proches que les corps célestes. Marta avait procédé à une reconstitution et Emanuel s'était montré très coopératif. Hallur avait été moins enthousiaste, mais il s'était finalement laissé convaincre. On l'avait emmené dans la cage d'escalier de Valborg. Une policière lui avait ouvert la porte de l'appartement. Hallur avait fait semblant de l'agresser et de la faire tomber à terre, puis il était passé de pièce en pièce, la tête enveloppée d'une cagoule qu'on avait trouvée chez lui et vêtu de la même manière que le soir où la vieille dame avait été assassinée. Puis il était sorti de chez elle en courant. La reconstitution était terminée.

Pendant ce temps, Emanuel avait observé derrière sa lentille les allées et venues du suspect jusqu'au moment où ce dernier était ressorti dans la cage d'escalier où il avait disparu de son champ de vision. Debout à ses côtés, Marta avait veillé à ce qu'il ne triche pas en épiant d'autres appartements, puis elle lui avait demandé ce qu'il en pensait. La question était simple. C'était bien cet homme-là qui s'en était pris à Valborg ?

– Je dirais que ce n'est pas impossible, avait répondu Emanuel, mais je ne suis pas vraiment certain.

Marta avait contemplé le voyeur d'un air sévère, espérant que ça lui permettrait d'obtenir une réponse dénuée d'ambiguïté.

– Je crois, avait dit Emanuel.

– Parfait.

– Mais je ne suis pas tout à fait sûr.

– Il faudrait choisir.

– C'est possible, mais je n'en suis pas sûr.

– Jésus, Marie, avait soupiré Marta.

Elle avait interrogé le fils qui avait décrit son père comme un sale pervers qui passait ses soirées à épier les gens derrière son télescope en croyant que personne ne le voyait. Cela dit, il arrivait aussi qu'il sorte sur le balcon pour observer les étoiles. Mais le plus souvent, il jouait les voyeurs. Cela durait depuis environ un an, depuis qu'il avait divorcé. Le fils avait honte de ce qu'il faisait, il avait précisé n'y avoir jamais participé et attendait de pouvoir quitter le domicile pour emménager à Breidholt où il comptait louer un appartement avec deux copains.

Marta ayant échoué à obtenir une réponse claire de la part d'Emanuel, elle avait prévenu ses collègues dans l'immeuble de Valborg que la reconstitution était terminée. On avait ramené Hallur au commissariat, toujours en garde à vue. Il clamait son innocence et ne comprenait pas pourquoi on le traitait de cette manière. Marta avait continué à interroger Emanuel sur ce qu'il avait vu derrière sa lentille le soir du meurtre. Penaud, debout à côté de son télescope, il attendait que cessent les rafales de questions et que la policière lève le camp pour pouvoir reprendre le fil de sa vie. Elle avait presque pitié de cet homme, surtout quand elle pensait à son fils qui avait manifestement une dent contre lui.

– Pourquoi vous faites ça ? avait-elle demandé.

– Je ne sais même pas, avait répondu Emanuel.

– Le procédé est un peu vieillot. Aujourd'hui, les gens s'espionnent mutuellement par Internet. Ce ne serait pas plus simple d'aller traîner sur Facebook ? Plus personne n'épie ses voisins par la fenêtre.

Emanuel avait semblé percevoir la compassion qu'elle ressentait envers lui et l'agacement qu'elle avait éprouvé en interrogeant son fils.

– Vous cherchez quoi ? avait-elle repris. Des femmes nues ?

– Non, avait aussitôt démenti Emanuel.

– Alors quoi d'autre ?

– Autre chose, avait-il répondu.

– Quoi donc ?

– Je n'en sais rien. Le bonheur.

– Le bonheur ? Qu'est-ce que vous racontez ?

Il ne lui avait pas répondu. Marta avait regardé le télescope et le trépied en lui demandant s'il faisait aussi des photos. S'il possédait un appareil équipé d'un bon zoom qui pouvait s'adapter sur ce support. Il lui avait répondu à contrecœur qu'il avait en effet un bon appareil et était allé le chercher.

– Je voulais détruire ces clichés, avait-il dit, en guise d'excuse.

Il avait ouvert le dossier abritant sa quête du bonheur, pour autant que ses paroles aient été sincères, et avait laissé Marta explorer les photos. La plupart étaient prises dans la rue et montraient des gens qui marchaient en se tenant par la main, des familles devant la boutique d'un glacier, des jeunes qui s'embrassaient. D'autres avaient été prises depuis son salon. On y voyait des personnes âgées plongées dans leur lecture, des parents assis avec leurs enfants à la table de la cuisine, des épouses qui se blottissaient contre leur mari devant la télé. Tous ces clichés constituaient autant d'intrusions dans la vie privée, mais aucun n'était indécent.

Marta les avait passés en revue jusqu'à tomber sur ceux d'une femme qu'elle reconnaissait, une femme qui semblait pleurer, assise seule dans son salon.

– Ça m'étonnerait que vous ayez trouvé le bonheur dans cet appartement, avait-elle ironisé en lui montrant la photo de la mère au foyer qu'elle avait interrogée et dont elle était persuadée qu'elle subissait des violences conjugales depuis longtemps.

– Non, avait convenu Emanuel. Son mari est ignoble. Je l'ai vu s'en prendre à elle ce soir-là. J'ai vu comment il… enfin, c'était affreux. C'était juste monstrueux.

31

Konrad ne connaissait pas de sage-femme. Erna, sa défunte épouse, avait travaillé comme médecin dans plusieurs hôpitaux et connu une foule de soignants. Konrad en avait rencontré quelques-uns, parmi lesquels Svanhildur, qui avait parfois pratiqué des autopsies et travaillé avec lui quand il était policier. Ils étaient devenus amis, et même plus. Après le décès d'Erna, Svanhildur l'avait contacté à plusieurs reprises pour prendre de ses nouvelles, mais il l'avait accueillie plutôt froidement, comme s'il ne s'était jamais rien passé entre eux. Il lui était toutefois arrivé de s'adresser à elle pour obtenir des renseignements qui lui faisaient défaut, elle l'avait toujours reçu avec gentillesse et l'avait aidé sans rien lui demander en échange, se contentant tout au plus de suggérer qu'ils devraient peut-être discuter de certaines choses importantes et qu'il n'avait aucune raison de l'éviter.

Au terme d'une longue réflexion et après quelques verres de vin destinés à lui donner du courage, il l'appela dans la soirée après sa visite chez Palmi. Fidèle à son habitude, il en vint droit au fait et lui demanda si elle pouvait l'aider à retrouver une sage-femme qui travaillait dans les années 70 et avait peut-être la réputation d'être opposée à l'avortement…

– Aux interruptions de grossesse, corrigea Svanhildur.

– Aux interruptions… ?

– C'est le terme qu'on utilise aujourd'hui.

Elle se montra tout de suite intéressée. Ce coup de fil tardif la surprenait peut-être, mais elle n'en laissa rien paraître et s'abstint également de lui faire remarquer que sa voix laissait supposer qu'il avait bu. Elle lui demanda ce qui l'occupait ces temps-ci et pourquoi il s'intéressait aux sages-femmes. Il lui parla de sa rencontre avec Valborg, qu'il avait refusé d'aider, ajoutant qu'il le regrettait. Il aurait très bien pu y consentir s'il n'avait pas été aussi grognon et mal embouché quand elle l'avait contacté. Puis cette femme avait été assassinée et il se disait qu'il aurait peut-être pu empêcher le drame s'il avait accepté de l'aider.

Il débita toutes ces informations à vive allure. Svanhildur comprit qu'il se sentait mal et se demanda s'il n'avait pas trop forcé sur le vin.

– Tu parles de la femme assassinée chez elle ? demanda-t-elle. De Valborg ?

– J'aurais très bien pu l'aider, répéta Konrad. Je ne comprends toujours pas pourquoi je ne l'ai pas fait.

– Soit, mais ça n'aurait pas empêché quoi que ce soit, répondit Svanhildur. Tu n'es plus flic. Tu es à la retraite.

– Et si le meurtre est lié à cette histoire ?

– Laquelle ?

– Elle avait essayé de retrouver son enfant avant de venir me voir. Peut-être que ce sont ses tentatives qui ont tout déclenché.

– Tu en as des preuves ?

– Non.

– Tu dis qu'elle était sage-femme ? Qu'est-ce que les autres sages-femmes viennent faire là-dedans ?

– Non. Valborg attendait un enfant qu'elle ne désirait pas, elle a contacté une sage-femme qui s'est occupée de l'accouchement et a confié l'enfant à d'autres gens. Elle l'a fait disparaître. Valborg m'a demandé de l'aider à retrouver cet enfant. Tout cela remonte à presque cinquante ans et Valborg n'avait pas la moindre idée de ce qu'il était devenu. Elle ne l'avait jamais vu. Elle ne savait même pas si c'était une fille ou un garçon.

– Et tu essaies de le retrouver maintenant ? demanda Svanhildur. Tu ne crois pas que tu t'y prends un peu tard ?

– Oui, vraiment très tard.

– Tu dis que cette sage-femme a fait disparaître l'enfant, tu veux dire qu'elle l'aurait… tué ?

– Non, je ne pense pas, et ce n'est pas du tout ce que m'a dit Valborg. Disons plutôt que cette femme connaissait des gens désireux d'adopter et qu'elle a trouvé un foyer pour le bébé. Elle s'est arrangée pour que personne ne soit au courant en dehors de ceux qui étaient concernés. Je suppose qu'elle a falsifié des documents officiels si c'était nécessaire. Quant aux parents adoptifs, ils ont pu dire qu'ils avaient adopté l'enfant en suivant la procédure habituelle ou même qu'ils étaient ses parents biologiques. Personne ne mettait en doute ce genre de choses, surtout à l'époque.

– Tu sais pourquoi elle ne voulait pas ce bébé ?

– Non, j'essaie de le découvrir, répondit Konrad.

Il y eut un silence. Chacun réfléchissait de son côté, puis Svanhildur prit le taureau par les cornes.

– Tu m'appelles seulement pour ça ou… ?

– Ça me fait du bien de pouvoir t'en parler, répondit Konrad. J'ai toujours aimé discuter avec toi.

– Donc, tu ne m'évites plus ? demanda-t-elle. Ça fait longtemps qu'Erna est morte. Ce n'est pas que je veuille reprendre le fil de nos mauvaises habitudes, mais je crois que ça te ferait du bien de parler de ce qui s'est passé. De nous. Moi aussi, ça me ferait du bien. Et je sais que tu as mauvaise conscience. Parce que nous ne lui avons jamais rien dit. Mais je t'ai déjà expliqué que ça n'aurait rien arrangé pour elle si nous l'avions mise au courant. Rien du tout.

– J'aurais voulu faire les choses autrement, répondit Konrad. Je n'aurais pas dû t'écouter.

– Tu me reproches d'être responsable de tout ça ?

– Non, évidemment, personne n'est responsable dans ces cas-là.

– Ces cas-là… ?

– Le pire, c'est que… je suis parfois envahi par des soupçons. Je me dis qu'elle était peut-être au courant de notre relation. Qu'elle savait que je la trompais et qu'elle attendait que je lui en parle. Que je sois honnête avec elle. Je ne l'ai jamais fait et j'en souffre.

– Elle ne savait rien.

– Je n'en suis pas sûr. Et ça me ronge. Et puis, elle avait le droit de savoir. Elle en avait parfaitement le droit. Elle était sensible à ce genre de choses et il n'est pas impossible qu'elle ait fait certains rapprochements sans rien me dire. Qu'elle ait attendu que je lui avoue ce qui se passait et que je lui demande pardon.

– Tu ne peux pas passer ton temps à te torturer comme ça.

– Oui, mais ça ne m'empêche pas de le faire.

Ils avaient pris congé l'un de l'autre quelques instants plus tard en se disant sans grande conviction qu'ils essaieraient de se voir bientôt. Svanhildur promit de se renseigner sur les sages-femmes. Konrad ouvrit une autre bouteille de vin rouge, du Dead Arm. Erna avait découvert ce vin il y avait des années et elle lui en avait offert une bouteille. Il avait un bras handicapé de naissance, un bras plus faible dont il ne pouvait pas se servir comme il voulait. Konrad avait pris l'habitude de garder sa main dans sa poche quand il parlait à des inconnus comme pour leur dissimuler son infirmité. Ce n'était pas qu'il avait honte de ne pas être tout à fait normal, mais il refusait la pitié. Il ne voulait pas montrer de marques de faiblesse. Cette pensée l'insupportait. Erna ne l'avait jamais plaint. Elle avait toujours considéré sa main estropiée comme allant de soi et l'avait toujours traité avec le plus grand respect. Konrad lui convenait parfaitement comme il était et, pour le lui prouver, elle avait trouvé la bouteille de vin appropriée.

Il souriait en repensant à tout ça. Son regard tomba sur le vieil objet en bois qui avait appartenu à son père, il l'attrapa et le fit tourner dans sa main comme il l'avait fait si souvent. Il se rappelait à peine de quelle manière ses infidélités avaient débuté. À l'époque, il était épuisé par son travail après une enquête qui durait depuis des années et n'avançait pas, une enquête sur une disparition dont il avait fini par comprendre beaucoup plus tard qu'il s'agissait en fait d'un meurtre tout à fait banal. Le corps n'avait jamais été retrouvé. On l'avait enterré dans le glacier de Langjökull et il avait été découvert par hasard trente ans plus tard, sans doute à cause du réchauffement climatique.

Konrad s'était rarement senti aussi déprimé. L'enquête avait été close, il avait l'impression d'avoir échoué, et plusieurs années avaient passé sans qu'il parvienne à s'extraire de sa tristesse et de sa mélancolie. Un jour, alors qu'Erna était partie en congrès à l'étranger, il était sorti en ville avec des collègues et avait rencontré Svanhildur et ses copines dans un bar. Divorcée, célibataire depuis deux ans, elle l'avait invité chez elle pour qu'il puisse appeler un taxi, puis de fil en aiguille ils avaient fini par se retrouver au lit et par coucher ensemble pour la première fois. Le matin, il était parti discrètement sans même lui dire au revoir. Comme s'il n'était jamais entré dans cet appartement. Comme si rien ne s'était passé. Il était très doué pour ça.

Mais tout cela était quand même arrivé, et sans le moindre effort. Sans aucune préméditation ni signe avant-coureur, et c'était ce qui l'avait le plus étonné. Il aurait pu en rester là, il aurait pu avouer à Erna qu'il avait fait un écart qui ne se reproduirait plus. Il était prêt à le faire et attendait qu'elle rentre, quand Svanhildur l'avait appelé en demandant à le voir. Il avait d'abord refusé puis l'avait rappelée en lui disant qu'il avait besoin de discuter avec elle. Il prévoyait de lui dire qu'il devait être honnête avec Erna. Il était donc allé chez elle et tout avait recommencé.

Ils s'étaient vus régulièrement les années qui avaient suivi, puis avaient mis fin à leur relation quand Erna était tombée malade. Konrad ne lui avait jamais dit ce qui s'était passé. Svanhildur et lui n'avaient pas de mal à trouver du temps pour eux. Erna travaillait beaucoup à cette époque, quant à Konrad, il était toujours « au travail ». Que cherchait-il ? Que lui apportait une relation extraconjugale avec une femme divorcée ? Qu'est-ce qu'il en retirait, en fin de compte ? Un peu d'aventure ? De l'excitation ? Cela l'aidait-il à oublier cette chose qui le rongeait de l'intérieur, cette enquête infernale qu'il avait sur les bras ?

Il avait réussi à saccager la seule chose qui comptait réellement à ses yeux. L'idée qu'Erna ait pu être au courant de son mensonge sans en laisser rien paraître lui était devenue insupportable au fil des ans.

Konrad frappa le morceau de bois sur le bord de la table et ce, d'autant plus fort qu'il s'en voulait de plus en plus. Il savait que cet objet n'était pas la seule chose que son père avait laissée derrière lui. Il y avait aussi l'indifférence. La négligence et la colère. En grandissant, on ne lui avait pas inculqué le principe d'honnêteté envers autrui. Son enfance avait été jalonnée de fourberies et de trahisons. Il savait qu'il y avait beaucoup de vrai dans ce qu'Erna lui avait dit de son passé. Alors que les gamins de son âge apprenaient le commandement qui leur interdisait de voler, il aidait son père à transporter ses butins d'une cachette à une autre.

Il ne choisissait pas toujours l'honnêteté quand la duplicité l'arrangeait. Le mensonge était son compagnon quotidien. Pas forcément celui qu'il servait à autrui, mais celui dont il se persuadait lui-même.

Brusquement, il eut l'impression que cette pièce de bois était porteuse d'une malédiction. Tout ce qui avait déraillé dans sa vie était la faute de son père. D'un geste rageur, il balança l'objet contre le mur où il rebondit avec un bruit sourd et creux comme surgi du passé.

32

L'homme avait à peu près l'âge de Konrad et habitait Reykjavik depuis trente ans. Palmi s'était documenté et avait trouvé son adresse. L'ancien policier avait décidé d'aller le voir au plus vite. Après avoir travaillé dans plusieurs conserveries de la péninsule de Reykjanes, cet homme avait été ouvrier chez des entrepreneurs islandais employés par l'armée américaine à la base de Keflavik, puis chauffeur de taxi à Reykjavik. Il avait été marié et avait eu deux enfants, mais il était divorcé depuis des années et vivait maintenant seul dans un sous-sol du quartier de Vogahverfi.

Son numéro de téléphone ne figurait pas dans l'annuaire et il n'était pas chez lui. Konrad était donc retourné à sa voiture en espérant qu'il ne tarderait pas à se montrer. Il avait apporté un thermos de café et un journal pour faire passer le temps. Alors qu'il arrivait aux pages nécrologiques, il remarqua un homme qui s'approchait de l'immeuble, sortait un trousseau de clefs et descendait les trois marches vers le sous-sol. L'âge correspondait.

Konrad reposa son café et son journal et se dirigea vers le bâtiment. L'homme n'avait pas refermé sa porte derrière lui, ce qui s'expliqua aussitôt : il ressortit, un sac-poubelle à la main, et alla le jeter dans le container installé dans l'arrière-cour. Il jeta un œil à Konrad au passage sans le saluer et s'apprêtait à rentrer chez lui quand l'ancien policier intervint.

– Isleifur ?

L'homme se retourna et le regarda.

– Lui-même.

Quand Palmi avait appelé Konrad, il lui avait dit avoir exhumé deux affaires de viol dont il se souvenait en particulier. Pour ce qui était de la première, le coupable était mort depuis des années, c'était une brute épaisse entrée par effraction chez une femme de Grindavik, il l'avait violée, laissée pour morte et la justice l'avait condamné. L'autre s'appelait Isleifur. Palmi se le rappelait vaguement pour l'avoir rencontré dans sa jeunesse, mais il n'en avait plus entendu parler depuis la fin des années 60, où une jeune femme l'avait accusé de l'avoir violée après un bal à Keflavik. L'événement avait eu lieu dans une discothèque à la mode après la fermeture. La victime était restée pour faire le ménage et fermer la boutique. Isleifur n'avait pas nié être présent à l'heure dite. Il affirmait au contraire qu'il était resté parce que la jeune femme l'y avait invité. Ils ne se connaissaient pas, mais avaient discuté pendant la soirée et le courant était passé. Elle lui avait suggéré de l'attendre. Dès qu'elle aurait fini son travail, ils pourraient passer un peu de bon temps. Elle avait tenu parole. Ils avaient fait l'amour sur un des canapés, puis il était rentré chez lui sans imaginer avoir commis le moindre crime, disait-il.

La version de la femme était totalement différente. Isleifur l'avait abordée deux fois pendant la soirée, elle ne le connaissait absolument pas. Lors de leur premier échange, il lui avait demandé jusqu'à quelle heure elle travaillait et ce qu'elle prévoyait de faire ensuite. Elle lui avait répondu qu'elle comptait rentrer chez elle et se coucher. Isleifur avait bu, mais il n'était pas non plus complètement ivre. Une heure plus tard, il était revenu à la charge et lui avait à nouveau demandé à quelle heure elle finissait. Elle avait répondu qu'elle devait faire le ménage après la fermeture et qu'ensuite elle rentrerait chez elle. Épuisée après sa longue journée, elle n'avait qu'une envie : rentrer à la maison et se coucher.

Elle s'était ensuite retrouvée seule dans la discothèque, l'orchestre avait plié bagage, les serveurs et autres employés étaient retournés chez eux. Tout à coup, Isleifur était sorti des toilettes pour hommes. Elle avait sursauté, ne s'attendant pas à voir un client. Elle lui avait demandé ce qu'il faisait là, il avait répondu qu'il s'était endormi dans les W-C. Méfiante, elle l'avait prié de partir, car l'établissement était maintenant fermé. Il avait répondu que rien ne pressait et lui avait proposé de prendre un verre.

Elle avait refusé catégoriquement et, voyant qu'il ne bougeait pas, elle s'était demandé ce qu'elle devait faire : finir son ménage ou trouver un téléphone et appeler la police. Terrifiée, elle avait essayé de s'enfuir à toutes jambes, mais il l'avait interceptée, un couteau à la main.

Konrad observait Isleifur. Il était évident que l'homme était robuste jadis, ainsi que cette femme l'avait décrit. Aujourd'hui, il aurait eu bien du mal à forcer quiconque à lui obéir, le dos voûté, maigre comme un clou, le regard sournois, les sourcils clairsemés. Palmi avait mentionné sa moustache à la David Niven à laquelle il était resté fidèle, et qui datait des années où il jouait les jolis cœurs. Konrad regarda cette fine ligne de poils en se disant qu'Isleifur la conservait, pensant peut-être qu'il avait encore sa chance auprès des femmes.

– Qu'est-ce que vous voulez ? demanda-t-il d'un ton peu engageant.

La jeune femme n'était jamais revenue sur son témoignage. Elle avait obéi à cet homme qui avait menacé de lui taillader la peau et bien pire encore. Paralysée par la peur, elle n'avait opposé aucune résistance. Même s'il lui avait dit qu'il la retrouverait et qu'il la tuerait si elle s'avisait de porter plainte, elle était immédiatement allée à la police qui avait appréhendé Isleifur pour l'interroger. L'examen médical avait révélé des bleus et des contusions sur le corps de la jeune femme, mais rien n'indiquait qu'elle avait tenté de se défendre. Isleifur n'avait jamais eu affaire à la police. Son témoignage avait été considéré comme crédible. C'était la parole de l'un contre celle de l'autre. La justice l'avait innocenté.

– Est-ce que je peux vous déranger pour vous parler de quelque chose qui s'est passé il y a longtemps ? Je n'en ai pas pour longtemps.

Isleifur le regarda de ses yeux perçants.

– Qu'est-ce que… de quoi vous parlez ?

– Du Glaumbaer, répondit Konrad.

– Du Glaumbaer ? rétorqua Isleifur, à la fois surpris et agacé. C'est quoi ?

– C'est quoi ? Enfin, vous vous souvenez du Glaumbaer ? L'ancienne discothèque.

– Et vous êtes qui ?

– J'étais policier. Je m'appelle Konrad. C'est vrai que vous alliez souvent là-bas avant ?

– De quoi je me mêle ? Qu'est-ce que vous me voulez ?

– Je voulais savoir si vous y aviez recommencé ce que vous avez déjà fait à une jeune femme à Keflavik.

Isleifur continuait à le regarder sans comprendre.

– Si vous étiez aussi armé d'un couteau au Glaumbaer, en 1971, juste avant Noël, à l'époque où l'établissement a brûlé, poursuivit Konrad. Si vous vous en êtes pris à une femme. Si vous l'avez agressée et violée. Comme vous l'avez déjà fait à Keflavik.

Isleifur se redressa. Il comprenait mieux la raison de cette visite. Les choses devenaient plus claires.

– Ça fait longtemps que je n'ai plus entendu parler de cette histoire, répondit-il après une hésitation en lissant sa moustache. Cette fille n'était qu'une sale menteuse.

– Pourquoi elle vous aurait accusé d'une chose pareille ? Elle ne vous connaissait même pas. Elle ignorait qui vous étiez. Je ne vois pas ce que ça lui aurait apporté.

– Ces bonnes femmes mentent comme elles respirent. C'est juste des salopes.

– Et le Glaumbaer ? Vous n'y avez rien fait non plus ? insista Konrad.

Isleifur hésita.

– Non. Je ne vois pas de quoi vous parlez.

– Elle s'appelait Valborg. On l'a violée au Glaumbaer. Quelqu'un s'est introduit chez elle récemment et l'a tuée. Vous devez être au courant, toute la presse en parle. Ça ne vous dit rien ?

– Non, rien du tout, répondit Isleifur. Et je vous demande de partir. Je n'ai rien fait de mal. Cette femme de Keflavik avait tout inventé et je ne comprends rien aux conneries que vous me racontez sur le Glaumbaer. Mais alors rien du tout.

Il redescendit les marches du sous-sol.

– Là-bas aussi, vous aviez un couteau à la main ?

Isleifur ne répondit pas.

– Vous avez peut-être un enfant dont vous ignorez l'existence, poursuivit Konrad, espérant le faire réagir. Voilà qui devrait vous réjouir, non ?

Isleifur s'immobilisa.

– Valborg a mis au monde un enfant neuf mois après l'incendie du Glaumbaer. Elle n'a jamais dévoilé le nom du père. Elle a toujours gardé ce secret. C'est peut-être vous ?

Isleifur se retourna en lui disant d'aller au diable, il lança un crachat dans sa direction, se rua dans son appartement et claqua la porte.

33

Eyglo avait tenté de joindre l'expert-comptable toute la journée sans y parvenir. Elle l'avait appelé une première fois avant midi, mais il n'avait pas décroché et n'employait apparemment pas de secrétaire susceptible de prendre un message. L'après-midi avait passé, il était plus de cinq heures. Elle décida d'essayer une dernière fois et il répondit enfin après quelques sonneries. Quand elle se présenta, il se souvint immédiatement de leur rencontre et elle perçut aussitôt sa réticence mêlée d'agacement. Il était très occupé et sa prochaine réunion allait commencer. Eyglo préféra lui expliquer au plus vite ce qui l'amenait, au cas où il raccrocherait précipitamment. Elle avait réfléchi à une question qui la tourmentait depuis qu'elle et Konrad lui avaient rendu visite et elle avait besoin d'avoir une réponse claire à ses interrogations.

– Vous savez comment ils s'y sont pris pour se la mettre dans la poche ? Je veux dire, le détail déterminant ? demanda-t-elle.

– Dans la poche ? Qui ça ?

– Stella. Comment ils l'ont convaincue, je parle de mon père et de son copain ? Vous savez comment ils ont fait pour la berner ?

– Pourquoi revenir m'importuner avec cette histoire ? rétorqua-t-il sèchement. Eyglo revoyait ses lèvres épaisses et se souvenait de l'air à peine respirable dans son bureau. Je vous ai déjà dit que je n'avais pas envie d'en parler. Ça ne m'intéresse pas. C'est une affaire de famille qui ne regarde personne !

– C'est tout ce que je veux savoir, ensuite je vous laisse tranquille, promit Eyglo. Je vous jure que…

Le comptable lui raccrocha au nez. Elle fixa un instant le combiné, puis composa une nouvelle fois le numéro et attendit. La ligne était occupée. Elle s'accorda un moment de réflexion et décida de passer à l'action. Peu après, elle monta en voiture et prit la direction du centre. D'innombrables questions l'assaillaient depuis son réveil et le moment où elle était allée, hésitante, dans le salon, l'esprit encore empli de l'image ruisselante de son père penché sur le piano.

Le comptable sortait du bâtiment quand elle arriva à destination. Elle avait dû se garer à bonne distance et marcher à grandes enjambées jusqu'à son cabinet. Essoufflée, elle lui cria d'attendre. Il tourna la tête et pressa le pas en voyant à qui il avait affaire. Alors qu'il allait disparaître à l'angle de la cathédrale, elle l'attrapa par le bras.

– Pour l'amour de Dieu, attendez ! Ne me forcez pas à vous courir derrière, haleta-t-elle.

– Non mais, qu'est-ce que ça veut dire ? lança le comptable en se dégageant. Vous ne pouvez donc pas me laisser tranquille ?

– J'ai quelques questions à vous poser, ensuite ce sera réglé.

– Je n'ai pas envie de vous parler. C'est une histoire de famille et nous n'en discutons pas avec des inconnus !

– Oui, je comprends bien et je vous prie de m'excuser de vous harceler comme ça, mais j'ai beaucoup réfléchi et je voudrais savoir s'il y a eu un détail déterminant, un détail qui aurait eu un poids particulier pour convaincre votre tante. C'est parfois le cas. Avec les hommes qui exercent cette… cette profession.

– Vous voulez dire les charlatans ?

– Oui, si c'est votre opinion, répondit Eyglo en pensant à son père.

– Ils étaient au courant de la mort de son fils, répondit le comptable en continuant d'avancer sur le trottoir même s'il avait renoncé à fuir. Ils savaient dans quelles conditions il était décédé. Je vous l'ai déjà dit.

– Oui, je m'en souviens.

– Ce n'était pas bien compliqué de trouver ces renseignements. Pourquoi cette question ?

– Selon vous, comment ont-ils exploité ces informations ? Est-ce que ça avait à voir avec la musique ?

– La musique ? Comment vous le savez ?

– C'était le cas ?

– Son fils ne jurait que par ça, répondit le comptable, immobile sur le trottoir, manifestement ébahi.

– Qu'est-ce que vous voulez dire ? Il l'étudiait ? Il en jouait ?

– Oui, et il était très doué. C'était un excellent élève.

– De quel instrument jouait-il ? Du piano ?

– Oui, comment… qui vous a dit ça ?

– Comment se déroulaient ces séances ? demanda Eyglo.

Le comptable la dévisageait, interloqué.

– Ils prétendaient entrer en contact avec son fils.

– Par le biais du piano ?

Il y eut à nouveau un long silence. Eyglo attendait, impatiente.

– C'est une histoire de famille très douloureuse qui ne vous concerne pas, répéta le comptable.

– Je comprends parfaitement que ce soit un sujet sensible, mais vous ne pouvez pas dire que tout ça ne me concerne pas. Est-ce qu'ils se servaient du piano pour établir le contact avec le fils de votre tante ?

– D'après eux, le gamin leur envoyait des messages de l'au-delà en passant par le vieux piano sur lequel il avait fait ses gammes. Stella a toujours soutenu que la même note retentissait régulièrement dans le salon sans que personne ne touche au clavier. Elle était persuadée que l'instrument leur permettait d'entrer en communication.

Le soir venu, Eyglo alluma la lumière de la cuisine et du salon. Elle se mit au piano et caressa les touches. Elle se rappelait que lorsqu'elle s'était couchée la veille, l'une d'elles était bloquée. Elle avait refermé le couvercle avant de se mettre au lit.

On frappa à la porte. Elle n'attendait personne, mais alla tout de même ouvrir, hésitante. La femme dépenaillée qu'elle avait rencontrée sur le parking du cimetière de Fossvogur après l'enterrement de Malfridur, et qui affirmait avoir connu la défunte, se tenait là, debout sur le palier, aussi pauvrement vêtue qu'une clocharde, sans âge, les traits anguleux.

– Notre chère Malfridur vous a contactée ? demanda-t-elle sans ambages. Elle s'est manifestée ?

– Non, répondit Eyglo civilement bien qu'agacée par cette intrusion. Cette femme avait tout de même connu Malfridur, se disait-elle.

– Elle vous a expliqué comment elle s'y prendrait ? Comment elle ferait pour se manifester ?

– Non. Et je ne suis pas sûre…

– Vous croyez qu'elle est de l'autre côté ?
– Hélas, je… il est tard et je suis occupée.
– Elle a rejoint la lumière ?
– Oui, bonsoir, conclut Eyglo en repoussant la porte, espérant se débarrasser de cette importune au plus vite.
– De quoi avez-vous peur ?
– Je n'ai pas le temps, bonsoir, éluda Eyglo d'un ton résolu. Je vous demanderai de ne plus me déranger.
– Qu'est-ce qui vous fait peur comme ça ? répéta la femme en faisant un pas en avant.

Eyglo se hâta de fermer la porte et attendit un moment dans l'entrée, espérant que la visiteuse nocturne ne la dérangerait plus. Pensant qu'elle était repartie, elle alla se rasseoir au piano, médita sur sa conversation avec le neveu de Stella qui lui avait confirmé qu'Engilbert et le père de Konrad avaient persuadé sa tante qu'ils pouvaient communiquer avec son fils à travers le piano de son salon. Ce n'était pas la première fois qu'Eyglo entendait ce genre d'histoires sur les ruses des charlatans. Peut-être avait-elle ressenti des choses sans en avoir conscience la première fois qu'elle avait rencontré le comptable, peut-être que ces intuitions l'avaient accompagnée dans son sommeil quand elle avait vu Engilbert en rêve. S'il s'agissait effectivement d'un rêve. Lorsqu'elle s'était réveillée le lendemain matin, le couvercle du piano était relevé et la touche qu'elle n'avait pas réussi à débloquer la veille s'était comme libérée d'elle-même, revenant au même niveau que toutes les autres.

Eyglo caressa l'instrument en pensant à la visite de la femme en haillons et en s'efforçant de ne pas trop se poser de questions sur les signes en provenance de l'au-delà.

34

La porte violemment claquée vibrait encore. Immobile, Konrad se disait qu'il aurait peut-être pu s'y prendre de manière moins abrupte avec Isleifur. Il comprenait sa réaction. C'était son droit le plus strict de lui dire d'aller au diable. Un parfait inconnu venait le trouver chez lui pour l'interroger sur des calomnies et d'anciennes accusations de viol en ajoutant comme si ça ne suffisait pas qu'il avait peut-être un fils. Isleifur avait des raisons d'être en colère. Son casier judiciaire était vierge. Le viol du Glaumbaer était une supposition de Konrad qui savait parfaitement qu'il avait très peu d'éléments pour prouver qu'il avait eu lieu. En tant qu'ancien policier, il se disait toutefois que Valborg avait dû être victime d'un traumatisme très violent lié à l'enfant et que ce traumatisme pouvait être un viol. Konrad était probablement allé trop loin. Isleifur avait certes été accusé dans le passé, mais rien n'avait jamais été prouvé et on l'avait acquitté.

Konrad grimaça en se disant qu'autrefois, il aurait su faire preuve d'un peu plus de tact. Il n'était plus assez patient pour rester poli et respectueux quand c'était impératif. C'était sans doute son principal défaut, et ce, depuis toujours. Il tenta de se persuader qu'il n'avait pas tenu ces propos de manière irréfléchie, mais dans le but de provoquer cet homme et de le désarçonner pour voir comment il réagirait. Ça n'avait pas fonctionné. Il craignait d'avoir été trop catégorique en soutenant qu'Isleifur avait violé Valborg et qu'un enfant était né de ce viol.

Et merde, pensa-t-il en retournant à sa voiture. Plus rien ne l'obligeait à agir en policier. Il était à la retraite. Il vit sur l'écran de son téléphone posé sur le tableau de bord que Svanhildur avait essayé de le contacter deux fois de suite. Il la rappela et constata qu'elle n'était pas restée les bras croisés depuis leur dernière conversation.

Elle avait passé une grande partie de la journée à appeler ici et là pour se documenter sur les sages-femmes et les interruptions de grossesse. Elle avait des contacts un peu partout dans les hôpitaux et, au bout d'un moment, elle avait eu en ligne une femme qu'elle connaissait de loin et qui avait entrepris des études de maïeutique avant d'y renoncer pour s'inscrire en médecine. Cette dernière se souvenait qu'à l'époque où elle avait fréquenté l'École de sage-femme, une jeune fille particulièrement croyante y étudiait également. Membre d'une congrégation religieuse, elle avait des idées très arrêtées sur les interruptions de grossesse. Prêchant contre ce type d'intervention chaque fois qu'elle en avait l'occasion, elle s'était disputée avec ses camarades de promotion, allant jusqu'à les menacer, ce qui avait mis tout le monde en émoi. La direction de l'établissement l'avait rappelée à l'ordre à deux reprises pour comportement inapproprié. La goutte d'eau qui avait fait déborder le vase, c'était la dispute qui l'avait opposée à une jeune femme venue chercher conseil pour mettre fin à sa grossesse. Une sage-femme avait été témoin de la scène, elle s'était vigoureusement opposée à l'étudiante qui avait fini par en venir aux mains. Ne se sentant plus à sa place dans cette école, elle l'avait quittée de son propre chef, mais à en croire une autre version de l'histoire, on l'avait exclue de l'établissement.

Après avoir exposé tout cela à Konrad, Svanhildur lui donna le numéro et l'adresse de la femme qui pourrait lui en dire plus, puisqu'elle avait fréquenté l'école à la même époque. Konrad la remercia et décida d'aller la voir immédiatement. Elle vivait rue Godheimar, pas très loin du domicile d'Isleifur.

Il n'avait pas annoncé sa visite. Assez surprise de voir quelqu'un débarquer chez elle, la femme lui réserva tout de même bon accueil. Il se présenta comme un ami de Svanhildur, qui l'avait appelé plus tôt dans la journée, en lui demandant s'il pouvait l'interroger sur une jeune fille qui avait étudié à l'École de sage-femme mais n'avait pas réussi à terminer sa formation à cause d'un certain nombre de problèmes.

– Ah oui, vous êtes le policier ? répondit-elle en l'invitant à entrer. Svanhildur m'a téléphoné tout à l'heure. Elle m'a prévenue que vous alliez me contacter. Vous avez déjà entendu parler de cette histoire ?

– J'espérais justement que vous pourriez me la raconter.

– Je me demande pourquoi ça vous intéresse. Il y a des années que Sunnefa est morte.

– Ah, elle est morte ? Elle s'appelait Sunnefa ?

– Qu'est-ce que vous voulez savoir sur elle ? Svanhildur m'a dit que vous étiez policier et que vous enquêtiez.

– Non, j'ai travaillé dans la police pendant de longues années, mais je suis à la retraite. Ce sont juste des investigations à titre personnel, en rapport avec une femme que je connaissais et qui est récemment décédée, répondit Konrad.

– Svanhildur m'a dit qu'il s'agissait de la dame retrouvée morte chez elle.

– Effectivement. Je voudrais savoir si elle a connu Sunnefa. Si elles ont été en relation. Qu'est-ce que vous pouvez me dire sur elle ? J'ai cru comprendre qu'elle a eu des problèmes avec la direction de l'établissement.

– Oh oui ! Elle a réussi à se faire virer de l'école à cause de ses opinions. Elle était intransigeante. Vous savez, à l'époque, la société commençait à envisager cette question de manière nettement plus libérale et ouverte, mais Sunnefa y était férocement opposée. Cela lui faisait horreur et elle ne se privait pas de le crier sur les toits. Elle était insupportable dès qu'on abordait le sujet. C'est typique de ces extrémistes religieux. Elle nous faisait la morale comme si elle était la seule à détenir la vérité sur terre.

– De quoi parlez-vous ?

– Eh bien, de l'avortement, répondit-elle, comme si elle s'étonnait qu'il ne soit pas un peu plus attentif. L'amour libre, l'esprit hippie. Le droit de la femme à disposer de son corps. Toutes ces idées-là.

– Elle ne les partageait pas ?

– C'est le moins qu'on puisse dire. Elle ne se gênait pas pour donner son opinion. Le nombre d'avortements avait augmenté et elle était farouchement contre. Elle luttait bec et ongles contre ces interventions.

– Donc, elle a dû interrompre ses études ?

– À l'époque, j'étais en fac de médecine. Mes anciennes camarades de promotion m'ont dit qu'elle avait piqué une colère monstre et insulté une femme enceinte. Si c'est bien vrai, c'est du jamais-vu. La sage-femme qui était avec elle a essayé de calmer le jeu, elle lui a bondi dessus et l'a blessée. C'est la goutte d'eau qui a fait déborder le vase. Elle avait toujours été désagréable et parfois ignoble avec certaines de ses camarades qui essayaient de s'opposer à ses conceptions, mais après ça Sunnefa n'avait plus sa place dans l'école et elle a été renvoyée. Cela dit, c'était une excellente sage-femme, très professionnelle, mais il était exclu de la laisser passer son diplôme.

– Donc, elle n'a jamais exercé ? demanda Konrad.

– Ça m'étonnerait, mais je ne saurais me prononcer.

– Selon elle, quelle solution s'offrait aux femmes puisqu'elles ne devaient pas…

– Elles devaient simplement mettre leur enfant au monde. La volonté divine et tout le tintouin. Sunnefa n'arrêtait pas de citer la Bible. Elle la connaissait par cœur.

– Et l'adoption ? Est-ce que c'était une chose envisageable ?

– Évidemment. C'était la solution qu'elle défendait. Elle disait qu'il était toujours possible de trouver un foyer à l'enfant.

– Vous savez s'il lui est arrivé d'aider des femmes à faire ce genre de choses ?

– Non. Elle faisait ça ?

– Je l'ignore, répondit Konrad. Elle ne travaillait ni comme sage-femme ni au service de gynécologie, mais est-ce qu'elle aurait pu obtenir des renseignements sur des femmes désireuses d'avorter ou envisageant de recourir à ce type d'intervention ?

– Non, qu'est-ce que… ?

– Et si oui, comment elle s'y prenait pour entrer en relation avec elles ?

– Je ne vois pas pourquoi elle aurait voulu obtenir ce genre de renseignements.

– Je ne sais pas. Par exemple, pour les dissuader ou les ramener sur le droit chemin.

– Elle travaillait peut-être dans un cabinet médical. Je n'en ai aucune idée. Mais cette femme qu'on a retrouvée assassinée, elle connaissait Sunnefa ?

– C'est ce que j'essaie de découvrir, répondit Konrad.

– Le meurtre serait lié à quelque chose qui s'est passé dans le temps ? À un avortement ?

– Je ne sais pas.

– C'est pour cette raison qu'on l'aurait assassinée ?

– Non, je ne crois pas.

– Aujourd'hui, plus personne n'est à l'abri de rien, soupira-t-elle d'un ton las.

Konrad avait l'impression qu'elle se disait que cette visite avait assez duré, il ne voulait pas l'importuner plus longtemps. Il l'interrogea sur les fréquentations de Sunnefa, mais elle ne s'en souvenait guère. Elle lui conseilla de contacter un de ses amis qui avait fait un passage à l'Hôpital national en même temps qu'elles deux pour y suivre une formation sur ce qu'on appelait alors les techniques de laboratoire.

– De quelle congrégation faisait-elle partie ? demanda Konrad tout en enregistrant le nom et le numéro de l'ami en question sur son téléphone et en se préparant à partir. Son interlocutrice semblait soulagée de voir cet étrange interrogatoire toucher à sa fin. Vous vous en souvenez ?

– Quelle congrégation ?

– Vous disiez qu'elle était membre d'une secte religieuse.

– Ah oui ! Non, je n'en ai aucune idée. Je me rappelle seulement qu'elle était très croyante et qu'un jour, alors qu'elle s'en prenait violemment à l'avortement, elle a dit que tous les enfants du bon Dieu étaient les bienvenus chez eux.

– Au sein de cette secte ?

– Oui. Puis elle a bien sûr cité la Bible.

– Quel passage ?
– À votre avis ?
Konrad n'eut pas besoin de réfléchir longtemps.
– Laissez venir à moi les petits enfants… ?
– Exactement.

En rentrant chez lui dans le quartier d'Arbaer, il s'installa devant son ordinateur pour vérifier une petite chose qui lui trottait dans la tête depuis sa rencontre au musée avec Valborg. Elle lui avait parlé d'un rocher sur une montagne dans l'ouest de l'Islande en lui disant qu'il lui arrivait de penser à cet endroit quand elle contemplait les sculptures. Konrad crut comprendre pourquoi elle l'avait mentionné quand il tomba sur un bref récit où il était question d'un rocher baptisé la Pierre du Remords sur la montagne Hofsfjall, dans la province des Dalir. L'histoire racontait qu'une jeune femme était sortie de chez elle avec son enfant nouveau-né, un aigle avait surgi et saisi le nourrisson qu'il avait emporté vers la montagne. La mère avait suivi l'oiseau jusqu'au rocher et, lorsqu'elle l'avait atteint, épuisée, elle avait découvert qu'il était maculé du sang de son enfant et elle avait sombré dans le désespoir.

35

Le lendemain, vers midi, il s'était remis à pleuvoir et le ciel était sombre. Konrad passa prendre Eyglo qui se hâta de monter en voiture. Particulièrement silencieuse, elle se contentait d'observer le ballet des essuie-glaces qui chassaient l'eau du pare-brise tandis qu'ils quittaient le quartier de Fossvogur. Konrad préféra la laisser tranquille, ils roulèrent sans un mot en direction du centre-ville, la radio diffusait du rock américain. Il aimait ce genre de musique, mais avait baissé le volume quand Eyglo s'était assise à ses côtés et il préférait laisser le son en sourdine.

– Ça ne va pas ? demanda-t-il, arrêté à un feu rouge.

Elle poussa un soupir.

– C'est encore le monde de l'éther ? ajouta-t-il.

– C'est ça, moque-toi de moi, répondit Eyglo. Il y a une bonne femme qui me harcèle. Une amie de Malfridur, elle est venue chez moi hier soir et elle a des idées assez arrêtées sur mon compte. Je ne supporte pas ça. Comment se fait-il que des gens que je n'ai jamais vus de ma vie s'imaginent tout savoir de moi ?

– C'est incompréhensible.

– Et pour tout arranger, mon piano déraille complètement.

– Ton piano ?

– Oui, enfin, ça ne sert à rien de t'en parler, s'agaça-t-elle.

Quelques instants plus tard, ils arrivèrent chez l'homme qu'ils souhaitaient rencontrer. Konrad l'avait contacté par téléphone dans la matinée pour lui expliquer ce qu'il voulait et Henning lui avait dit de passer chez lui. Encore plutôt alerte et parfaitement autonome, il vivait seul. Il portait un bip au poignet en cas d'urgence et quelqu'un venait l'aider à faire son ménage. Il se déplaçait à petits pas en boitant légèrement et en faisant traîner ses Crocs sur le sol. Il fit face à Konrad, sachant qu'il avait face à lui le fils du salaud qu'il était un jour allé voir avec son ami, le frère de Stella.

– J'ai pas mal réfléchi après votre coup de fil, dit-il en les invitant à entrer. J'avais presque oublié tout ça et je ne me souviens pas du tout de vous.

– Ça remonte à si longtemps, reconnut Konrad.

– Je me rappelle notre petite excursion au quartier des Ombres après la mésaventure de Stella. Et cet homme dans l'appartement en sous-sol. Il avait un air qui ne me plaisait pas. Votre père ne reculait devant rien. Il fallait avoir une drôle de mentalité pour faire une chose pareille à cette pauvre veuve. Quand nous sommes allés chez lui, nous avons trouvé un individu hargneux et inflexible sans le moindre remords.

Konrad ne savait pas quoi dire, il était fatigué de devoir répondre des actes de son père. Il se contenta de regarder le vieil homme en se disant qu'il n'avait pas vu assez clairement les deux visiteurs pour pouvoir affirmer qu'il était l'un de ceux qui avaient jadis menacé son père. En outre, l'âge et le temps avaient fait leur œuvre.

Henning sourit à Eyglo.

– Et vous êtes la fille du voyant ?

Elle lui répondit par un hochement de tête et un sourire gêné.

– Je ne l'ai jamais rencontré. Haukur, le frère de Stella, est allé le voir tout seul. D'après lui, votre père n'était pas bien costaud. Il reconnaissait qu'il avait participé à l'entourloupe, mais accusait surtout son acolyte. Il disait qu'ils avaient un peu forcé sur la mise en scène et qu'ils avaient joué avec les sentiments de cette pauvre femme. Il le regrettait énormément, il s'en voulait beaucoup. Mais il prétendait aussi qu'il avait essayé d'aider la veuve en toute sincérité. Il était convaincu d'avoir un authentique don de voyance. Je n'ai rien à vous offrir, je suis désolé.

Ils lui répondirent de ne pas s'inquiéter pour ça. Konrad ajouta qu'un parent de Stella lui avait rapporté que Haukur avait été très en colère après la mésaventure de sa sœur.

– C'est le moins qu'on puisse dire. Il était furieux. Surtout parce qu'il n'a jamais réussi à récupérer l'argent.

– Et pas seulement, reprit Konrad. Il aurait menacé mon père en disant qu'il allait le saigner comme un chien enragé ou quelque chose comme ça. C'est assez troublant étant donné la suite des événements.

– Certes, mais il n'aurait jamais fait ça, assura Henning.

– Et pourquoi donc ?

– Haukur était un homme adorable même s'il lui arrivait d'avoir des sautes d'humeur. Il pouvait dire ce genre de choses sous le coup de la colère, mais il n'aurait jamais rien fait de tel. C'est impossible. Quand les photos de votre père ont été publiées dans les journaux après son assassinat, nous avons compris que c'était lui qui avait extorqué de l'argent à Stella. J'ai demandé à

Haukur s'il avait quelque chose à se reprocher. Je lui ai posé la question sachant l'opinion qu'il avait de votre père. Il n'arrivait pas à croire que je puisse imaginer une chose pareille.

– Mais l'idée vous a quand même effleuré ? demanda Konrad.

– Oui, mais pas sérieusement. J'avais dit ça comme ça. Et je lui ai présenté mes excuses.

– Il avait tenu des propos qui suggéraient que c'était possible ?

– Non, sauf ceux que vous venez de mentionner, et c'était longtemps avant le meurtre, donc…

– On nous a dit qu'il était malade des nerfs, glissa Eyglo.

– Il était migraineux, c'est tout ce que je sais.

– Il était à Reykjavik au moment du meurtre ?

– Oui. Il disait aussi que votre père n'avait eu que ce qu'il méritait. Haukur n'était pas du genre à mâcher ses mots.

– Il s'y connaissait en couteau ? demanda Eyglo.

– Je ne crois pas, répondit Henning. Par contre, il avait un revolver qu'un ami soldat dans l'armée britannique lui avait offert pendant la guerre.

– Il connaissait les abattoirs du Sudurland ? s'enquit Konrad. Il avait des copains parmi les employés ?

– Ça, je n'en sais rien. Je ne m'en souviens pas, mais ce n'est pas impossible.

Henning tripotait le bip qu'il avait au poignet. Konrad se disait qu'il lui était peut-être arrivé de s'en servir.

– Vous avez découvert l'identité de ce médecin ? demanda tout à coup Henning en continuant à triturer l'appareil.

– Ce médecin ? s'étonna Konrad.

– Celui qui lui devait de l'argent ?

– Qui devait de l'argent à qui ?

– À votre père. Haukur est retourné le voir et là, il s'est montré plus coopératif, il lui a promis de rendre une partie du fric qu'il avait extorqué à Stella.

– Il est retourné voir mon père ?

– Oui.

– Et il s'est montré plus coopératif ? répéta Konrad.

Henning eut une hésitation.

– Qu'est-ce qui s'est passé ?

– C'était un peu avant sa mort. Haukur m'avait fait promettre de n'en parler à personne. À cause de ce qui est arrivé ensuite. Il avait menacé votre père de le tuer s'il ne rendait pas l'argent. Je ne sais pas ce qui s'est passé, mais apparemment il a pris peur et il a compris que Haukur ne plaisantait pas. Il lui a donc fait de grandes promesses, il attendait censément de l'argent d'un homme en retour d'un service qu'il lui avait rendu.

– Quel genre de service ? demanda Konrad.

Henning tripotait toujours son bip. Il le porta à son oreille comme si c'était une montre.

– Il ne l'a pas précisé à Haukur qui, de toute manière, ne croyait pas un mot de ce qu'il racontait. En tout cas, il affirmait que quelqu'un lui devait de l'argent. Je ne sais pourquoi Haukur pensait qu'il s'agissait d'un médecin, c'est sans doute votre père qui le lui a dit. Vous devriez peut-être essayer de vérifier puisque vous êtes plongé dans ces histoires.

– Vérifier quoi ?

– Haukur était persuadé que votre père savait des choses compromettantes sur cet homme. Il se demandait s'il n'essayait pas de le faire chanter, puis il n'a plus entendu parler de tout ça et…

– Oui ?

– Naturellement, votre père ne lui a jamais rien remboursé.
– Un médecin ?
– Oui, un médecin.

36

Après cette visite, ils restèrent un long moment assis dans la voiture en silence. Henning n'avait pas été en mesure de leur fournir des renseignements plus précis, il avait répété qu'il n'en savait pas plus sur les échanges entre Haukur et le père de Konrad. Il ignorait tout du fameux médecin et était même plus ou moins revenu sur ses déclarations en ajoutant ensuite qu'il n'était pas certain que Haukur lui ait réellement parlé de cet homme. Sa mémoire commençait à flancher, il n'avait pas songé à tout ça depuis des années, jusqu'à ce que Konrad lui téléphone pour le rencontrer. Ce n'était qu'à ce moment-là que certains détails lui étaient revenus mais ses souvenirs demeuraient assez flous.

– J'ai bien l'impression que ce Haukur pourrait s'en être pris à ton père, déclara Eyglo. Je veux dire, s'il ne lui a pas remboursé l'argent. Tu crois qu'il était assez dingue pour le tuer ?

– Je me demande surtout ce que papa savait sur ce médecin, murmura Konrad comme pour lui-même. Nom de Dieu, qu'est-ce qu'il manigançait encore ?

– Tu n'avais jamais entendu parler de ce truc-là ?

– Jamais. Je n'étais pas au courant. Enfin, il était capable de tout et j'en ai entendu tellement sur son compte que ça ne me choque même plus.

– Tu crois qu'il y a un fond de vérité dans ce que nous a dit Henning ?

– Je n'en ai aucune idée, répondit Konrad. C'est possible. On ne peut jamais jurer de rien s'agissant de mon père.

Ils se mirent en route pour le quartier de Fossvogur. Eyglo lui relata sa seconde rencontre avec l'expert-comptable. Elle avait tenu à l'interroger sur la raison pour laquelle la veuve avait une telle confiance en Engilbert et le père de Konrad.

– Tu crois vraiment que ton père a réussi à entrer en contact avec l'esprit du gamin ? demanda Konrad, la tête ailleurs.

– J'ai entendu des choses bien plus incroyables.

– Soit, mais moi, j'ai du mal à y croire. Ils ont fait tout ça pour gagner de l'argent et pas pour l'aider à entrer en communication avec qui que ce soit. Ils lui ont menti dans le seul but de la plumer.

– Engilbert avait un don, assura Eyglo, un don authentique.

– Sans doute, répondit Konrad sans conviction. Il pensait à son père et s'étonnait que cet homme ait encore le pouvoir de le surprendre plusieurs dizaines d'années après sa mort.

– Je n'arrive simplement pas à croire qu'Engilbert ait fait une chose pareille, reprit Eyglo. Qu'il se soit comporté de cette manière face à une pauvre femme sans défense. Une femme en détresse.

– Certes, mais ni l'un ni l'autre n'étaient des anges.

Eyglo hésitait. Jusque-là, chaque fois qu'elle avait essayé, elle avait échoué à convaincre Konrad que le monde ne se résumait pas aux apparences, au visible, à l'explicable et au tangible, mais qu'il comportait d'autres facettes. Elle se demandait si elle devait lui dire qu'elle avait vu son père penché sur le piano, qu'elle avait laissé le couvercle du clavier fermé, qu'elle l'avait retrouvé ouvert le lendemain matin et que la touche bloquée la veille s'était libérée comme par enchantement. Prudente, elle jugea préférable de ne pas lui en parler.

– Tu n'as pas une très haute opinion de mes capacités ni de celles de mon père, dit-elle.

– Je ne crois pas aux fantômes, si c'est le sens de ta question. Tu le sais. Nous en avons déjà discuté.

– Je voulais savoir comment nos pères pensaient avoir établi le contact avec le fils de Stella…

– Établi le contact ? Mais enfin, Eyglo, ils n'avaient rien établi du tout ! Ils avaient découvert que le fils de cette femme était décédé et ils se sont contentés d'interpréter une partition.

– C'est étrange que tu t'exprimes de cette manière. Le comptable m'a justement dit que le fils de Stella passait par le piano pour se manifester. C'était un très bon élève. Le piano était fermé et silencieux depuis son décès et, brusquement, il s'est remis à résonner dans le salon. Alors qu'il était fermé. Stella n'en démordait pas. Cela me rappelle la technique du verre utilisée par les spirites. Un tintement pour dire oui. Un silence pour dire non. C'est de cette manière que Stella communiquait avec son fils.

– Eyglo…

– Et si mon père avait réellement réussi à établir le contact ? Ce n'était pas un salaud. Si ça s'était vraiment passé ainsi ? J'ai vu des choses bien plus étranges. Par exemple, j'ai chez moi un vieux piano…

Konrad la dévisagea.

– Ils ont soutiré de l'argent à cette pauvre veuve de manière absolument honteuse, coupa-t-il. De la pire façon qu'on puisse imaginer, et on ferait mieux de s'en tenir à cette version. Par respect pour cette femme. N'essaie pas de me dire qu'ils ont réellement établi un contact avec son fils. Par respect pour lui.

– Mon père m'a raconté une foule d'événements du même genre. Tu veux dire qu'il m'aurait menti ?

– Je ne sais pas. Peut-être qu'il disait simplement à sa petite fille ce qu'elle voulait entendre.

Ils roulèrent en silence jusqu'à Fossvogur et Konrad se gara devant la maison d'Eyglo. Il la sentait de mauvaise humeur, il l'avait sans doute blessée.

– Qu'est-ce que tu disais à propos de ton piano ? demanda-t-il.

– Laisse tomber, rétorqua-t-elle en descendant de voiture. Sur ce, elle claqua la portière et rentra chez elle.

Konrad se maudissait. N'osant pas la suivre, il quitta la rue, sortit du quartier de Fossvogur pour retourner dans celui de Vogar où habitait Isleifur. Peut-être était-ce cet échange un peu trop brusque avec Eyglo qui l'avait conduit à réfléchir et à se dire qu'il s'y était très mal pris avec Isleifur la veille. Il espérait pouvoir réparer son erreur et parvenir à discuter avec lui sur un ton plus avenant. Il était en train de se garer quand l'homme sortit de chez lui et se dirigea vers l'abribus plus bas dans la rue, les yeux baissés, sans regarder ni à gauche ni à droite. Konrad se laissa machinalement glisser sur son siège et décida de rester là pour observer les allées et venues d'Isleifur même si ce genre de planque lui semblait ridicule et aussi risible que les activités de voyeurisme qu'affectionnait Emanuel.

Un sac plastique à la main, Isleifur avançait lentement, vêtu d'un anorak usé et d'un bonnet. Il s'assit sous l'abribus et regarda sa montre. Deux jeunes femmes attendaient également sans qu'il leur accorde la moindre attention. Les yeux baissés, il se frottait le nez avec le dos de la main et patientait. Il se grattait les cheveux. Regardait sa montre. Attendait.

Au bout de quelques minutes, le bus arriva, Isleifur monta avec les deux jeunes femmes et s'installa côté vitre. Le véhicule redémarra et Konrad le suivit jusqu'au centre-ville. Il faisait nuit, l'heure de pointe était passée et la circulation redevenue fluide. L'autobus stoppait à tous les arrêts, déposant quelques passagers, en prenant d'autres à son bord. Konrad le suivait. Une vieille chanson islandaise qu'Erna aimait beaucoup passait à la radio, il fredonnait les paroles qui parlaient d'un éternel printemps dans le bois de Vaglaskogur.

Isleifur descendit tout près de l'emplacement de l'ancienne discothèque Klubburinn et longea la rue Borgartun, le dos voûté, son sac à la main. Avant la grande crise de 2008, on avait construit là des immeubles modernes de verre et d'acier avec une telle frénésie qu'ils bloquaient les signaux émis à l'époque par la tour de l'École de marine, comme si les gens qui avaient participé à cette folie immobilière ne se souciaient plus de voir les bâtiments de la marine nationale s'échouer sur les écueils. Isleifur marchait lentement et s'arrêtait régulièrement. Il ne semblait pas faire partie de ceux qui fréquentaient au quotidien ces palais futuristes. Visiblement, il essayait de s'orienter dans un quartier qu'il ne connaissait pas. Il arriva enfin au pied d'un grand immeuble et leva les yeux sur la façade, aussi haut que l'y autorisaient ses articulations.

L'espace d'un instant, Konrad se demanda s'il travaillait dans ce bâtiment, par exemple comme gardien de nuit. Les bureaux étaient fermés, mais il y avait encore des gens qui allaient et venaient dans le hall, montaient dans les ascenseurs ou en descendaient. Personne ne contrôlait les entrées, Konrad remarqua cependant la présence de caméras de surveillance disposées de manière bien visible.

Il se faufila à l'intérieur et consulta le tableau d'orientation. L'immeuble abritait les bureaux d'une centrale d'achat, des cabinets d'ingénieurs et d'experts-comptables. Il y avait aussi là des dentistes, des architectes, des psychologues, des infirmiers et un certain nombre d'autres activités. Deux niveaux étaient entièrement occupés par des cabinets d'avocats et les trois étages supérieurs hébergeaient les bureaux d'un laboratoire pharmaceutique de renom.

Qu'est-ce qu'il vient faire ici ? se demanda Konrad, les yeux sur le tableau en essayant d'imaginer à quel étage Isleifur était monté.

Un quart d'heure plus tard, l'ascenseur s'ouvrit et Isleifur en sortit. Il marcha vers la porte, son sac toujours à la main. Il était seul et, comme lorsqu'il était sorti de chez lui, il marchait sans regarder autour de lui. Il ne vit Konrad que lorsque ce dernier l'arrêta en lui attrapant le bras.

– Vous ici ? dit Konrad, feignant l'étonnement.

Isleifur fronça les sourcils. Il le reconnut immédiatement et lança un regard fuyant en direction de l'ascenseur.

– Quoi… vous… vous me suivez ? bredouilla-t-il.

– Je vous suis ? Mon comptable a son bureau là-haut, répondit Konrad en adoptant un air de premier communiant. Et vous, qu'est-ce que vous faites ici ?

– Rien, répondit Isleifur, s'apprêtant à ressortir sous la pluie. Laissez-moi tranquille.

– C'est en rapport avec notre conversation d'hier ? demanda Konrad en le prenant de nouveau par le bras.

Il ne pensait pas une seconde que ç'ait été le cas, mais il avait quand même envie de voir s'il ne pouvait pas lui faire friser sa moustache à la David Niven.

Isleifur jeta un nouveau coup d'œil vers les ascenseurs, si furtif que Konrad le remarqua à peine. Puis il tourna les talons et quitta le bâtiment.

– J'espère que vous me pardonnerez la manière dont je me suis comporté hier, ajouta l'ancien policier en lui emboîtant le pas. Je ne voulais pas vous vexer. Je n'aurais pas dû vous parler comme ça et je vous présente mes excuses. Je ne pensais pas ce que j'ai dit.

Isleifur ne lui répondit pas. Il continuait à avancer à grandes enjambées sur le trottoir.

– Vous pensez qu'on pourrait se voir un de ces jours ? poursuivit Konrad. Il faudrait que je vous pose quelques questions sur un sujet auquel je m'intéresse en ce moment. Je serais heureux que nous puissions…

Isleifur s'arrêta et se tourna vers lui.

– Fichez-moi la paix, s'écria-t-il, furieux. Putain de bordel, laissez-moi tranquille ! Vous m'entendez ! Foutez-moi la paix !

Puis il se remit en route et disparut au bout de la rue Borgartun en reprenant le chemin par lequel il était arrivé. Konrad le suivit du regard et leva les yeux sur la façade rutilante du grand immeuble en se demandant si ce n'était pas en fin de compte sa visite de la veille qui expliquait la présence d'Isleifur dans les parages.

Il continuait à réfléchir à la question quand il appela Marta, tard le soir. Elle répondit au bout d'un certain nombre de sonneries, il espérait ne pas l'avoir dérangée, par exemple au début d'une bonne nuit de sommeil.

– Pourquoi maintenant ? demanda-t-il sans préambule, comme bien souvent. À chaque fois qu'ils discutaient, ils faisaient comme si leur conversation précédente était restée inachevée et que la nouvelle prenait directement le relais.

– Quoi donc ?

– Pourquoi Valborg a-t-elle autant attendu ? Pour se remettre à se scarifier. Me demander de l'aider ? Pourquoi maintenant ?

– Elle était mourante, non ?

– D'accord. Mais tu crois que ça explique tout ? Après tout ce temps ? Qu'est-ce qui l'a conduite à entreprendre de rechercher son enfant ? Quelque chose qu'elle a entendu ? Ou bien qu'elle a vu ? Pourquoi seulement maintenant ? Après tout ce temps ?

Marta n'avait aucune réponse.

– Il faut que je rentre dans son appartement, annonça-t-il.

– Pas question ! Je suis déjà assez dans la merde comme ça à cause de toi, étant donné que je te raconte tout comme une imbécile.

– Marta, dix minutes. Je dois voir son appartement. Pas longtemps. Donne-moi dix minutes maximum et je te jure que je ne te demanderai plus jamais rien !

– Alors là, ça m'étonnerait, rétorqua-t-elle.

Comme la veille au soir, Eyglo entendit frapper à sa porte. Elle se leva pour gagner l'entrée en se demandant qui venait la voir à une heure pareille. Elle espérait que ce n'était pas encore l'inconnue qui l'avait dérangée hier.

Elle ouvrit, hésitante, et ne trouva personne. Elle sortit sur le pas de sa porte en scrutant la nuit automnale. Tout était calme, la bruine se posait doucement sur ses vêtements. Elle cria : « Il y a quelqu'un ? », certaine d'avoir entendu deux coups très distincts. Sans autre réponse que le froid des bourrasques qui balayaient la rue, elle se demanda si elle était encore capable de faire la différence entre le monde des morts et celui des vivants.

Elle resta quelques instants sur les marches, puis rentra se mettre au chaud en refermant soigneusement la porte, persuadée que l'inconnue était repartie là d'où elle venait et qu'elle ne lui rendrait plus visite.

37

Les préparatifs de Noël avaient commencé à envahir les rues de Reykjavik. On avait décoré le centre avec de belles guirlandes, fixé des branches de sapin aux lampadaires et allumé sur la place d'Austurvöllur l'arbre traditionnellement offert aux Islandais par la ville d'Oslo. Valborg avait longé la rue Laugavegur pour descendre au Glaumbaer et s'était réjouie de la voir nimbée d'une atmosphère de fête. Les magasins regorgeaient de cadeaux, elle en avait profité pour admirer quelques devantures particulièrement belles. Elle avait senti une odeur de pommes et d'agneau fumé en passant devant la boucherie Borg. C'était la seule période de l'année où on voyait des femmes à Vinnufatabudin, la boutique de vêtements de travail, et des hommes à Lifstykkjabudin, le magasin de dessous féminins.

Valborg avait fait une halte à Kjörgardur. Depuis son enfance, cette galerie marchande, qui avait été la première de la ville, exerçait une certaine force d'attraction car elle était équipée d'un escalier roulant, ce qu'on ne voyait nulle part ailleurs en Islande. Comme les autres gamins qui venaient parfois de très loin pour le voir et l'essayer, elle s'y était amusée quand elle passait rue Laugavegur. Par une magie qui lui échappait gamine, cet escalier transportait les gens jusqu'à l'étage de la galerie et leur évitait de monter les marches. Elle avait l'impression de vivre un conte de fées.

On trouvait à Kjörgardur toutes sortes de boutiques. Dans l'une d'elles, Valborg avait repéré un manteau vert qu'elle avait envie de s'offrir pour Noël, mais elle n'avait pas encore osé l'acheter. Il coûtait les yeux de la tête, elle l'avait essayé à plusieurs reprises et elle savait qu'elle le voulait. Elle hésitait toujours avant de faire ce genre d'achat, elle venait plusieurs fois regarder l'article convoité et réfléchissait longuement. Il était rare qu'elle s'offre du superflu, elle ne s'autorisait d'ailleurs que très peu de dépenses inutiles. La vendeuse avait tenté de l'inciter à sauter le pas en lui disant que ce manteau risquait de ne pas rester très longtemps en rayon et en lui proposant de le lui mettre de côté. Valborg pouvait le réserver et passer le chercher le lendemain. Une femme était entrée dans la boutique quelques instants plus tôt, elle avait failli l'acheter et précisé qu'elle ne manquerait pas de repasser. Il semblait que l'heure de vérité avait sonné.

Elle était ressortie de la boutique, le pas plus léger et le cœur battant. Les décorations de Noël lui semblaient encore plus belles, les lumières plus brillantes et, pour couronner le tout, il s'était mis à neiger.

Vers minuit, la discothèque du Glaumbaer était pleine à craquer, une file d'attente s'était formée dans la rue. On se démenait sur la piste de danse du rez-de-chaussée dans une fumée si épaisse qu'elle brûlait les yeux. L'alcool coulait à flots dans les gosiers asséchés et les clients passaient d'une salle à l'autre en un défilé compact. Le bruit était assourdissant. Les conversations, la musique dans les étages, les gens agglutinés aux comptoirs qui essayaient de capter l'attention des serveurs. Les commandes étaient simples et tous buvaient plus ou moins la même chose. Brennivin-Coca, vodka-Canada Dry, Campari.

Valborg allait et venait entre les étages, mais passait le plus clair de son temps au dernier et, même si elle avait fort à faire, elle n'avait pas tardé à remarquer l'homme qui l'observait, assis à sa table. Chaque fois qu'elle le regardait discrètement, il la fixait en hochant la tête et elle lui rendait la pareille.

Cet homme l'avait abordée deux semaines plus tôt en lui demandant si elle pouvait lui donner du feu. Il lui avait agité sa cigarette sous le nez et elle lui avait trouvé des allumettes. Il présentait plutôt bien, poli et agréable, assez beau garçon à sa manière, brun et svelte, même si elle décelait dans son attitude quelque chose qui ne lui plaisait pas. Quelque chose dans son regard. Dans son sourire. Elle ne pouvait pas dire que c'était de la fausseté, mais ce n'était pas non plus de l'innocence. Elle avait du mal à mettre le doigt sur ce qui lui déplaisait chez lui, mais il y avait un détail qui la gênait.

– Vous travaillez ici depuis longtemps ? avait-il demandé en aspirant la fumée et en lui tendant les allumettes qu'elle lui avait apportées. Elle lui avait dit qu'il pouvait les garder. Pour sa part, elle ne fumait pas.

– Quelques mois, avait-elle répondu.

Elle avait constamment ce genre de conversation avec les clients. Avec de jeunes hommes. Des hommes d'âge mûr. Des hommes ivres. Sobres. Et tous n'étaient pas aussi polis que celui-là. Certains l'abordaient, obséquieux et bavards, elle s'efforçait d'être gentille parce qu'elle les trouvait sympathiques. D'autres se montraient grivois et quelques-uns grossiers. Certains lui attrapaient le bras, lui donnaient une tape sur les fesses, lui empoignaient les seins. Elle le supportait, ces hommes-là ne l'effrayaient pas plus que ça. Elle savait qu'il lui suffisait de faire signe aux videurs pour qu'ils les mettent à la porte. C'était déjà arrivé une fois. Avec un individu complètement ivre, il s'était battu avec les videurs qui avaient dû appeler la police.

L'homme qui l'observait maintenant avait quelque chose de mielleux.

– Ça vous plaît de travailler au Glaumbaer ? avait-il demandé. C'est le meilleur endroit en ville.

– Oui, j'aime beaucoup. J'ai des collègues très sympathiques.

– Et il y a aussi tous ces musiciens. Ça doit être agréable de fréquenter ces gars-là.

– Ils sont plutôt ordinaires, avait-elle répondu, mettant de côté sa timidité. Elle se sentait parfois gênée quand des hommes s'intéressaient à elle, mais elle essayait de ne pas le laisser paraître. Elle n'était pas très sûre d'elle, mais n'avait pas envie que ça se voie. En tout cas, ils ne sont ni meilleurs ni pires que les autres, avait-elle ajouté.

– Les horaires sont tout de même particuliers dans une discothèque. C'est un lieu de travail assez spécial.

– Oui, mais j'aime bien faire la grasse matinée.

L'homme avait éclaté de rire.

– Je suppose que vous travaillez jusque très tard dans la nuit et que vous faites aussi le ménage après la fermeture.

– Ça m'arrive.

Ils avaient discuté comme ça, puis elle ne l'avait pas revu jusqu'à maintenant. Et là, il lui souriait en lui adressant des hochements de tête. Débordée de travail, elle l'avait à nouveau repéré deux heures plus tard. Il était alors descendu sur la piste de danse, mais il ne dansait pas. Légèrement à l'écart, il écoutait l'orchestre. Valborg l'avait observé un moment. Une autre serveuse, un peu plus âgée qu'elle, était passée à proximité et l'avait remarqué.

– Il t'intéresse ? avait-elle demandé en lui criant dans l'oreille pour couvrir la musique.

– Non, non, s'était défendue Valborg en secouant la tête.

– Il est plutôt beau garçon, tu ne trouves pas ? Je l'ai vu plusieurs fois ici.

– Je ne sais pas, avait répondu Valborg sans hausser la voix. Enfin, j'ai un peu discuté avec lui l'autre jour.

– Il t'a draguée ?

– Non, pas du tout. Enfin, je ne pense pas.

– Eh bien, tant mieux.

– Pourquoi donc ?

– Il t'a demandé à quelle heure tu finissais ?

– Non, pas directement. Il voulait savoir si je restais faire le ménage après la fermeture.

– Et il t'a proposé de t'attendre ?

– Non, pas du tout. Mais comment tu sais… ?

– Il m'a posé la question l'autre jour, je lui ai juste répondu que j'étais mariée, avait conclu l'autre serveuse avant de se remettre au travail.

38

L'appartement de Valborg avait été laissé dans l'état où on l'avait trouvé après le meurtre. Ses affaires étaient éparpillées par terre. Les placards et les tiroirs avaient été ouverts, les bibliothèques vidées d'un geste rageur et quelques bibelots brisés dans la bataille. Le meurtrier, en quête d'objets de valeur, avait mis les lieux sens dessus dessous, mais il était difficile de dire avec précision ce qu'il avait volé et ce qu'il cherchait.

Marta s'était ravisée. Fatiguée des jérémiades de Konrad, elle l'avait rappelé en lui disant qu'elle pouvait peut-être l'autoriser à entrer dans l'appartement s'il lui promettait de ne pas y rester plus de dix minutes. Il avait accepté en la remerciant chaudement et lui avait rapporté ce qu'il savait de Sunnefa. Membre d'une congrégation religieuse, elle avait dû interrompre ses études de sage-femme et il n'était pas impossible qu'elle ait accouché Valborg avant de confier son bébé à une famille d'adoption. Marta avait ouvert une enquête sur le sort de l'enfant, mais les investigations ne faisaient que débuter. Sunnefa J. Olafsdottir avait quitté l'École de sage-femme en 1968. Décédée dans la première décennie du nouveau siècle, célibataire et sans descendance, elle avait toujours été locataire et on ignorait ce qu'étaient devenus ses effets personnels. Il était par conséquent impossible d'y chercher des réponses. Il semblait que Sunnefa ait été extrêmement solitaire, elle n'avait aucune famille proche et on n'avait trouvé aucun indice de ses relations avec Valborg ou d'autres futures mères qu'elle aurait peut-être rencontrées. On ignorait également le nom de la congrégation dont elle avait été membre ou pour laquelle elle avait travaillé.

Konrad fit le tour de l'appartement. Valborg vivait apparemment très modestement. Il n'y avait chez elle rien de superflu. Un vieux poste de radio des années 70 était posé sur le guéridon du salon et la télévision n'était pas non plus dernier cri. Les livres restés sur les bibliothèques et ceux qui jonchaient le sol étaient pour la plupart anciens. Elle semblait apprécier les poètes islandais et la culture populaire nationale. Les quelques romans d'amour et polars qu'elle possédait étaient à peine visibles, rangés sur l'étagère au ras du sol. Konrad y voyait le reflet d'une vie morne et banale. Aucun guide de voyage dans les pays du Sud. Aucune photo de famille prise à Noël. Rien qui indique que Valborg ait cultivé une passion. Une vie enlisée. Une vie immobile.

Il se souvenait combien cette femme avait été reconnaissante qu'il consente enfin à la rencontrer. Il se rappelait son abattement lorsqu'il avait refusé d'accéder à sa demande au musée Asmundur Sveinsson. Parmi toutes ces mères taillées dans la pierre. Il imaginait qu'elle était retournée là-bas après leur rencontre, plus triste que jamais. C'était lui qui était responsable de son affliction. Au lieu de l'aider à s'extirper de la grisaille, il l'avait entraînée plus loin encore dans la nuit. Le pire, c'est qu'il ne savait pas lui-même pourquoi il lui avait opposé une telle indifférence.

– Pourquoi tu fais tout ça ? demanda Marta en le regardant fouiller le vieux bureau du salon et examiner avec soin les documents et les papiers de la défunte. Impatiente, son ancienne collègue regardait sa montre. Qu'est-ce que tu cherches exactement ?

La réponse de Konrad ne fut pas des plus encourageantes.

– Je n'en sais rien. Que va devenir son appartement ?

– On a trouvé un testament sans doute tout à fait valide, répondit Marta. On a contacté l'avocat qui l'a aidée à le rédiger. L'appartement sera vendu et l'argent reviendra à des associations de bienfaisance qu'elle a désignées. Des associations qui se consacrent principalement à l'aide à l'enfance. Apparemment elle leur a aussi donné pas mal d'argent de son vivant.

Konrad trouva dans le bureau une pile de factures et récépissés anciens. De vieilles déclarations de revenus, des cartes postales envoyées par ses collègues. Des tickets de cinéma et de théâtre, une boîte en fer-blanc vide ayant contenu des bonbons, un jeu de cartes et un étui à lunettes.

– Cet homme de loi, il sait qu'elle a eu un enfant ?

– L'avocat est une femme et non, elle n'est pas au courant. Elle ne connaissait pas spécialement Valborg.

Konrad continuait à ouvrir les tiroirs du bureau.

– Valborg n'était pas membre d'une secte, je me trompe ? demanda Marta. C'est ça que tu cherches ?

– Non, enfin, peut-être. Je ne sais pas. Je ne crois pas.

– Et toi ? Tu es un vrai athée, non ?

– Oh oui !

– Moi, je suis allée à l'école du dimanche, au catéchisme, reprit Marta en prenant ce que Konrad appelait parfois sa clope à vapeur. Je me suis jamais autant emmerdée ! Je crois que mes parents m'y envoyaient pour pouvoir… enfin, tu vois… pour profiter du dimanche matin…

– Comment ça ?

– Tu sais bien…

– Non.

– Nom de Dieu, tu as vraiment besoin d'un dessin ?!

– Enfin, quoi ?

– Pour faire… pour baiser, quoi ! Tu es complètement idiot, ou quoi ?

Konrad esquissa un sourire tout en continuant à fouiller les papiers de Valborg. Il finit par renoncer, inspecta la chambre et la salle de bains, revint dans le salon puis se rendit dans la cuisine. Comme à l'époque où il était policier, il se sentait gêné d'entrer ainsi par effraction dans l'intimité de Valborg même s'il savait que c'était un passage obligé du travail d'investigation. Les placards et les tiroirs de la cuisine avaient également été ouverts. Des paquets de pâtes et de riz jonchaient le sol. L'assassin avait vidé jusqu'au frigo.

– On a examiné tout ça très attentivement, assura Marta qui suivait ses allées et venues.

– Je sais.

– Si seulement tu disais ce que tu cherches.

Il saisit la chemise en plastique usé posée sur le plan de travail. Valborg avait apparemment collectionné les recettes de gâteaux publiées dans les journaux jusqu'à son dernier jour ou presque. La dernière, celle d'une tourte aux pommes à l'américaine, datait d'une semaine avant sa mort.

– Tu as vu ça ? demanda-t-il.

– Oui, ça fait une sacrée collection de recettes, hein ?

Konrad allait acquiescer quand il repéra des coupures de presse d'une tout autre nature à l'intérieur de la chemise. Des récits de voyage qui avaient intéressé Valborg. L'une des coupures parlait d'un couple qui s'était rendu en Égypte pour visiter les pyramides, une autre d'économie. Une jeune femme avait fondé un laboratoire pharmaceutique en collaboration avec des partenaires étrangers. Sur la photo illustrant l'article, on voyait à ses côtés son père, soutien indéfectible et fier.

Konrad fixa la photo, reprit la coupure sur le voyage aux pyramides. C'était le même homme. L'ancien policier vérifia les dates. Les deux documents avaient été publiés à huit ans d'intervalle.

Il les reposa et prit d'autres coupures, plus récentes. Recettes de gâteaux et autres friandises. Il se demanda si Valborg en avait essayé certaines. Puis il trouva le troisième article, le plus récent, en rapport avec la famille dont il était question dans les deux autres. Il parlait également de la fille et datait d'environ deux mois. Elle vendait les parts qu'elle détenait dans le labo pharmaceutique à ses partenaires étrangers. L'article précisait que le père et la fille s'étaient considérablement enrichis en quelques années, mais il n'était pas sur la photo cette fois. On n'y voyait qu'elle. Vêtue d'un tailleur élégant sans doute hors de prix et d'un chemisier beige. Une femme moderne, une chef d'entreprise, debout devant son bureau immense, souriant au monde comme si ce dernier lui avait toujours souri. Les bras croisés. L'image même de la battante. Rayonnante après la vente de ses parts.

– Tu as trouvé quelque chose ? demanda Marta, perdue dans son nuage de vapeur. Ses collègues s'étaient mis à l'affubler de surnoms à cause de ces volutes. Konrad se demandait s'il devait le lui dire.

– Tu connais ces gens ? répondit-il en lui montrant les articles.

Elle les prit, regarda les photos et les dates, puis balaya le texte des yeux.

– Non, enfin pas spécialement.

Elle se rappelait avoir entendu parler de cette entreprise aux informations à plusieurs reprises, mais ses propriétaires apparaissaient rarement dans la presse.

– Eh bien, ils ont gagné un sacré fric avec leurs saloperies de médocs. Tu crois qu'il n'y a pas erreur sur la somme ? Valborg connaissait ces gens ?

– À ton avis, quel âge a la femme sur la photo ? La fille de cet homme ?

– Je n'en sais rien, répondit Marta.

– Née aux alentours de 1970 ?

– Possible. Enfin. Je ne sais pas. Tu veux dire… non, tu ne crois quand même pas que c'est le bébé ? La fille de Valborg ?

– Elle m'a pourtant dit qu'elle ignorait ce qu'était devenu son enfant.

– Et tu crois qu'elle l'aurait retrouvé dans les journaux ?

Konrad ne répondit pas. Il pensait à Isleifur dans son sous-sol.

– Rien ne dit que ces coupures soient liées à cette histoire, ajouta Marta. Absolument rien.

– Elle les a quand même gardées pour une raison précise. Tu devrais peut-être vérifier. Les bureaux du labo se trouvent rue Borgartun, répondit-il en se remémorant le nom de la firme qui occupait trois étages du palais de verre où Isleifur s'était rendu, son anorak usé sur le dos et son sac plastique à la main.

39

Konrad avait enregistré sur son portable le nom du technicien de laboratoire qui avait travaillé des années à l'Hôpital national en espérant qu'il pourrait lui en dire plus au sujet de Sunnefa à l'époque où elle avait étudié à l'École de sage-femme. Il avait consulté l'annuaire sur Internet en sortant de chez Valborg. Plusieurs autres personnes portaient le même nom, mais l'homme qu'il recherchait était enregistré comme laborantin, ce qui lui facilitait la tâche. Konrad l'avait aussitôt appelé, mais il n'avait pas décroché. Il avait une seconde fois tenté de le joindre, en vain.

La nuit était tombée quand Marta prit congé de lui sur le parking de l'immeuble en promettant de contacter le labo pharmaceutique à la première occasion. Certes, elle avait des doutes sur cette piste, mais Konrad avait réussi à piquer sa curiosité. Ils n'avaient pas trouvé d'autres articles parmi les recettes collectionnées par Valborg. L'ancien policier préférait attendre pour lui parler d'Isleifur et de sa visite dans l'immeuble de verre, puisqu'il n'était pas certain que cet homme se soit rendu dans les bureaux de la firme. Il était donc inutile d'en faire état avant de l'avoir interrogé plus amplement.

Alors qu'il roulait en direction du quartier de Vogahverfi, son téléphone sonna. Il reconnut aussitôt le numéro.

– Thorfinnur à l'appareil. Vous m'avez contacté plus tôt dans la journée. Je me trompe ?

Konrad le remercia de rappeler. Il se présenta et lui expliqua qu'il cherchait des renseignements sur une élève sage-femme qui avait été en stage à l'Hôpital national il y avait un demi-siècle, une certaine Sunnefa. Il effectuait ces investigations dans le cadre d'une affaire de meurtre, celui de Valborg.

Le laborantin resta d'abord interloqué, mais Konrad ne s'en soucia pas et répondit scrupuleusement à ses questions. L'homme avait entendu parler du meurtre dans la presse et il lui semblait assez étrange de se retrouver impliqué dans l'enquête de cette manière. Il ajouta qu'il ignorait à qui il parlait réellement, et qu'il ne voyait ni en quoi ni pourquoi l'enquête concernait Sunnefa, mais oui, il se souvenait d'elle. Konrad comprit ses inquiétudes et se demanda si tous les laborantins ou, comme on les appelait aujourd'hui, les techniciens biologistes, se montraient aussi méfiants quand ils parlaient avec un inconnu au téléphone.

Son correspondant finit par accepter de le rencontrer. Il sortait d'une réunion en ville et suggéra qu'ils se retrouvent au restaurant où il avait prévu de dîner. Konrad le remercia, prit la direction du centre et se gara tout près de la rue piétonne d'Austurstraeti. En entrant dans l'établissement, il resta à la porte et balaya la salle du regard, il ignorait à quoi ressemblait Thorfinnur et espérait arborer un air suffisamment égaré pour que ce dernier fasse le rapprochement. Le laborantin lui fit signe de venir le rejoindre à sa table. Ils se serrèrent la main et se présentèrent dans les règles. Ils avaient à peu près le même âge, Thorfinnur était plus corpulent. Il déclara d'une voix de baryton qu'il avait commandé un steak. Une bouteille de rouge était ouverte sur sa table. Konrad, qui se piquait de s'y connaître un peu en œnologie, se disait que son interlocuteur avait bien choisi, même s'il avait opté pour un cru américain.

– Je me souviens vous avoir vu plus d'une fois aux informations, déclara Thorfinnur en prenant une gorgée de vin. Vous avez travaillé dans la police longtemps ?

– Oui, pas mal.

– Quelle histoire incroyable, ce corps retrouvé sur le glacier. Pourquoi vous n'avez pas réussi à résoudre l'enquête avant ?

– Vous venez souvent ici ? éluda Konrad, qui n'avait pas envie d'aborder la question.

– Pour tout vous dire, je viens de divorcer, soupira Thorfinnur comme pour justifier la raison de sa présence en ville en milieu de semaine. Au bout de presque quarante ans. Je n'ai pas envie de me faire la cuisine, d'ailleurs je n'en suis pas capable. Je ne faisais jamais à manger. C'était le domaine réservé de ma femme. C'est à peine si je sais me faire des œufs sur le plat sans me brûler.

Il éclata de rire. Konrad eut un sourire poli. Il ne voulait pas le déranger plus que nécessaire pendant son dîner, il en vint donc au fait et lui demanda comment il avait connu Sunnefa.

– J'avais le béguin pour elle, avoua Thorfinnur. Je suis sorti avec elle deux ou trois fois. Ce que les gamins d'aujourd'hui appellent le *dating*. Je suppose que nous avons fait du *dating* sans le savoir. En tout cas, il ne s'est rien passé. Je crois me souvenir que je l'ai embrassée une fois après un film. C'était l'époque.

– C'était après son exclusion de l'École de sage-femme ?

– Vous êtes au courant de tout ça ? répondit Thorfinnur. Non, c'était avant. On venait d'arriver tous les deux à l'Hôpital national et on s'est rencontrés par le biais de mon amie Pala qui étudiait aussi les techniques de laboratoire. Elle est morte il n'y a pas longtemps.

– Ma question risque de vous surprendre, mais est-ce que vous étiez au courant des positions de Sunnefa sur la question de l'avortement ?

– Elle y était farouchement opposée, c'est même à cause de ça qu'on l'a exclue de l'école, j'étais au courant, mais elle ne m'en avait pas parlé quand on sortait ensemble. J'ai appris la manière dont elle se comportait plus tard. J'étais assez surpris parce qu'elle m'avait l'air d'être une jeune fille tout à fait ordinaire et équilibrée. Je me demande si l'école n'a pas réagi un peu excessivement.

Le serveur apporta une assiette et demanda à Konrad s'il souhaitait consulter le menu. L'ancien policier n'avait pas l'intention de dîner, mais il voulait bien un verre de la cuvée maison. Courtois, Thorfinnur lui demanda si ça ne le dérangeait pas qu'il se mette à manger, il était mort de faim. Sur quoi, il se noua une grande serviette blanche autour du cou et la lissa du plat de la main.

– Vous avez revu Sunnefa après ? poursuivit Konrad après lui avoir répondu de ne pas se gêner pour lui.

– Il me semble qu'elle est partie vivre en province et qu'elle y est restée un moment, répondit Thorfinnur. Je ne l'ai jamais revue. J'ignore ce qu'elle faisait là-bas. C'est plutôt rare que je pense à elle. J'ai été très surpris par votre coup de fil, vous imaginez…

– J'ai cru comprendre qu'elle était très croyante.

– Ah ça, oui, extrêmement croyante. Ce n'était pas mon cas et je me suis demandé à l'époque si ce n'était pas à cause de ça que les choses n'ont pas marché entre nous. Ça ne m'a trop plu quand je me suis rendu compte qu'elle prenait au pied de la lettre tout ce que raconte la

Bible. En plus, elle m'a annoncé qu'elle allait devenir membre d'une congrégation.

– Vous vous rappelez laquelle ?

– Non, mais c'était un truc très chrétien, répondit Thorfinnur. Je me demande si cette communauté n'avait pas un local à Reykjavik plutôt qu'à Kopavogur. Sunnefa disait s'acquitter de la dîme auprès de cette secte. Franchement, on se serait cru au Moyen Âge !

Thorfinnur pouffa comme s'il n'avait jamais rien entendu d'aussi ridicule.

– Elles se connaissaient ? reprit-il. Je veux dire Valborg et Sunnefa.

– C'est possible, répondit Konrad. Elles se sont peut-être rencontrées plus tard, aux alentours de 1970. Valborg était enceinte. C'était une grossesse non désirée. Sunnefa l'a peut-être contactée.

– Et ensuite ?

– Est-ce que vous vous souvenez avoir entendu Sunnefa parler de familles adoptives ? De gens qui souhaitaient accueillir des enfants abandonnés ? D'amis qui partageaient ses positions sur l'avortement ? Peut-être même de membres de cette congrégation ? Des couples qui auraient adopté des enfants ?

Thorfinnur s'accorda un instant de réflexion. Il y avait bien longtemps qu'on ne lui avait pas parlé de Sunnefa. Il fronça les sourcils, fouillant sa mémoire en quête de souvenirs enfouis.

– Non, ça ne me dit rien, répondit-il en poursuivant son repas. Je ne me souviens d'aucun de ses amis. Enfin, je vous l'ai dit, je l'ai assez peu connue.

– Oui, ça remonte à si longtemps... Il y a autre chose. Je me demande de quelle manière elle pouvait entrer en contact avec des femmes enceintes susceptibles de vouloir avorter. Elle n'a jamais obtenu son diplôme.

Elle ne travaillait pas au service de gynécologie. Comment elle s'y prenait pour connaître leur identité ? Et, surtout, pour être au courant de leurs projets ?

– Sunnefa n'aurait jamais accepté de pratiquer un avortement, répondit Thorfinnur.

– Non, je sais. Ma question n'a rien à voir avec ça. Je me demande s'il est possible qu'elle ait dissuadé les femmes enceintes d'avorter, qu'elle les ait aidées à mettre leur enfant au monde et qu'elle se soit ensuite occupée de les placer dans des familles d'adoption.

Thorfinnur leva les yeux de son assiette, reposa ses couverts, s'essuya la bouche avec sa serviette et dévisagea Konrad.

– Dissuader des femmes d'avorter ?

– Oui.

– Cette Valborg qui a été tuée… elle… ? Elles étaient amies ?

– Non, Valborg était enceinte.

– Et elle aurait eu un enfant que Sunnefa l'aurait aidée à mettre au monde avant de le placer dans une famille ?

– C'est une des pistes que j'essaie d'explorer. Je crois savoir que Sunnefa était excellente sage-femme.

– En effet, et elle détestait ce qu'on appelle aujourd'hui les interruptions de grossesse, répondit Thorfinnur avec un sourire. C'est la vie. Les laborantins se transforment en techniciens de laboratoire. Temps nouveaux, mots nouveaux.

– Pour des motifs religieux ? demanda Konrad.

Thorfinnur hocha la tête. Apparemment, les choses s'éclaircissaient enfin dans son esprit.

– Si ces enfants ont été adoptés, ces informations devraient être consignées quelque part, non ? s'étonna-t-il.

– On peut sans doute se débrouiller si on tient absolument à ce que ça reste secret, conjectura Konrad. Il existe sans doute des méthodes, même si je ne vois pas lesquelles. En tout cas, c'était sans doute plus facile à cette époque-là, dans les années 70. Tout cela n'était peut-être pas autant surveillé qu'aujourd'hui.

– Maintenant que vous m'en parlez, je me souviens que Sunnefa avait une copine qui travaillait à l'hôpital, répondit Thorfinnur en saisissant ses couverts pour terminer son steak. Je ne sais pas si elle était aussi membre de cette secte, en tout cas je me rappelle qu'elle travaillait à l'hôpital.

– Elle était infirmière ? Médecin ?

– Non. Secrétaire. Au service de gynécologie. Ah, comment elle s'appelait ?

– Secrétaire ? Vous voulez dire… ?

– Oui, elle travaillait au secrétariat et, par conséquent, elle avait accès à tous les dossiers. Elle a sans doute rencontré certaines de ces jeunes femmes. Si c'est à ça que vous pensez. C'était une très bonne amie de Sunnefa.

– Vous ne vous souvenez pas de comment elle s'appelait ?

– Non, ça m'est complètement sorti de la tête, regretta Thorfinnur. D'ailleurs, j'oublie tous les noms très vite.

40

En s'approchant de l'immeuble, Konrad distingua une clarté faiblarde dans l'appartement en sous-sol du quartier de Vogar. À l'étage supérieur, la lueur bleutée d'un écran télé vacillait sur les murs. Aucun nom n'était inscrit à la porte et il n'y avait pas non plus de sonnette. Il frappa à la vitre encastrée dans le bois du battant qui se mit à trembler. L'instant d'après, une porte s'ouvrit quelque part dans l'appartement. Isleifur apparut dans l'entrée. Il regarda Konrad à travers la vitre et le reconnut aussitôt.

– Je venais vous demander de m'excuser pour mon comportement, dit-il, sachant qu'il l'entendait parfaitement derrière la vitre. Je n'avais aucune raison d'agir comme je l'ai fait.

Isleifur le regardait, impassible.

– Je me demandais si nous pourrions discuter un moment, reprit l'ancien policier. Je promets de bien me tenir.

– Je n'ai rien à vous dire, lança Isleifur. Allez-vous-en ! Je ne veux pas vous voir !

Il lui tourna le dos, sur le point de repartir dans son appartement.

– Vous louez aux gens qui vivent à l'étage du dessus ?

Isleifur s'immobilisa.

– Vous croyez qu'ils dorment ? demanda Konrad, qui eut aussitôt l'impression de l'avoir piqué au vif, constatant que son projet de prendre Isleifur avec des pincettes venait une fois encore d'échouer. Je pourrais peut-être monter les voir pour leur parler un peu de vous. Ils savent peut-être qu'une femme de Keflavik vous a accusé de viol ? Et qu'il y en a peut-être d'autres à qui vous avez fait subir le même genre de chose. Qu'il y a un violeur qui vit dans leur sous-sol.

Isleifur fit volte-face.

– Je n'ai rien fait, répondit-il derrière la vitre.

– Non, évidemment, la femme qui vous accuse est à moitié folle.

– Je n'ai violé personne.

Konrad l'observait.

– Qu'est-ce que vous me voulez exactement ? demanda Isleifur. Je n'ai rien à vous dire. Pourquoi vous ne me laissez pas tranquille ? Partez ! Fichez-moi la paix !

– Bon, je vais monter les voir, menaça Konrad en levant les yeux vers l'étage. Peut-être qu'ils se fichent de savoir à qui ils louent. Mais s'ils sont un peu curieux, ils voudront en savoir plus. Ils ont une fille ?

Les deux hommes se regardèrent dans les yeux comme des ennemis jurés, de part et d'autre de la porte vitrée.

– Je refuse que vous colportiez des mensonges sur moi auprès de mes voisins, déclara Isleifur en ouvrant le verrou.

Konrad pénétra dans l'entrée. Isleifur n'accepta pas qu'il aille plus loin. L'ancien policier referma la porte. Les deux hommes se tenaient face à face dans le vestibule plongé dans la pénombre. Voûté, mal rasé, Isleifur reniflait. Konrad quant à lui cherchait des réponses même s'il ignorait les questions. Il avait lu des passages de la plainte déposée jadis contre cet homme. Ce dont la femme l'avait accusé était ignoble.

– Vous pouvez me dire si vous avez connu Valborg ? Si vos chemins se sont croisés ?

– Vous parlez de la femme assassinée ? Je ne la connais pas. Je ne l'ai jamais vue.

– Vous alliez au Glaumbaer avant l'incendie ? Vous alliez vous distraire là-bas le week-end ?

– Oui, j'allais là-bas, répondit Isleifur d'une voix si basse que Konrad devait tendre l'oreille. Je n'étais pas le seul. Tout le monde y allait.

– Elle y travaillait comme serveuse, précisa Konrad. Vous connaissiez des serveuses ?

– Non, aucune.

– Et vos amis ?

– Mes amis ?

– Je suppose que vous aviez des amis.

– Je ne vois pas en quoi ça vous regarde.

– Vous avez travaillé à la base de Keflavik. Vous vous y êtes peut-être fait des copains. Par exemple, des soldats. Vous alliez ensemble au Glaumbaer ?

– Vous racontez n'importe quoi, répondit Isleifur, baissant encore d'un ton. Pourquoi vous n'en venez pas au fait ? Est-ce que vous m'accusez d'avoir tué cette femme… cette Valborg ?

– C'est le cas ?

– Non.

– Vous avez demandé à quelqu'un de le faire à votre place ?

Isleifur secouait la tête.

– Vous savez qui aurait pu le faire ?

– Je ne vois pas de quoi vous parlez. Je n'ai pas approché cette femme. Je ne sais rien de cette histoire.

– Selon vous, est-ce que des gens auraient pu la guetter pour s'en prendre à elle à l'époque du Glaumbaer ? s'entêta Konrad.

Isleifur ne répondit pas. L'ancien policier voyait clairement qu'il avait réussi à le mettre en colère.

– Vous pouvez me le dire ?

– Vous dire quoi ?

– Est-ce que, selon vous, quelqu'un aurait pu faire ce genre de chose ? Par exemple, vous ? Est-ce que vous avez violé Valborg comme vous avez violé cette femme de Keflavik ?

– Vous n'êtes qu'un sale con !

– Avez-vous violé Valborg ?

– Taisez-vous !

– Elle a eu un enfant, insista Konrad.

– Soit, mais je n'ai rien à voir avec ça.

– Est-ce que vous êtes allé chez elle, l'autre jour, pour l'agresser ?

– Cette histoire ne me concerne pas, tonna Isleifur. Je n'ai rien à voir avec ça !

– C'était vous ?

– Moi qui quoi ? Vous m'accusez de quoi ? Qu'est-ce que vous voulez que je vous dise ? Franchement, qu'est-ce que vous voulez entendre ?!

– La vérité.

– La vérité ?! Vous êtes un crétin ! La voilà, la vérité. Vous voulez savoir autre chose ?

– La vérité sur vous.

– La vérité sur moi ? D'accord. Voyons voir. Qu'est-ce que je peux vous dire ? Qu'est-ce que vous avez envie d'entendre ? Voyons, voyons. Ah oui, je peux vous dire que cette fille de Keflavik était un bon coup. Très bon, même.

– Comment ça ?

– J'ai pris mon pied en la baisant, précisa Isleifur.

Konrad restait impassible.

– Et elle n'a pas été la seule, reprit Isleifur. Il y en a eu d'autres qui n'étaient pas aussi bêtes que celle de Keflavik. D'autres qui savaient la fermer. Fermer leur gueule, vous comprenez ?

– Vous êtes en train de m'avouer que… ?

– Écoute-moi donc, espèce de connard !!

– Vous avouez que vous l'avez violée ?! Et que vous avez violé d'autres femmes ?

– Au contraire, je vous dis que ce n'était pas un viol. C'est elle qui m'a demandé, feula-t-il en s'avançant vers Konrad. Ces femmes m'ont demandé de les prendre. Toutes ! Elles m'ont supplié de leur enfoncer mon engin parce qu'elles aimaient ça ! Elles aimaient le sentir en elles.

Il poussa Konrad qui chancela et heurta la porte avec un bruit sourd avant de reprendre son équilibre. L'ancien policier l'attrapa au col et le plaqua contre le mur. Isleifur n'essaya même pas de se défendre, il le défia d'un sourire narquois, dévoilant ses dents manquantes. Konrad le repoussa violemment, l'homme heurta la porte du salon qui s'ouvrit et évita de peu la chute.

– Pourquoi vous traîniez rue Borgartun ? demanda Konrad.

Isleifur se redressa et lissa ses vêtements.

– Sortez de chez moi, hurla-t-il d'une voix de fausset. Allez au diable ! Dites ce que vous voulez aux gens qui habitent au-dessus, qu'ils aillent se faire foutre ! Ces connards ! Ces sales connards !

Il claqua la porte au nez de Konrad en grimaçant.

Quand il rentra chez lui, en allant chercher une bouteille de vin dans le buffet de la salle à manger, Konrad trébucha sur l'étrange objet en bois qui avait appartenu à son père et qui était resté par terre depuis qu'il l'avait jeté contre le mur. Il le ramassa et vit que le ressort qui avait toujours été bloqué sous le fil de fer tendu s'était libéré. Il le fit tourner dans sa main et le posa sur la table. C'était sans doute quand il avait heurté le mur ou lorsque Konrad avait marché dessus que le ressort s'était débloqué.

Il se disait qu'il n'allait décidément jamais réussir à discuter avec Isleifur autrement qu'en déclenchant sa colère. Il prit la bouteille de vin et se servit un verre, encore secoué par sa visite. Pour le peu qu'il le connaissait, cet homme était tout sauf sympathique. En outre, il avait presque avoué être coupable du viol de Keflavik et suggéré qu'il en avait commis beaucoup d'autres. Konrad ne voyait aucune raison d'exclure qu'il ait également violé Valborg.

Il vida rapidement son verre, s'en servit un autre, saisit l'objet en bois, se rendit dans la cuisine et ouvrit le placard sous l'évier où se trouvait la poubelle. Il avait machinalement posé son pouce sur le ressort et le comprimait. Quand il le retira, le ressort frappa contre le fil de fer tendu entre les deux clous et se mit à vibrer en émettant un son étrange et pourtant familier.

Il resta un long moment à scruter l'objet en se demandant s'il avait bien entendu.

Il comprima à nouveau le ressort, le relâcha et comprit enfin ce que son père avait voulu dire quand il avait affirmé qu'aucun objet ne lui avait jamais rapporté autant d'argent.

41

Il n'avait pas réussi à joindre Eyglo de toute la journée, mais tenta une fois de plus de l'appeler sur son portable en se rendant à l'unité de soins palliatifs de Kopavogur. Il avait découvert qu'une des femmes ayant travaillé dans les bureaux du service de gynécologie de l'Hôpital national dans les années 70 était mourante.

Son amie Svanhildur avait une nouvelle fois volé à son secours quand il avait eu besoin de retrouver des administratifs qui s'étaient occupés des prises de rendez-vous et du suivi des dossiers. Svanhildur connaissait quelqu'un au service de gestion du personnel de l'hôpital qui lui avait donné le nom de cette femme. Elle avait demandé à Konrad de ne révéler à personne d'où il tenait l'information.

Quand il avait commencé à la chercher, il avait découvert qu'elle était en soins palliatifs depuis quelque temps déjà. Il ne voulait pas troubler une fin difficile, mais la curiosité l'avait emporté sur la raison, et ce n'était pas la première fois. En outre, il n'avait pas vraiment le temps d'y réfléchir. Elle était en fin de vie.

Il avait cherché le numéro dans l'annuaire et, lorsqu'il avait appelé, le fils de cette dame avait décroché et il lui avait exposé la situation. Konrad avait tenu à être honnête, il avait expliqué qu'il se livrait à des investigations dans l'espoir de retrouver l'enfant d'une amie.

Cette dernière l'avait abandonné à la naissance, sans doute sous l'incitation d'une femme du nom de Sunnefa, dont sa mère se souvenait peut-être. Il avait précisé que tout cela datait de 1972 et que son amie, Valborg, avait récemment été tuée.

Assez abasourdi par cet appel, son correspondant lui avait promis de le rappeler, ce qu'il avait fait un peu plus tard en lui disant que sa requête avait, comme il fallait s'y attendre, piqué la curiosité de sa mère, qui acceptait qu'il vienne lui rendre une brève visite.

Le fils l'accueillit en lui disant avoir préparé sa mère de son mieux. Elle avait été ébranlée quand il lui avait exposé l'affaire, il lui demanda donc d'être bref, ajoutant qu'il resterait avec eux pendant l'entrevue et qu'il se réservait le droit d'intervenir s'il le jugeait nécessaire. Konrad répondit qu'il n'y voyait pas d'objection, il le remercia pour son aide et s'excusa du dérangement qu'il occasionnait.

Très faible, sa mère avait passé les derniers jours alitée, mais elle avait demandé à ce qu'on l'habille et qu'on l'installe dans un fauteuil roulant avant cette visite d'un genre particulier. Elle désirait recevoir l'ancien policier avec ce qui lui restait de dignité malgré sa longue maladie. C'est donc assise dans sa chambre lumineuse que Fransiska, vêtue d'un joli chemisier et d'un foulard, la voix grêle et fatiguée, tendit la main à Konrad. Son fils s'assit au bord du lit.

Konrad la remercia d'avoir accepté de l'aider et lui demanda sans plus attendre si elle se souvenait d'une sage-femme ou d'une élève sage-femme prénommée Sunnefa.

– Oui, je m'en souviens, mais elle a arrêté de travailler avant 1970, répondit Fransiska en regardant son fils, manifestement au courant.

– En effet, elle a eu des problèmes et a dû partir. Est-ce que vous ou vos collègues du service de gynécologie l'avez revue après ?

– Non, répondit Fransiska. En tout cas, pas moi. Cette fille était capable de tout, si je me souviens bien et elle n'était pas… particulièrement appréciée. Je ne devrais peut-être pas vous dire ça, mais c'était bien la première fois que l'école mettait une de ses élèves à la porte, d'ailleurs toutes les futures sages-femmes qui y étudiaient étaient des jeunes filles adorables. Vraiment…

– À ce qu'on m'a dit, elle était très croyante, reprit Konrad. Mesurant la fatigue de son interlocutrice, il essayait d'aller vite. Elle faisait partie d'une congrégation religieuse. Ça vous dit quelque chose ?

– Non, soupira Fransiska. Je n'ai jamais aimé les religions. Ces choses-là ne m'intéressent pas. Et encore moins la vie après la mort. Quand c'est fini, c'est fini, c'est tout. Vous avez dit à mon fils que la femme morte de cette affreuse manière avait donné… abandonné son enfant.

Konrad acquiesça.

– Incitée par Sunnefa ? demanda Fransiska, manifestement curieuse.

– C'est possible.

– Et Sunnefa l'aurait fait adopter ?

– C'est tout aussi envisageable.

– Mais quel est le rapport avec ce qui lui est arrivé ? Je veux dire, à cette femme, à Valborg ?

– Je l'ignore, répondit Konrad en regardant le fils qui avait dû mal comprendre certains détails pendant leur conversation téléphonique. Je doute qu'il y en ait un. Valborg n'a jamais su ce qu'était devenu le nouveau-né et elle voulait essayer de le retrouver. Elle m'a contacté en me demandant de l'aider. Je… j'ai refusé.

– Et vous essayez de réparer votre erreur ?

– Oui, je veux tout faire pour retrouver cet enfant.

– C'est… très gentil de votre part.

– Je regrette de ne pas l'avoir aidée, avoua Konrad.

Fransiska tenta un sourire, mais le moindre mouvement semblait douloureux.

– Est-ce que certains de vos collègues, hommes ou femmes, partageaient les conceptions de Sunnefa ? Est-ce qu'ils étaient opposés à l'avortement ? Croyants ? Membres de congrégations religieuses ?

Fransiska fit non de la tête. Son fils se leva en regardant sa montre pour signaler à Konrad qu'il allait bientôt devoir s'en aller.

– On m'a dit que Sunnefa avait une amie proche au secrétariat.

– Vous parlez de… Regina ?

– Regina ?

– Oui, elle et Sunnefa s'entendaient très bien. Maintenant que vous en parlez, je me demande si Regina n'était pas… membre d'une de ces sectes.

– Laquelle ? Vous vous en souvenez ?

Fransiska ne répondit pas.

– Cette congrégation, elle s'appelait comment ?

Elle ferma les yeux. Konrad avait l'impression qu'elle était épuisée. Elle lui rappelait Erna les derniers jours de sa vie. Sa femme avait catégoriquement refusé d'être hospitalisée en soins palliatifs et il l'avait soutenue dans sa décision. Elle voulait mourir chez elle.

Il jeta un œil au fils qui lui fit signe qu'il était temps pour lui de partir.

– On ferait mieux d'arrêter là, dit-il, penché sur sa mère.

– Bien sûr, convint Konrad en se levant. Je vous prie de m'excuser pour le dérangement, vous m'avez beaucoup aidé, ajouta-t-il en prenant la main de Fransiska.

Elle ouvrit les yeux, le dévisagea et murmura quelque chose qu'il n'entendit pas. Il s'approcha.

– La Création, répéta-t-elle.

– La Création ?

– C'est le nom de… cette congrégation.

– Bon, maintenant, ça suffit, ordonna le fils. Je dois vous demander de partir.

– D'accord, répondit Konrad.

– Mon cher… murmura Fransiska.

L'ancien policier se pencha à nouveau vers elle.

– … trouvez… l'enfant.

Comme lors de sa dernière visite, le ronronnement permanent de la circulation sur le boulevard Hringbraut envahissait le cimetière où régnaient malgré tout calme et paix. Eyglo progressait de nouveau sur l'allée détrempée par la pluie qui menait à la sépulture de Malfridur, passant devant le tombeau récemment restauré, les pierres tapissées de mousse, les croix et leur tristesse marquée par les éléments. Elle avait acheté quelques roses pour fleurir la tombe et scrutait les lieux à la recherche de l'amie de Malfridur, cette femme vêtue d'un manteau et d'un foulard qu'elle avait vue à sa dernière visite.

Aujourd'hui, elle était seule.

Eyglo déposa ses trois roses blanches. Une pour le Père, une pour le Fils, une pour le Saint-Esprit. Elle remercia Malfridur de lui avoir offert son amitié et pria une fois encore pour qu'elle fasse bon voyage et atteigne sa destination.

Au bout d'un moment passé à se recueillir, elle eut froid. Le vent du nord s'était levé. Elle s'apprêtait à repartir quand la stèle derrière la tombe de Malfridur attira son attention. Cette pierre installée à la verticale était si proche de la sépulture de son amie que lorsqu'on installerait la stèle de Malfridur, les deux pierres se toucheraient presque.

Eyglo se rendit sur l'autre tombe pour voir qui reposait là et son cœur fit un bond quand elle lut l'inscription. Elle revoyait la femme en manteau vert, qu'elle avait une première fois vue assise à l'hôpital au chevet de Malfridur, puis qu'elle avait aperçue tout près de sa sépulture, ici, dans le cimetière.

Elle se rappela son nom en le lisant, gravé dans la pierre.

HULDA ARNADOTTIR
7.9.1921 – 28.1.1984

42

Il y avait plus de vingt minutes qu'on avait prié Marta de patienter quelques instants et elle commençait à en avoir assez. Quand elle lui avait exposé sa requête, l'assistante de direction l'avait conduite dans une salle de réunion. Marta n'avait pas annoncé sa visite et la secrétaire, une trentenaire à la démarche d'hôtesse de l'air, avait froncé les sourcils quand elle avait compris la profession de son interlocutrice. Il était rare que la Criminelle vienne au siège de la firme et Marta supposait que la directrice essayait de comprendre la raison de sa présence.

Eh bien, bon courage, pensa-t-elle en observant la salle de réunion richement décorée, ornée de deux grandes toiles de peintres islandais du début du XXe siècle. Une machine à expresso était posée sur une table, un rétroprojecteur ultra moderne fixé au plafond. Cette salle se trouvait au dernier des trois étages qu'occupaient les bureaux dans le grand immeuble de la rue Borgartun et, maintenant que le temps s'était levé, on avait une vue imprenable sur le golfe de Faxafloi, le mont Esja et le mont Skardsheidi.

Enfin, les choses semblèrent bouger. La secrétaire tirée à quatre épingles revint en lui demandant de patienter encore un peu, la directrice était extrêmement occupée, mais elle avait réussi à libérer un créneau dans son emploi du temps surchargé pour accorder un moment à la police. À peine avait-elle prononcé ces mots, la directrice apparut en présentant à Marta ses plus plates excuses pour l'avoir fait attendre. Elle la salua d'une poignée de main, souriante et chaleureuse, mais manifestement pressée, désireuse de régler rapidement ce problème imprévu. Svelte, vêtue d'une jupe fendue et d'un chemisier assorti, les cheveux bruns et courts, les yeux marron et les sourcils soigneusement épilés, elle approchait la cinquantaine. Marta se disait que cette femme, Klara, avait peu d'efforts à faire pour être séduisante, elle devait seulement se teindre les cheveux de temps à autre.

Elle ignorait si c'était un effet de son enquête en cours, mais il lui semblait distinguer dans ses traits un air de famille avec Valborg.

– Je vous prie de m'excuser, répéta Klara avec un sourire, mais c'est le branle-bas de combat. Nous passons bientôt le relais à la nouvelle direction et il va y avoir des mouvements de personnel. On essaie de s'arranger pour que ces changements s'opèrent en douceur.

– D'accord, répondit Marta, tout ça m'échappe, je ne suis pas très au fait de l'économie.

– Ah bon ? Ce n'est pas pour ça que vous êtes ici ? Vous ne faites pas partie de la brigade financière ? Nous avons reçu une demande émanant de vos services il y a deux semaines. Nos experts y ont répondu. Je viens de leur poser la question. L'abattement d'impôt sur lequel nous comptions…

– Non. Désolée de vous interrompre. Je ne suis pas là pour vous parler de votre entreprise, mais de ceci, dit Marta en posant sur la table une photocopie des coupures que Konrad avait trouvées chez Valborg.

– Qu'est-ce… qu'est-ce que c'est ? s'étonna Klara.

– Vous connaissez ces gens, n'est-ce pas ?

– Évidemment. Ce sont… ce sont mes parents pendant leur voyage en Égypte. Maman rêvait de voir les pyramides. Je me rappelle très bien cet article publié dans le *Ferdabladid*, le magazine de tourisme… et là, c'est une interview que j'ai accordée lorsque nous avons fondé l'entreprise.

– C'est votre père sur la photo ?

– Oui, et celle-là, c'est une autre interview réalisée au moment de la conclusion de la vente. J'ai cette photo de moi dans un cadre. Qu'est-ce que vous faites avec tout ça ? Pourquoi la police s'intéresse à ces articles ?

– Nous les avons trouvés…

La secrétaire apparut à la porte et informa Klara qu'elle était attendue. Marta se demanda si cette interruption était prévue pour écourter leur entrevue. Elle esquissa un sourire.

– Oui, j'arrive, répondit Klara en se tournant à nouveau vers elle. Pourquoi est-ce que vous me montrez tout ça ?

La secrétaire disparut, Marta sortit une photo de Valborg qu'elle posa sur le bureau, à côté des articles. C'était le portrait que la presse avait diffusé les jours précédents.

– Vous connaissez cette femme ?

Klara fixa le cliché.

– Ce ne serait pas… cette femme agressée… et assassinée ?

– On a trouvé ça chez elle, déclara Marta. Parmi toute une pile de recettes de cuisine. Ce sont les seules coupures qu'on ait découvertes à son domicile. Il n'y en avait pas d'autres à part celles-là, qui se rapportent à cette famille. Votre famille. Vos parents. Vous-même.

Vous savez pourquoi ? Vous avez une idée de la raison pour laquelle elle les avait conservées ?

Klara scruta le portrait de Valborg, leva les yeux vers Marta, prit la coupure où elle souriait aux lecteurs d'un air victorieux puis regarda à nouveau la policière d'un air dubitatif.

– Je n'en ai aucune idée. C'est sans doute un hasard. Je ne connais pas cette femme. Ni moi ni mes parents ne la connaissons. Les gens découpent toutes sortes de choses dans les journaux.

– C'est vrai. Et elle ne fait pas partie de votre famille ?

– Non, pas du tout, assura Klara. Pas à ma connaissance. Enfin, je le saurais. Je ne vois absolument pas pourquoi elle a gardé ces articles.

La secrétaire apparut à nouveau dans l'embrasure en regardant sa montre. Avant même qu'elle puisse ouvrir la bouche, Klara lui demanda de la laisser seule avec Marta.

– Mais… commença la jeune femme, s'apprêtant à protester.

– Pas maintenant, interrompit Klara. Je suis occupée.

La secrétaire s'éclipsa après un instant d'hésitation. Klara demanda à Marta s'il y avait autre chose. Même si elle s'efforçait de le dissimuler, elle était déconcertée.

– Votre père la connaît peut-être ?

– Vous pensez qu'il y a un rapport entre ces articles et ce qui est arrivé à cette femme ? demanda Klara.

– Non, pas vraiment.

– Pas vraiment ? C'est-à-dire ?

– On n'en voit aucun. Je voulais juste vous en parler. Savoir si cette femme vous avait contactés, vous ou votre père. Il est ici ?

– Non, il est absent.

– Où pourrais-je le trouver ?

– Et pour quelle raison ? demanda Klara. Vous comptez l'importuner avec cette histoire ? Nous ne connaissons pas cette femme. Nous ne l'avons jamais rencontrée. Vous pouvez me croire.

Elle avait beau s'efforcer de faire bonne figure, Marta sentait bien que cette conversation et la visite de la police constituaient une perturbation désagréable dans un monde qu'elle contrôlait parfaitement.

– Vous en êtes sûre, pour ce qui est de votre père ?

– Nous ignorons tout de cette femme, répéta-t-elle. Absolument tout.

– Dans ce cas, vous ne trouvez pas encore plus étrange qu'elle ait découpé ces articles ?

– Je ne lis pas dans les pensées des gens, répondit Klara, décidant que l'entrevue était terminée. Elle serra résolument la main de Marta. Désolée, mais je n'ai pas que ça à faire. J'espère que j'ai été claire et que vous ne viendrez plus perturber nos activités avec cette… cette drôle d'affaire.

Marta ne lui lâchait pas la main. Elle n'en aurait pas tout à fait terminé tant qu'elle ne lui aurait pas posé une question qu'elle ne savait pas exactement comment formuler, et dont elle ne doutait pas qu'elle désarçonnerait plus encore son interlocutrice. Alors que les mots s'apprêtaient à franchir ses lèvres, elle comprit qu'elle allait peut-être trop vite en besogne. Sans doute valait-il mieux attendre un peu. Réunir d'autres renseignements et examiner d'autres documents avant de balancer une telle bombe dans sa vie.

Elle préféra donc se taire, la salua et la suivit du regard tandis qu'elle rejoignait une autre salle de réunion d'un pas décidé.

43

Les recherches rapides que Konrad avait faites sur Internet à propos de la congrégation baptisée « La Création » ne lui avaient pas permis de trouver son bonheur. Les sites où il était question de la création du monde dans les différentes religions ne manquaient pas. Création de la vie. Création de l'être humain. Mais il n'y avait rien sur cette secte dénommée « La Création » ou peut-être simplement « Création ». Cette congrégation avait été fondée bien avant l'avènement du Net et des réseaux sociaux. En parcourant les principaux journaux datant de 1970, il n'avait rien trouvé non plus. Les membres de cette communauté semblaient s'être employés à la plus grande circonspection, ils avaient veillé à ce que leurs activités n'aient pas d'écho dans la presse. Leurs réunions n'étaient pas annoncées publiquement. Konrad n'avait trouvé aucune adresse ni aucun nom. Il supposait que cette secte ne rassemblait qu'un nombre restreint de personnes qui tenaient à rester discrètes.

Il réfléchissait à la manière dont la religion, les congrégations et les sectes façonnaient la vie des gens et leur conception du monde tandis qu'il se garait et éteignait le moteur devant une petite maison jumelle délabrée du quartier de Grafarvogur. Pour sa part, il n'avait jamais ressenti le besoin de croire en Dieu, ni en la Providence, ni en la Sainte Parole, pas plus que celui de s'inspirer d'un texte ou d'un message religieux pour mener sa vie. Sa mère avait été pieuse à sa manière même si on ne la voyait jamais à l'église et il avait perçu chez Erna le même besoin de croire, surtout pendant sa maladie. Il avait eu beau comprendre ces deux femmes, il était malgré tout resté le mécréant qu'il avait toujours été.

La petite plaque en cuivre fixée sur la porte d'entrée lui indiqua qu'il était arrivé à destination même si la personne qu'il venait voir n'était pas chez elle. En faisant le tour de la maison, il trouva une femme un peu plus jeune que lui occupée à jardiner. En vêtements de travail, un bonnet en laine sur la tête et un râteau à la main, elle nettoyait le pied d'un arbre où elle avait entassé des branchages. Préférant ne pas la déranger, il la regarda s'affairer. Elle aimait manifestement jardiner, elle travaillait lentement, s'appuyant par intermittence sur le manche de l'outil, puis se remettait à rassembler les branches cassées, les feuilles mortes et les saletés que le vent avait apportées. Cette activité banale et quotidienne semblait lui procurer force sérénité.

– Regina ? demanda Konrad au bout d'un moment en s'approchant.

Elle se retourna sans s'alarmer de la présence de cet inconnu. Elle délaissa sa tâche pour le contempler, puis s'avança vers lui.

– Excusez-moi, je ne vous ai pas entendu arriver. Et je ne vous avais pas vu non plus, désolée.

– Je vous en prie, il faut bien s'occuper aussi du jardin, répondit Konrad, histoire de dire quelque chose.

– Oui, ça prend du temps, reprit Regina comme si elle l'avait attendu. Elle lui serra la main. Voyez-vous, le problème ne va pas se régler tout seul.

– Le problème ?

– Eh bien, ces poissons d'argent, répondit-elle, passant devant lui pour le mener jusqu'à la maison.

– Les poissons d'argent ?

– Vous êtes bien là pour la désinsectisation ? vérifia-t-elle en se retournant.

– La désin… non, je crains que vous ne fassiez erreur. Mais vous, vous êtes bien Regina ?

– Ah bon, mais… dans ce cas, qui êtes-vous ? s'étonna-t-elle. Oui, je m'appelle Regina. Vous vouliez me voir ?

– Je cherche des renseignements sur quelqu'un, une de vos amies, Sunnefa, répondit Konrad. J'espérais que vous pourriez me parler d'elle.

Regina le dévisagea.

– Sunnefa ?

– Vous la connaissiez, n'est-ce pas ? À l'époque où vous étiez toutes deux à l'Hôpital national. On m'a dit que vous étiez amies.

– Il y a des années que je n'ai pas entendu ce prénom, répondit Regina.

– J'imagine, elle est morte depuis un certain temps.

Elle avait du mal à dissimuler son étonnement. Elle demanda à Konrad qui il était et quels étaient ses liens avec Sunnefa. Il lui répondit qu'il pensait qu'elle avait accouché une de ses amies.

Le téléphone de Konrad sonna. C'était Eyglo. Il s'excusa en disant qu'il devait prendre l'appel, et Regina s'éloigna. Il avait craint qu'Eyglo ne le contacte pas de sitôt après leur récente dispute, mais elle semblait avoir oubliée celle-ci, en tout cas elle n'en fit pas mention et se contenta de lui dire qu'elle aurait aimé le voir dans la soirée, lui proposant de passer chez elle, à Fossvogur. Il répondit qu'il avait essayé de la joindre concernant quelque chose qu'il avait découvert à propos de leurs deux pères. Elle se montra aussitôt curieuse, mais il ne pouvait pas lui en dire plus pour l'instant. Ils décidèrent donc de se retrouver le soir et mirent fin à leur conversation.

Regina s'était tenue en retrait pendant le coup de fil, mais, quand Konrad eut rangé son téléphone, elle avait changé d'attitude. N'ayant rien à lui dire concernant Sunnefa, elle le pria de partir et de la laisser tranquille.

– Vous étiez pourtant amies, non ?

– Je la connaissais, mais je ne me souviens pas très bien d'elle et je ne peux rien pour vous. Hélas, répondit-elle en désignant la barrière du jardin. J'attends quelqu'un qui devrait me débarrasser des poissons d'argent.

– Veuillez m'excuser, je ne veux pas vous contrarier, mais je crois au contraire que vous pouvez m'aider en me fournissant les renseignements que je cherche. L'affaire est sérieuse. Peut-être plus que vous ne le croyez.

Regina semblait désarçonnée. Cette visite inattendue avait remué des choses enfouies depuis des années. Konrad avait l'impression d'être un serpent.

– Quels renseignements ? demanda-t-elle, hésitante.

– Sur La Création.

– La Création ? C'est-à-dire ?

– La congrégation.

– La congré… ? C'est… il y a longtemps que j'ai oublié tout ça.

– Vous en faisiez partie ?

– Je ne vois pas en quoi ça vous regarde, répondit Regina. J'ignore qui vous êtes et pourquoi vous venez ici pour me poser ces questions. Je préférerais que vous partiez, je tiens à ma tranquillité.

Elle se dirigea vers la maison, ouvrit la barrière et attendit que Konrad sorte, même s'il n'avait pas l'air décidé.

– Vous voulez que j'appelle la police ? prévint-elle.

– Non, c'est inutile. En tout cas, pour l'instant. En revanche, il n'est pas impossible qu'elle vienne vous interroger prochainement.

– Moi ? La police ?

– Je viens de vous dire que l'affaire est sérieuse, elle est peut-être en rapport avec le meurtre commis récemment au domicile d'une vieille femme. Vous avez dû en entendre parler. Elle s'appelait Valborg. Ce nom vous dit quelque chose ?

Regina secoua la tête.

– Oui, j'ai entendu parler du meurtre. Mais vous êtes qui ?

– Un de ses amis, répondit Konrad. Elle m'a contacté peu avant sa mort. Plus jeune, elle a mis au monde un enfant dont elle ne voulait pas et elle l'a abandonné à la naissance. Elle ne l'a jamais vu. Elle m'a demandé de le retrouver. Je me suis dit que vous sauriez peut-être où il est.

– L'enfant ?

– Je suis presque sûr que c'est votre amie qui s'est occupée de l'accouchement, assura Konrad.

44

Regina contemplait par la fenêtre le tas de branchages qu'elle avait rassemblés et les arbres dénudés. Quelques instants plus tôt, elle ne se souciait que du vent d'automne. Elle essayait de bien entretenir son jardin, disait-elle à Konrad. Elle le tondait régulièrement, enlevait les mauvaises herbes et ratissait les feuilles mortes. Il fleurissait d'ailleurs joliment chaque été et elle passait de longues heures, assise sur une chaise, à contempler le fruit de ses efforts, sa seule passion.

Elle avait invité Konrad à entrer et préparé un café. Assis dans le salon, ils regardaient son jardin et elle lui racontait combien elle aimait s'en occuper. Avant ça, elle lui avait montré le recoin de la cuisine où elle avait trouvé ces poissons d'argent morts. Il y avait des années qu'elle n'avait pas été infestée par ce genre de bestioles, elle craignait qu'elles n'aient été attirées par l'humidité.

Konrad l'écoutait sans la brusquer, attendant qu'elle lui parle de la congrégation, de Sunnefa et de Valborg quand elle le jugerait bon. Il n'eut pas à patienter très longtemps. Elle but une gorgée de café.

– Je ne voulais pas être désagréable, s'excusa-t-elle. Je n'aurais jamais appelé la police.

– Je sais bien.

– Je n'étais encore qu'une gamine et c'était une autre époque. Je m'opposais à ces changements. À toute cette liberté. À l'amour libre. Vous vous rappelez comment c'était. Dans mon esprit, cette congrégation agissait comme un antidote à ces évolutions. Nous n'avons jamais été nombreux, vous imaginez bien. Aujourd'hui, une communauté comme celle-là attirerait peut-être plus de gens, qui sait, dit-elle en esquissant un sourire.

– Et Sunnefa en faisait partie ?

– C'est elle qui m'a convaincue d'y entrer. Nous sommes arrivées en même temps à l'hôpital et nous avons tout de suite été très amies. Elle s'intéressait à la médecine et aux soins infirmiers, mais elle avait avant tout envie de devenir sage-femme. Elle trouvait que c'était un métier magnifique. Sage-femme. En islandais, *ljosmodir*, c'est-à-dire mère de lumière, le mot résume à lui seul la beauté du métier.

– Puis il y a eu des conflits ? demanda Konrad.

– Oui, elle s'est disputée avec ses camarades de promotion, avec des employés de l'hôpital et du service de gynécologie. Elle a réussi à se faire exclure. Elle avait ces vieilles idées sur l'avortement qu'on a baptisé interruption de grossesse quand le point de vue sur ces questions a changé et que les femmes se sont mises à revendiquer le droit à disposer de leur corps. Pour elle, la pilule contraceptive était le diable en personne. Elle avait ce côté inflexible. En même temps, elle pouvait être une amie adorable, drôle et bienveillante. Elle était devenue membre de cette congrégation et elle m'a entraînée avec elle. C'est un couple qui l'avait fondée. Je crois qu'ils avaient vécu en Amérique, le mari avait eu la révélation là-bas. Lui et sa femme pensaient qu'il y avait trop de relâchement et qu'on vivait une époque de débauche. Je me souviens qu'ils louaient un local rue Armuli. Elle jouait du piano. Quant à lui, il nous dispensait ses vérités. Sunnefa aussi. Elle était complètement engagée dans ces trucs religieux. Dès le collège, elle avait milité dans les rangs du KFUK, l'Association des jeunes femmes chrétiennes.

– Et vous étiez d'accord avec elle sur l'avortement ?

– Oui, à l'époque.

– Votre opinion a changé depuis ?

– Oui.

– Est-ce que Sunnefa vous a demandé de lui communiquer des informations sur de futures mères après son départ de l'hôpital ?

– Oui, mais seulement sur certaines.

– Celles qui envisageaient de recourir à un avortement ? Il y en avait sans doute toujours quelques-unes.

– Oui, des femmes qui, pour une raison ou une autre, ne voulaient pas avoir d'enfant, répondit Regina en hochant la tête. Parce que leur situation ne le leur permettait pas. Parce qu'elles ne le souhaitaient pas. Qu'elles ne le pouvaient pas. Ce n'était pas toujours facile à l'époque.

– Et vous aviez accès à ces renseignements ?

– Oui, je pouvais y accéder, avoua Regina. Je sais que ça revenait à enfreindre le secret médical, mais ça ne m'inquiétait pas.

– Pourquoi est-ce que Sunnefa vous demandait ces renseignements ?

– Elle voulait leur parler. Les rencontrer et s'entretenir avec elles pour voir si elle pouvait les faire revenir sur leur décision… enfin, je ne sais pas trop comment expliquer ça… les rallier à son opinion.

– Les convaincre de garder l'enfant ?

– Oui. Je n'y voyais rien à redire. Nous avions abordé le sujet et j'étais d'accord avec elle.

– Il semble que Sunnefa soit allée beaucoup plus loin, précisa Konrad.

– Comment ça ?

– Je crois qu'elle a aidé à l'accouchement de certains de ces enfants.

Regina le dévisagea.

– Non, ce n'est pas possible !

– On m'a dit le contraire.

– Je n'étais pas au courant, se défendit-elle.

Elle regarda le jardin et les branches nues qui attendaient l'hiver. Si ce que Konrad venait de lui annoncer l'avait désarçonnée, elle le cachait bien.

– Et Valborg faisait partie de ces femmes ? demanda-t-elle. Une de celles qu'elle a fait réfléchir ? Qu'elle a dissuadées ?

Konrad lui répondit que c'était sans doute le cas.

– Est-ce qu'il y a un rapport avec le meurtre ? s'inquiéta-t-elle d'une voix hésitante.

– Je ne sais pas, je ne peux pas dire. Il semblerait que Sunnefa l'a aidée à mettre au monde son enfant. Vous savez à qui elle aurait pu le confier ?

Regina secoua la tête.

– Est-ce qu'un membre de votre congrégation aurait pu accueillir un nouveau-né ?

– Je ne sais rien de cette histoire. Je me souviens seulement avoir donné à Sunnefa le nom de trois ou quatre femmes. Elles n'étaient pas très nombreuses. Je n'ai travaillé que quelques années au secrétariat de ce service à l'hôpital. Je ne pensais même plus à tout ça, puis voilà que vous arrivez et que vous en savez beaucoup plus que moi.

– Vous saviez que, pour elle, une des solutions envisageables consistait à faire accoucher ces femmes et à confier leurs enfants à des familles d'adoption ?

– Sunnefa avait une volonté de fer, répondit Regina. Elle aurait fait plier n'importe qui, si vous voyez ce que je veux dire. Et elle avait sur le sujet une opinion très arrêtée. Je ne sais pas. Peut-être… Il me semble quand même… quand même incroyable qu'elle ait pu faire des choses pareilles. J'espère que ce n'est pas vrai. Parce que si ça l'est, cela signifie que j'ai participé contre ma volonté à quelque chose que je ne cautionne pas. Je préfère ne pas y penser.

– Est-ce que vous vous souvenez de Valborg dans ce contexte ?

– J'ai oublié les noms. Et, honnêtement, je préfère ne pas me les rappeler. Je savais que je n'avais pas le droit de me servir de ces dossiers. Je savais que j'enfreignais les règles. Depuis, j'ai fait de mon mieux pour l'oublier.

À ce moment-là, on sonna à la porte. Ils supposèrent que c'était l'exterminateur venu régler le problème des poissons d'argent. Ils se levèrent. Regina raccompagna Konrad. Alors qu'ils se dirigeaient vers l'entrée, l'ancien policier passa à nouveau devant la photo encadrée posée sur une commode qui avait attiré son attention quand il s'était rendu dans le salon. On y voyait une petite fille d'environ sept ans, le cliché datait et il eut l'impression de reconnaître sur son visage un air familier. Il lui vient sans doute de Regina, se dit-il, sans en être sûr.

– C'est… ?

– Ma fille, répondit-elle.

– C'est votre seul enfant ?

– Oui.

– Mais vous n'êtes pas mariée.

– Non, divorcée.

L'exterminateur souriait, il s'imaginait sans doute être face à un couple. Il les regarda tour à tour debout à la porte et, voyant leur air maussade, pensa en connaître la raison.

– Alors, ces poissons d'argent… ?

45

Quelques documents imprimés sur Internet étaient éparpillés sur le piano. Eyglo avait ouvert le clavier. Elle frappait la touche qui avait été bloquée puis s'était libérée et faisait résonner dans son salon une note particulièrement claire malgré l'état de l'instrument et le peu d'usage qu'elle en faisait.

Elle pensait à la dernière fois qu'elle était allée voir son amie Malfridur à la maison de retraite. Elle essayait de se rappeler chaque détail de sa visite et de leur conversation entre le moment où elle était entrée dans la chambre et celui où elle l'avait quittée. Elle s'en souvenait assez bien, mais elle se rappelait mieux encore la femme assise à côté du lit, une femme que Malfridur avait appelée Hulda, une de ses vieilles amies qui croyait dur comme fer à la vie après la mort.

L'air absent, elle frappait la note avec son index en repensant à l'époque où elle avait voulu apprendre à jouer du piano. Elle avait contacté un professeur, mais n'avait pas pris beaucoup de leçons. À plus de trente ans, elle avait eu envie de savoir jouer de cet instrument qui ne servait à rien hormis orner son salon. La professeur de piano, une femme charmante et patiente qui habitait une maison du quartier d'Austurbaer, où Eyglo se rendait deux fois par semaine, lui avait enseigné les bases. Elle se souvenait que chaque touche blanche correspondait à une note qui se répétait plusieurs fois sur le clavier. La première, tout à gauche, était le *la*, correspondant au A en notation islandaise, puis venaient le *si*, le B, le *do*, c'est-à-dire le C, le *ré* équivalant au D, le *mi* au E, le *fa* au F, le *sol* au G. Puis venait un second *do*, et ainsi de suite sur plusieurs octaves. La touche qui s'était bloquée était un *ré*, c'est-à-dire un D en notation islandaise.

Elle entendit frapper à la porte. Soulagée de voir Konrad arriver, elle alla lui ouvrir. Il était assez tard. Elle le salua amicalement, même si elle n'avait pas oublié leur dernière entrevue, où elle était descendue de voiture en claquant la portière. Il semblait hésiter sur le seuil, sans doute pour la même raison, comme s'il n'était pas sûr de la manière dont elle allait l'accueillir. Leurs inquiétudes étaient inutiles. Elle l'invita à entrer en lui demandant si des biscuits au parmesan qu'elle avait préparés dans la journée le tenteraient. Ces biscuits se marient parfaitement avec un verre de blanc, ajouta-t-elle, en sortant du frigo une bouteille de vin néo-zélandais dont elle lui servit un verre. Konrad avait faim, il accepta volontiers et s'efforça de ne pas se montrer trop glouton. En effet, ces délicieux biscuits allaient plutôt bien avec le vin. Eyglo se servit également un verre. Assis à la table de la cuisine, il lui relata toutes ses avancées sur l'affaire Valborg avec un certain nombre de gens. Eyglo répondit qu'elle ne connaissait aucune secte ni congrégation. Elle n'avait entendu parler de Création que dans les textes religieux.

Elle orienta peu à peu la conversation vers le sujet de leur dernière dispute. Elle comprenait tout à fait sa position. En effet, leurs deux pères s'étaient comportés de façon odieuse avec Stella en lui mentant et en abusant de sa crédulité, mais elle s'accrochait malgré tout à l'espoir qu'Engilbert, son père à elle, ait réellement pu percevoir des choses qui avaient apporté du réconfort à cette femme. Elle emmena Konrad dans le salon et lui parla de la touche dont elle avait remarqué par hasard qu'elle était bloquée. Cette touche qu'elle n'avait pas réussi à décoincer malgré ses multiples tentatives. Elle avait donc fermé le couvercle de protection, était allée se coucher et là, elle avait rêvé d'Engilbert : il ressemblait à un revenant et frappait constamment la même touche. Puis, lorsqu'elle était allée dans le salon le lendemain matin, elle avait trouvé le couvercle du clavier ouvert et la touche débloquée.

– Je sais que tu n'y verras rien d'étrange et que tu trouveras une explication logique, mais ça m'a fait un sacré choc. Ce rêve, ou peut-être cette vision, était terrifiante. Mon père était devant moi, comme un cadavre malmené par la mer, il frappait le piano, plein de colère et de haine.

– C'est parce que tu penses beaucoup à lui ces temps-ci, tu ne crois pas ? Peut-être plus souvent que d'habitude, répondit Konrad. Voilà qui explique qu'il soit si proche de toi.

– J'ai plutôt l'impression que c'est en rapport avec Stella. Et ça me contrarie.

– Tu ne t'es pas levée pendant la nuit ? C'est peut-être toi qui as fait ça. Tu étais somnambule ou un truc comme ça, tu as ouvert le piano et débloqué la touche.

Eyglo se mit à sourire.

– Je ne cherche pas forcément une explication logique, releva-t-elle.

– Non, les explications logiques sont évidemment inutiles dans ton univers. Les autres, les gens comme moi, sont bien obligés de les chercher.

– Je ne suis pas ton ennemie, Konrad, répondit Eyglo. Moi aussi, j'ai envie de découvrir pourquoi ton père est mort. Pourquoi le mien est décédé quelques mois plus tard. Quelle était la nature de leur collaboration à cette époque. Si cette complicité a joué un rôle dans ce qu'il leur est arrivé. Je suis tout autant que toi en quête de réponses.

– Je ne voulais pas être désagréable.

– Je pense à Stella, mais peut-être plus encore à son fils, reprit Eyglo.

– Le gamin censé communiquer avec elle par le biais du piano ?

Elle hocha la tête.

– Ces instruments semblent jouer un rôle important dans cette histoire, observa Konrad.

– Effectivement, acquiesça Eyglo. Je suis allée au cimetière, j'ai trouvé le nom du fameux fils sur la pierre tombale et la note qui était bloquée sur le clavier…

– Eyglo, il est évident qu'ils ont menti pour berner une pauvre femme en deuil. Ton père a autant participé que le mien à cette escroquerie. Il ne valait pas mieux. Je sais comment ils…

– Tu as ton opinion et je la respecte, interrompit Eyglo. Tu dois me laisser exprimer la mienne et la respecter tout autant.

– Je sais comment ils s'y sont pris pour abuser cette femme.

– Je connais ta position.

Très abattue, elle écoutait à peine ce qu'il lui disait.

– Pour ma part, je suis persuadée que des puissances que seuls certains d'entre nous perçoivent sont à l'œuvre dans notre existence et ont même le pouvoir d'influer sur notre destin. Des bruits. Des odeurs. Des visions. Quelle qu'en soit l'explication. Qu'il s'agisse de choses produites par notre imagination qui, par le plus pur des hasards, correspondent à une situation précise ou bien que ce soient des messages venus d'ailleurs. La note bloquée sur mon piano était un *ré*, c'est-à-dire un D. Le fils de Stella s'appelait David. Est-ce que ça nous apprend quelque chose ? Est-ce que c'était cette note-là dont le gamin se servait pour communiquer avec… ?

Konrad sortit de sa poche l'objet en bois avec le ressort et le fil de fer qui avait appartenu à son père.

– Mon père gardait cette saleté et il y tenait beaucoup, annonça-t-il. Moi aussi, tout comme toi, je me dis que les pianos jouent décidément un rôle important dans ces histoires de fantômes. Celui de Stella. Celui qui se trouve chez toi. Je crois avoir découvert ce qui s'est passé chez cette pauvre femme quand ils lui ont dit qu'ils pouvaient communiquer avec son fils par le moyen de l'instrument.

– C'est quoi, ce truc ?

– Un objet que j'ai trouvé dans les affaires de mon père après sa mort, répondit Konrad. Je l'ai toujours gardé depuis, avec d'autres petites choses qui me restent de lui. Je ne sais pas pourquoi je n'ai pas jeté tout ça. Parce que, comme tout le monde, j'ai une certaine nostalgie de ma jeunesse. Et sans doute aussi quelques égards pour mon père. Même si c'était un drôle d'oiseau. Je ne sais pas. Ce n'était pas le genre de type qu'on se rappelle avec tendresse.

Il tendit l'objet à Eyglo qui le tourna dans tous les sens sans comprendre la manière dont il était conçu ni son utilisation.

– Il m'a dit un jour que rien ne lui avait rapporté autant d'argent que cet objet grossièrement conçu et bon marché. Je crois qu'il l'avait fabriqué à partir d'une vieille boîte à musique cassée. Ça lui ressemblait bien de se pointer à des séances de spiritisme avec un truc pareil dans la poche.

– Je ne vois pas où tu veux en venir, répondit Eyglo. Qu'est-ce que tu essaies de me dire ?

– Tu crois réellement qu'Engilbert était en contact avec ce gamin ? demanda Konrad.

Eyglo ne répondit pas.

– Qu'ils communiquaient par le biais du piano ?

– Je dis juste que je ne veux rien exclure. Tu n'es quand même pas venu ici pour te moquer de moi ?

Konrad fit non de la tête.

– Je ne me le permettrais pas. Mais si j'ai apporté cet objet, c'est peut-être pour te montrer que ton père n'était pas forcément meilleur que le mien, dit-il.

Eyglo le dévisagea sans comprendre.

– C'était des escrocs et des salauds tous les deux, poursuivit Konrad. Voilà ce qu'ils étaient. Ils ont exploité la détresse de la pauvre Stella, ils sont aussi coupables l'un que l'autre. L'au-delà n'avait rien à voir avec ça ! Absolument rien ! Cet objet, cette saleté que tu as dans la main, c'était ça, leur au-delà ! Réfléchis-y la prochaine fois que tu me parleras de…

– Mais qu'est-ce que tu as ? Pourquoi tu dis que… ?

– Ils ont joué avec Stella comme avec une vieille boîte à musique ! Littéralement !

Il avait l'impression d'être allé trop loin. Il ne voulait pas être désagréable. Chacun avait le droit d'avoir son opinion sans qu'il ait besoin de s'en mêler. Chacun pouvait croire en quoi il voulait sans que ça le concerne.

– Pardon. Je ne voulais pas me mettre en colère. J'en ai juste assez de t'entendre dire… Enfin, ton père n'était pas un enfant de chœur.

– Qu'est-ce que c'est ? demanda Eyglo en scrutant l'objet. Ça sert à quoi ?

– Tu comprimes le ressort puis tu le relâches, répondit Konrad en lui montrant comment faire.

– Comme… ça… ?

Eyglo hésita un instant puis s'exécuta et, lorsqu'elle relâcha le ressort, un son solitaire et triste qui ressemblait à une fausse note sortie d'un piano résonna dans le salon.

46

Ce son sembla constituer le point d'orgue de leur conversation. Quelques instants plus tard, Konrad déclara qu'il devait partir. Il était tard et il ne voulait pas empêcher son amie de dormir. Elle tenait l'objet dans sa main, comprimant et relâchant le ressort d'un air absent, ailleurs. Konrad regarda les feuilles imprimées éparpillées sur le piano, c'étaient des nécrologies parues dans les journaux.

– Merci d'être venu, conclut Eyglo après un long silence. Tu as raison, il est tard.

– J'espère ne pas avoir été…

Konrad hésita.

– … trop brutal. Ce n'était pas mon intention.

– Non, bien sûr que non. Mais tu as raison, il est tard, répéta-t-elle, tu ferais mieux d'y aller.

Konrad ne bougeait pas, réticent à l'abandonner alors qu'elle était si triste.

– Évidemment, ce n'est pas la première fois que j'entends parler de ce genre de supercherie, reprit-elle en lui tendant l'objet. Et nos pères étaient connus pour ça.

– C'est sans doute le mien qui menait la danse.

– Non, ils étaient manifestement tous les deux plongés jusqu'au cou dans ces magouilles. Je ne sais pas ce qui me faisait croire qu'Engilbert était moins impliqué.

J'espérais peut-être que ton père était celui qui organisait tout et que le mien essayait de faire contrepoids. Qu'il faisait de son mieux pour être un peu moins malhonnête. Il avait réellement un don de voyance. J'en suis sûre. J'ai toujours eu l'impression qu'il faisait preuve d'une certaine franchise. En tout cas, avec moi. Je ne sais pas. C'est lui qui m'a inculqué tout ça. Il savait comment j'étais, il savait que je lui ressemblais, et il m'a appris à ne pas avoir peur de ce que je voyais. Il me disait que si j'étais honnête avec moi-même, tout irait bien.

Konrad ne savait pas quoi répondre.

– J'avais l'impression qu'il était sincère. Pauvre Stella, poursuivit Eyglo, pas étonnant qu'ils l'aient complètement plumée.

– Je ne voulais pas… je suis désolé de te causer une telle déception. Si j'avais su…

– Non, il vaut mieux que les choses soient claires, je refuse de me bercer d'illusions, répondit Eyglo. Mon père buvait énormément à cette époque. J'ignore si c'est une excuse. Ils s'en sont pris à Stella, à Hansina, et Dieu sait à qui d'autre.

– Évidemment, ça ne les a pas aidés à se faire des amis. Dis-moi, tu collectionnes les nécrologies ? Qui est cette femme ? demanda Konrad en parcourant du regard les feuilles posées sur le piano. Tu as connu cette Hulda ?

– Ça ne t'intéressera pas.

– Il y est question de séances de voyance ?

– Hulda était une amie d'enfance de Malfridur. Elles étaient toutes deux membres de la Société islandaise de spiritisme.

– Tu la connaissais ?

– Non, je ne l'ai jamais rencontrée. Malfridur avait écrit un texte à sa mémoire dans les journaux, je l'ai trouvé sur le Net. Elle n'était pas la seule à avoir rédigé une nécrologie. J'essaie de rassembler tout ça.

– Pourquoi ? Il y a des années qu'elle est morte, non ?

– J'avais envie de savoir ce que Malfridur disait d'elle, c'est tout. Ces choses-là ne t'intéressent pas, répéta Eyglo.

– Ça va aller, tu crois ? demanda Konrad.

– Ne t'inquiète pas pour moi.

Quand ils eurent pris congé l'un de l'autre, elle s'assit au piano. Elle avait prévu de parler à son visiteur de ce qu'elle avait vu au cimetière et de la promesse qu'elle avait faite à Malfridur d'être réceptive aux messages de l'au-delà, mais elle avait compris pendant leur conversation qu'il était inutile d'aborder ces sujets avec Konrad. Pour l'instant, il n'y avait rien à faire.

Elle avait tenté de lui ouvrir l'esprit en lui racontant des histoires qui comptaient beaucoup pour elle. Il les avait écoutées, il avait essayé de s'y intéresser, mais son pragmatisme l'avait empêché de voir plus loin. Sa réaction montrait clairement que les choses qu'Eyglo voyait et percevait n'étaient pour lui que des chimères engendrées par son imagination, des illusions si puissantes qu'elle les confondait avec le réel. Tout ça avait bien plus à voir avec son état d'esprit et l'épreuve du décès récent de Malfridur qu'avec des univers parallèles et infinis.

Elle prit les nécrologies et les parcourut. Celle rédigée par Malfridur était parue dans les *Récits des Islandais*, un cahier publié autrefois par un des journaux du matin et contenant uniquement des textes à la mémoire des défunts. Elle se souvenait que certains plaisantaient sur ce type d'écrits, auxquels ils avaient trouvé un surnom railleur en danois : *Dödens Magasin*, le Magazine des

Morts. Eyglo esquissa un sourire. Elle appréciait cette vieille coutume consistant à écrire quelques lignes à la mémoire de défunts dans les journaux. Pour beaucoup, cela faisait partie du processus de deuil.

Malfridur écrivait qu'elle avait été amie avec Hulda depuis leur enfance, rue Laufasvegur, à deux pas de l'ancienne École d'instituteurs. Elles avaient été d'authentiques dames de Reykjavik, ajoutait-elle, non sans fierté. Elles avaient traversé la vie ensemble, toutes deux passionnées par les histoires de fantômes et les revenants, par les récits de l'au-delà, et toutes deux avaient été membres de la Société islandaise de spiritisme. Elles avaient assisté à une kyrielle de séances et vécu nombre d'expériences difficilement explicables. Elles avaient beaucoup discuté ensemble de la vie après la mort et étaient persuadées qu'autre chose prenait le relais après l'existence terrestre. Malfridur écrivait qu'elle était convaincue que Hulda l'attendait. Sa place au vieux cimetière de Sudurgata était déjà réservée à côté de la tombe de son amie : ainsi, elles se tiendraient compagnie pour l'éternité.

Eyglo scruta la photographie de Hulda qui accompagnait la nécrologie. Elle était certaine que c'était bien la femme qu'elle avait vue dans le cimetière, devant la sépulture. Elle lui avait même parlé. Elle essaya de se rappeler ce que Hulda lui avait dit. Elle n'avait pas tout entendu parce qu'au même moment, un touriste était passé par là et lui avait demandé son chemin. Lorsqu'elle s'était retournée vers la tombe, la femme avait disparu, laissant sa phrase inachevée : Ce qu'elle cherchait, elle l'a maintenant…

– … trouvé, murmura Eyglo.

Elle secoua la tête, se leva et attrapa la veste posée négligemment sur une chaise de la cuisine pour aller la ranger dans la penderie de l'entrée. Elle la mit sur un cintre, l'accrocha, et son regard tomba sur le manteau vert océan qu'elle s'était offert à Noël 1971, mais qu'elle n'avait jamais porté. Il était encore dans sa housse en plastique, aussi neuf que le jour où elle l'avait acheté. En fin de compte, ce vêtement ne lui plaisait pas. Certes, il était beau et lui allait comme un gant, mais pour une raison qu'elle ignorait, elle se sentait mal à l'aise dès qu'elle l'enfilait. Elle l'avait trouvé rue Laugavegur, à la galerie commerçante de Kjörgardur qui abritait à l'époque toutes sortes de boutiques. Lorsqu'elle était sortie du magasin, elle avait entendu une des vendeuses dire à sa collègue que ce manteau était une commande que personne n'était jamais venu chercher.

Eyglo referma la porte de la penderie. Il lui était arrivé de se dire que si elle n'avait jamais porté ce manteau, c'était parce que, les rares fois où elle avait essayé de l'enfiler, elle avait eu l'étrange impression de ne pas être celle à qui il était destiné.

47

La seule personne réellement pieuse que Konrad connaissait était le pasteur qu'il avait rencontré à l'hôpital pendant la maladie d'Erna. Bien que sincèrement croyant, cet homme ne prenait pas sa charge de manière trop solennelle. Il n'avait fait aucune tentative pour rallier ce mécréant de Konrad à sa cause lors de leurs discussions dans les couloirs juste avant le décès d'Erna. Ils avaient surtout parlé de la manière dont les choses se passeraient après sa mort et de l'inhumation dont elle avait d'ailleurs réglé les moindres détails. Puis l'homme d'Église s'était occupé de la cérémonie, Konrad l'avait revu depuis et ils s'entendaient bien. Il apparut qu'il connaissait les diverses congrégations et sectes religieuses officiant à Reykjavik, parmi lesquelles celle de La Création.

Il lui expliqua que son fondateur, un ancien alcoolique, s'était rendu aux États-Unis à l'époque où les Islandais y faisaient des cures de désintoxication. Là-bas, il avait rencontré un missionnaire qui avait sa propre chaîne de télévision, il avait assisté aux réunions, avait eu la révélation et disait avoir vu des signes dans le ciel. Le Seigneur-Dieu l'avait libéré de ses démons en le baptisant à l'eau plutôt qu'au vin et il était rentré en Islande, plus assoiffé de parole divine que d'autres breuvages.

Actif dans plusieurs congrégations religieuses islandaises, mais n'étant jamais parvenu à asseoir son influence dans aucune d'elles, il avait fini par fonder sa propre Église. C'était un prêcheur convaincant, qui dissertait longuement sur les faiblesses de l'homme, se bénissait lui-même et bénissait l'ensemble de ses ouailles au nom du Seigneur, pratiquait l'imposition des mains et affirmait détenir ses pouvoirs de guérisseur de la grâce de Dieu, de Jésus-Christ et de l'Esprit saint. Il répandait la bonne parole dans un local de la rue Alfheimar et ceux qui appréciaient peu les Saintes Écritures n'avaient pas tardé à le surnommer le Christ d'Alfheimar.

Il avait la réputation d'être très porté sur les femmes depuis l'époque où il était alcoolique. Malgré sa tempérance, il ne se gênait pas pour goûter aux plaisirs de la chair même s'il était spécialiste pour mettre autrui en garde contre le fruit défendu. Sa piété ne l'empêchait pas de coucher avec les femmes mariées membres de sa congrégation. Le nombre de fidèles avait d'ailleurs diminué quand les hommes qu'il avait cocufiés avaient découvert le pot aux roses, cela dit l'activité de sa petite secte avait prospéré.

Jusqu'à ce qu'il se remette à boire.

Le pasteur ami de Konrad ignorait les détails, mais cet homme s'était livré à des choses peu avouables sous l'emprise de l'alcool. On l'avait accusé d'escroqueries, de déclarations incomplètes à l'administration fiscale, de faux et usage de faux pour s'enrichir au détriment de sa congrégation et de ses membres. Il avait entre autres réussi à spolier des couples âgés de leurs biens immobiliers. La justice l'avait condamné et il avait fait quelques mois de prison. Le Seigneur n'avait toutefois pas complètement abandonné sa brebis égarée puisque, pendant son incarcération à Hegningarhus, le fondateur de la congrégation avait eu une seconde révélation, il avait à nouveau fait trempette dans l'eau bénite et retrouvé ses pouvoirs de guérisseur. À peine sorti de la prison de la rue Skolavördustigur, il avait fondé une nouvelle secte baptisée La Création.

Quelque chose avait changé. Il n'était plus question de céder à la débauche. L'homme avait définitivement renoncé à la boisson. Il dirigeait sa congrégation avec amour et en authentique ascète. Il ne parlait plus beaucoup de pardon et avait cessé de s'en prendre aux femmes. Désormais, il conspuait le libertinage dont beaucoup de gens s'offusquaient à cette époque où l'amour libre s'étalait à tous les coins de rue. Il mettait en garde contre l'émancipation féminine dans tous les domaines et s'opposait farouchement aux avortements, dont le nombre était forcément en augmentation en ces temps de libération.

Le pasteur racontait tout cela à Konrad sur un ton plutôt léger, mais il tenait à préciser que cet homme, qu'il avait rencontré plusieurs fois, s'était révélé après sa seconde révélation un personnage haut en couleur, doté d'un fort charisme. Il portait sur la société un regard sans concession et percevait les courants d'idées et les orientations qui la traversaient. Excellent orateur, il était très doué pour en appeler au mécontentement et à la colère de ses ouailles. Il attirait bien plus de gens qu'avant. Son Église s'était développée, suscitant l'intérêt de ceux qui s'interrogeaient sur ces questions, jusqu'au moment où le fondateur décéda subitement chez lui après une crise cardiaque à l'âge de soixante-huit ans.

Il avait été tellement despotique que personne n'avait repris le flambeau après sa mort. Quelques-uns s'y étaient essayés, incités par sa veuve, mais peu à peu la congrégation s'était étiolée. Ses membres se tournèrent vers d'autres Églises et bientôt il ne resta plus rien de La Création, née dans la prison de Hegningarhus, rue Skolavördustigur.

Konrad réfléchissait à tout cela en roulant vers la rue Faxafen où l'un des fils du fondateur de la secte dirigeait une agence de tourisme spécialisée dans les voyages pour passionnés de golf et de foot. Le pasteur connaissait celui-ci car il lui avait acheté deux voyages pour aller faire du golf à l'étranger, dont il était revenu enchanté. Il avait suggéré à Konrad de le contacter s'il souhaitait obtenir plus de renseignements sur le fondateur de la congrégation et avait même proposé de l'appeler pour organiser un rendez-vous. Konrad avait accepté.

Le fils attendait donc sa visite. Le pasteur lui avait exposé en détail pourquoi Konrad venait le voir, ce qui n'avait pas manqué de piquer sa curiosité. Ce n'était pas tous les jours qu'un policier à la retraite venait lui poser des questions sur son père, et encore moins quand ces questions étaient liées à un événement aussi affreux qu'un meurtre.

– Elle a été membre de la congrégation ? demanda Einar, la soixantaine, le teint hâlé, comme s'il rentrait juste d'un des voyages de golf qu'il proposait à la vente.

– Non, répondit Konrad. Et je ne pense pas qu'elle ait connu votre père. Vous passiez beaucoup de temps dans les locaux de cette communauté ? Vous étiez au courant de ses activités ?

– Non. Évidemment, toute mon enfance a baigné dans cette ferveur religieuse, mais ça ne m'intéressait pas. Papa nous forçait à venir assister aux célébrations, mais moi, j'avais plutôt envie de jouer au foot. Il tenait à ce que ses enfants chantent pour les membres de la congrégation et n'hésitait pas à se servir de nous pendant ses prêches. Dès que j'ai atteint l'âge et la maturité pour m'y opposer, je ne me suis pas gêné. J'ai quitté très jeune le foyer familial.

Einar sourit et demanda pour la forme à Konrad s'il s'intéressait aux voyages de golf et de foot. Il pouvait lui offrir un large choix. L'ancien policier lui répondit qu'il s'intéressait au championnat de foot anglais, mais qu'il laissait le golf aux autres. En tout cas, il savait maintenant à qui s'adresser s'il avait envie d'aller voir des matchs à l'étranger.

– Vous n'aurez qu'à visiter notre site Internet, répondit Einar, toujours souriant. Aujourd'hui, tout passe par le Net. Il n'y a plus un chat ici comme vous le voyez, ajouta-t-il en balayant du regard le bureau désert. Ça fait quand même tout drôle.

– Est-ce que la congrégation proposait des activités destinées aux enfants ? demanda Konrad pour le ramener au sujet qui l'intéressait.

Einar n'eut pas besoin de réfléchir. Les œuvres de son père ne l'avaient apparemment jamais intéressé. Il s'excusa en disant que beaucoup d'eau avait passé sous les ponts depuis l'époque où il chantait des psaumes avec ses frères et sœurs devant les fidèles. Oui, il se souvenait plus ou moins que les enfants étaient impliqués dans certaines activités, surtout pendant les fêtes de Noël et de Pâques, il avait rencontré quelques gamins dont les parents étaient membres, mais n'avait gardé aucun contact avec eux. En réalité, il pensait rarement à cette époque. Il mentionna en passant que son père avait eu deux enfants avec sa première épouse, puis qu'il avait divorcé et s'était rapidement remarié avec une femme qui lui avait donné quatre autres enfants.

– C'était votre mère ? demanda Konrad.

Einar acquiesça.

– Elle prenait part aux activités de la congrégation ou elle se contentait de s'occuper du foyer, comme c'était souvent le cas à l'époque ?

– Elle était très impliquée, répondit Einar. Elle avait un sacré courage, elle s'occupait de tout, de nous, du bonhomme, c'était la locomotive de la communauté. Elle faisait des gâteaux, des sandwichs, préparait le café et le servait pendant les réunions. Une force de la nature, qui plus est extrêmement pieuse. Elle faisait même des neuvaines de prière sans cesser de participer à toutes les activités.

– Vous vous rappelez l'opinion des membres de la congrégation sur l'avortement ?

– Ils étaient totalement contre, ils s'y opposaient viscéralement. C'était aussi le cas de ma mère. Je crois qu'elle a pas mal influencé mon père dans ce domaine. Elle lui soufflait un certain nombre de choses qu'il répétait quand il montait en chaire. Elle est morte il y a des années, la pauvre.

– Vous vous rappelez avoir vu des gens dans le doute venir chercher conseil auprès d'elle ou de votre père ? Peut-être même des femmes enceintes qui n'étaient pas sûres de vouloir garder leur enfant ?

– Oui, je m'en souviens très bien, répondit Einar, même si je n'ai aucun exemple particulier en tête. Je sais que des gens venaient leur demander conseil, surtout à ma mère, des personnes confrontées à des problèmes financiers, oui, et des jeunes mères ou futures mères, des alcooliques. Des gens qui avaient besoin de soutien.

– Sunnefa, ça vous dit quelque chose ?

– Sunnefa ?

– Je crois qu'elle était membre de la congrégation.

– Elle n'était pas infirmière ou quelque chose de ce genre ?

– Elle avait étudié à l'École de sage-femme.

– Je me souviens d'une amie de ma mère qui avait ce prénom. Oui, elle faisait partie des membres de la communauté, il lui arrivait de nous garder quand on était petits. Sunnefa ? Oui, c'est sûrement elle. Je me demande ce qu'elle est devenue. Ça fait des années que je n'en ai plus entendu parler.

– Elle est morte depuis longtemps, répondit Konrad. Elle avait fait des études pour devenir sage-femme, mais elle a eu des problèmes avec la direction de l'école. Elle était farouchement opposée à l'avortement, tout comme votre mère. Cela les a sans doute rapprochées.

– Attendez, je ne comprends pas bien, quel est le rapport avec cette Valborg qui a été tuée ? demanda Einar. Qu'est-ce qu'elle vient faire dans cette histoire ? Vous m'avez dit qu'elle n'était pas membre de la congrégation.

– Elle a peut-être rencontré Sunnefa au début des années 70. Elle était enceinte. Il n'est pas impossible que Sunnefa l'ait accouchée et qu'elle ait confié l'enfant à une famille d'adoption. Tout s'est déroulé dans le plus grand secret. Et Sunnefa faisait partie de l'Église de votre père.

– Vous pensez qu'elle l'aurait confié à un des membres ?

– C'est possible.

– Et vous… ?

– J'essaie de retrouver cet enfant, répondit Konrad.

Einar, jusque-là assis, l'air détendu, à son bureau, entouré de posters d'équipes de foot étrangères et de terrains de golf ensoleillés, regarda intensément l'ancien policier.

– Je… je me souviens d'un garçon… annonça-t-il. L'enfant qu'elle a eu, c'était un garçon ou une fille ?

– Je l'ignore.

– Vous devriez aller parler à ma sœur. Ses souvenirs sont peut-être plus clairs. Je me rappelle un garçon qui était souvent collé aux basques de mon père. Nous n'avons jamais su d'où il venait exactement. Parfois il dormait à la maison et, un jour, nous l'avons même emmené avec nous dans notre chalet d'été. Il était très timide et je n'ai jamais réussi à vraiment lier connaissance avec lui, puis il a disparu de nos vies. Ça remonte à la fin des années 70. Il avait le même âge que ma sœur, elle était devenue amie avec lui.

– Il avait quel âge ?

– Je dirais six ans, répondit Einar en s'avançant dans son fauteuil. Je me souviens qu'un jour j'ai interrogé mon père. Il m'a dit que ce garçon était malheureux et qu'il fallait être gentil avec lui. Puis il a ajouté quelque chose que je n'ai pas compris.

– Quoi donc ?

– Personne ne veut de lui, il a murmuré. Personne ne veut de lui.

48

L'orchestre du rez-de-chaussée jouait son dernier morceau, une mélodie douce-amère, idéale pour danser joue contre joue. La piste était bondée. Certains faisaient le plein au comptoir avant la fermeture. On chuchotait qu'une fête s'organisait chez un tel ou un tel. Bientôt, les lumières s'éteignirent et les clients se pressèrent vers la sortie. Ceux qui avaient fait une rencontre cheminaient par deux dans la nuit. Certains titubaient plus que d'autres. Quelques-uns glissaient sur le verglas derrière l'église au risque de se faire un tour de reins. Leurs copains venus les secourir se retrouvaient également sur les fesses.

Il en restait toujours quelques-uns allongés sur les banquettes ou effondrés sur les tables, complètement ivres, ou simplement vaincus par la fatigue. Valborg faisait le tour de la discothèque, réveillait ceux qui s'étaient endormis et essayait de remettre debout ceux qui avaient abusé de l'alcool. En général, ça se passait plutôt bien même s'il arrivait que des idiots fassent des problèmes quand ils émergeaient et là, les videurs et les serveurs prenaient les choses en main. De temps en temps, la situation dégénérait et la police intervenait.

Tous les musiciens étaient partis, les employés s'en allaient un à un. On vérifiait soigneusement qu'il ne restait plus personne dans la discothèque après la fermeture. Valborg s'était attardée à l'étage supérieur où elle avait trouvé une jeune femme dans un état second. La cliente avait vomi par terre, l'odeur se mêlait à celle d'alcool et de tabac qui imprégnait les lieux. Parfois, l'air était tellement saturé de fumée que Valborg, qui ne fumait pas elle-même, mettait directement ses vêtements à laver quand elle rentrait chez elle. Elle avait eu du mal à réveiller la jeune femme, mais avait fini par y parvenir. La cliente ne savait pas vraiment où elle était quand elle avait repris conscience, elle avait commencé à donner des coups de poing dans le vide en proférant des tas de grossièretés, mais Valborg avait réussi à la calmer. Elle était sur le point de l'aider à redescendre au rez-de-chaussée, quand un serveur emmitouflé dans son anorak était arrivé : il rentrait chez lui et pouvait raccompagner la cliente.

Valborg l'avait remercié. Éreintée, elle s'était ensuite assise dans un fauteuil confortable pour se reposer un peu et s'était endormie quelques instants.

– Vous êtes encore là ? avait interrogé derrière elle une voix qui l'avait réveillée en sursaut. Tout le monde est parti, n'est-ce pas ?

En se retournant, elle avait reconnu l'homme qui lui avait demandé si ça lui plaisait de travailler au Glaumbaer, la meilleure discothèque de la ville.

– Nous sommes fermés, avait-elle aussitôt répondu pour couper immédiatement court à toute conversation. Vous n'êtes pas censé être ici. Je dois vous demander de partir.

– Oui, je sais, mais je me suis endormi dans les toilettes, avait-il répondu en guise d'excuse avec un sourire.

Très calme, il avait allumé une cigarette.

– Je suppose que j'avais un peu trop bu, avait-il repris. Ça ne m'arrive pas souvent.

– Bon, je vous raccompagne, avait répondu Valborg.

Elle avait pris la direction de l'escalier et il l'avait attrapée par le bras.

– Où tu vas comme ça ? avait-il demandé, passant soudain au tutoiement.

– Je descends, vous n'avez pas le droit d'être ici.

– Et si on s'amusait un peu tous les deux à l'étage ? avait-il poursuivi.

– Si on s'amusait ? avait-elle répété en ôtant sa main de son bras.

– Rien ne presse, non ? avait-il ajouté, posté devant l'escalier.

– Je dois vous demander de quitter les lieux, avait répondu Valborg d'un ton péremptoire. Si vous ne le faites pas, je vais appeler à l'aide.

Elle portait une jupe assez courte et un chemisier léger. Il l'avait regardée d'un air grossier comme s'il prenait ses mensurations. Il avait saisi sa cigarette entre deux doigts et l'avait jetée négligemment sans quitter Valborg des yeux, et n'avait donc pas vu son mégot atterrir sur le canapé en mousse où il avait roulé entre deux coussins. Valborg avait reculé et fait mine de crier mais il s'était jeté sur elle, lui avait mis une main sur la bouche et l'avait plaquée à terre.

Il était fort et il n'avait eu aucun mal à la maintenir au sol, à glisser sa main sous sa jupe, lui arracher sa culotte et la peloter tout en gardant son autre main plaquée sur sa bouche. Elle tentait d'appeler à l'aide, mais ses hurlements s'étouffaient sous sa paume. Elle essayait de se débattre, mais cela ne faisait qu'exciter encore plus son agresseur. Valborg était tétanisée de peur. Peu à peu, l'homme avait retiré sa main de sa bouche en lui murmurant qu'il l'étranglerait si elle se mettait à crier. Il l'avait attrapée à la gorge et avait serré pour lui montrer qu'il ne plaisantait pas. Elle avait l'impression d'avoir sur elle une bête sauvage, elle n'osait pas bouger ni appeler à l'aide. Il lui avait remonté la jupe, avait posé sa main sur ses seins et elle sentait qu'il déboutonnait son pantalon. En larmes, elle lui avait murmuré d'arrêter. Elle l'avait supplié. De la laisser tranquille. De ne pas lui faire ça. Elle ne dirait rien à personne s'il arrêtait maintenant.

– Si tu en parles à qui que ce soit, je te tue, avait-il haleté. Je reviens et je te crève, espèce de salope ! Je te retrouverai et je te buterai ! Je dirai que c'est toi qui m'as allumé. Que tu n'es qu'une Marie-couche-toi-là et que tu voulais qu'on fasse ça ici.

Elle avait eu affreusement mal quand il l'avait pénétrée. À nouveau, il lui avait plaqué sa paume sur la bouche pour l'empêcher de hurler. Il l'avait giflée, saisie à la gorge en serrant et s'était démené sur elle en la traitant encore et encore de salope jusqu'au moment où il s'était écroulé.

Valborg aurait voulu mourir.

Elle avait essayé de se dégager, dégoûtée, mais il s'était réveillé et l'avait retenue.

– Laisse-moi partir, avait-elle supplié. C'est fini. Tu as eu ce que tu voulais.

Totalement figée, elle avait compris à son immense effroi qu'il se préparait à recommencer.

49

Le téléphone avait sonné au milieu de la nuit. Eyglo dormait à poings fermés, épuisée par une journée lourde en émotions et sa visite avec le guérisseur chez la petite fille malade des reins. Elle s'était réveillée en se disant que cet appel nocturne ne présageait rien de bon.

Elle s'était levée pour prendre le téléphone posé sur le guéridon dans l'entrée. La sonnerie était assourdissante dans la quiétude de la nuit. Elle n'avait pas allumé la lumière et s'était assise dans la pénombre à côté de l'appareil, hésitant un instant avant de décrocher.

C'était Malfridur.

– Évidemment, je te réveille, ma pauvre, s'était-elle excusée. Je suppose qu'on devrait s'abstenir d'appeler les gens en pleine nuit.

– Il est quelle heure ?

– Trois heures passées. Mais je tenais à te prévenir tout de suite. Kristleifur était inquiet, il a rappelé l'hôpital qui lui a passé la maman de la petite. La pauvre femme était toujours là-bas.

Eyglo n'avait pas envie d'entendre la suite même si elle savait qu'elle n'y échapperait pas. Elle avait accompagné Kristleifur pour apprendre en le regardant faire, mais n'avait pas imaginé que l'une de ses premières visites serait aussi lourde de conséquences. Que la malade serait si gravement atteinte. Elle avait fait de son mieux pour secourir la fillette. C'était elle qui avait exigé qu'on appelle une ambulance et qu'on l'emmène à l'hôpital.

Eyglo revoyait la gamine allongée dans la chambre de sa mère et le petit garçon qui dormait, immobile, sur le canapé du salon. La mère était si inquiète qu'elle avait non seulement appelé un médecin pendant la nuit, mais aussi un guérisseur, si cela pouvait l'aider à se rétablir.

– Qu'est-ce qui s'est passé ? avait demandé Eyglo.

– La petite est morte.

Eyglo avait espéré ne jamais entendre cette phrase. Elle s'était sentie un peu rassurée quand elle avait appris, plus tôt dans la soirée, que l'enfant était tirée d'affaire. Une tristesse sans fond l'avait submergée.

– Elle semblait se remettre, avait poursuivi Malfridur, puis son état s'est à nouveau dégradé et les médecins n'ont pas pu la sauver.

– Pauvre gamine, avait soupiré Eyglo.

– Tu as fait de ton mieux. Ce sont des choses qui arrivent. Parfois, il n'y a rien à faire. Je voulais te prévenir tout de suite, avait répété Malfridur.

– Merci beaucoup. Et la mère… comment… va-t-elle ?

– La malheureuse est bien entendu folle de douleur. Kristleifur n'a pas vraiment pu lui parler, mais il essaiera peut-être de lui rendre visite dans les jours qui viennent. Il voulait savoir si tu souhaitais l'accompagner.

– Je crois que je préfère éviter, avait répondu Eyglo.

– Il m'a dit beaucoup de bien de toi, il est persuadé que tu pourrais te rendre très utile. Si tu choisis cette voie. Il m'a dit que ça t'intéressait.

– J'ai plutôt l'impression de l'avoir énervé. Enfin, peu importe.

– Oui, mais son agacement a vite disparu. Ensuite, il n'a pas tari d'éloges à ton sujet.

– Je crains que ce genre de choses ne me convienne pas, avait répondu Eyglo. J'ai passé ma journée à penser à tout ça. À cette pauvre petite. À sa mère. Je crois que je n'aurais pas la force. Je n'ai pas les qualités nécessaires.

Elle était sur le point de dire qu'elle ne voulait pas susciter de faux espoirs, mais elle s'était ravisée, préférant ne pas céder à l'acrimonie sous prétexte qu'elle venait d'avoir cette mauvaise nouvelle. Kristleifur ne souhaitait que le bien de son prochain. Elle aussi, d'ailleurs. Durant la journée et la soirée, comme maintenant, au milieu de la nuit, elle avait compris qu'elle n'avait pas la force de rendre aux gens ce type de visites. Ce qui venait de se produire l'avait trop profondément affectée. Elle ne voulait jamais revivre une telle journée.

– On pourrait peut-être en discuter plus tard, avait dit Malfridur après un long silence. Allez, essaie de te rendormir.

– À mon avis, c'est inutile, avait répondu Eyglo d'un ton las. Demande à Kristleifur de présenter mes condoléances à la maman.

– Je n'y manquerai pas.

– J'ai oublié son nom, avait murmuré Eyglo d'une voix presque inaudible.

– Pardon ?

– La mère de la petite. Comment elle s'appelle ? Son nom m'est complètement sorti de la tête.

– Regina, je crois qu'elle s'appelle Regina, avait répondu Malfridur. Oui, c'est bien ça, la malheureuse s'appelle Regina.

50

Konrad avait commis l'erreur de passer par le centre de Reykjavik pour se rendre à l'université. Depuis un certain temps, il évitait le cœur de la ville, préférant ne pas avoir sous les yeux les affreux immeubles qu'on y avait érigés les uns après les autres, détruisant tout ce qui rappelait le Reykjavik d'autrefois. Ces palais prétentieux qui n'avaient selon lui pas leur place là ne faisaient que témoigner d'une politique urbaine désastreuse et d'une soumission aveugle au pouvoir de l'argent. Le nouveau centre-ville lui rappelait les horreurs clinquantes qui défiguraient Skuggahverfi, le quartier de son enfance, où les immeubles les plus laids d'Islande avaient été construits et formaient comme une muraille qui bouchait la vue aux charmantes petites maisons à flanc de colline. Désormais, il évitait le centre autant qu'il le pouvait, tout comme il évitait son ancien quartier.

Après avoir tourné quelques instants sur le campus de l'université, il vit une voiture qui reculait, libérant une place de parking devant le bâtiment principal, et s'y glissa. Il était rare qu'il ait à faire à l'université. Il lui était arrivé une fois ou deux d'aller voir avec son fils des matchs du championnat d'Angleterre à Studentakjallarinn, le bar-restaurant des étudiants, mais c'était tout. Quand il avait pris sa retraite, il avait parfois envisagé de s'inscrire en fac de droit. Sa longue carrière dans la police l'avait conduit à s'intéresser à cette discipline et il lui arrivait de passer des soirées entières à regarder des feuilletons judiciaires mettant en scène des avocats, bien plus que des séries policières qui lui semblaient toutes aussi idiotes que ridicules.

Il demanda à voir Soffia à l'accueil, on lui indiqua un bureau qu'il trouva sans difficulté. Elle était en rendez-vous avec un étudiant, Konrad attendit patiemment dans le couloir. Soffia était la sœur d'Einar. Bien que enfants du fondateur de La Création, tous deux ne s'étaient pas engagés sur l'étroit chemin de la foi, ils s'en étaient au contraire détournés pour suivre leur propre voie. Pas forcément par esprit de contradiction, à en croire les propos d'Einar, mais plutôt pour proclamer leur indépendance. En outre, ils n'avaient jamais vraiment adhéré à la Bonne Parole.

Soffia avait fait des études pour devenir conseillère d'éducation, elle travaillait à l'université. Elle accueillit Konrad avec un sourire dès que sa consultation fut achevée. Elle avait terminé sa journée. Il n'y avait plus d'étudiants attendant en piétinant devant sa porte. Son bureau était équipé d'une machine à café, elle en proposa un à Konrad en disant que son frère Einar l'avait appelée pour la prévenir de sa visite.

– Je suis quand même très étonnée, ajouta-t-elle. Einar m'a expliqué que votre visite était en rapport avec ce meurtre. Il a dû me le répéter trois fois. Le meurtre de cette femme dans son immeuble, vraiment ?

Konrad se contenta de sourire. Il ignorait ce que le frère avait dit à sa sœur et craignait d'en avoir trop dévoilé sur Valborg et sur cet enfant qui avait peut-être été adopté par des membres de la congrégation de leurs parents, mais il ne voyait pas comment éviter de leur communiquer ces informations.

– Einar m'a parlé d'un enfant, reprit Soffia.

– Oui, un garçon que vous avez connu et qui a passé du temps avec vous, confirma Konrad. Votre frère pense que vous pourrez m'en dire plus. Vous vous souvenez de son nom ?

– Vous voulez parler de Daniel ?

– Daniel ? Il s'appelait Daniel ?

– Il était un peu plus jeune que moi, répondit-elle en hochant la tête. Je suis née en 1970. On l'appelait toujours par un diminutif : Danni. Je suppose que son vrai prénom, c'était Daniel.

– Vous savez qui étaient ses parents ? Quel était le nom de son père ?

– Non, je l'ignorais. À cette époque, j'étais une gamine et je m'en fichais. Comme tous les mômes, je ne pensais qu'à jouer. Et nous ne l'avons pas vu tant que ça. Je me rappelle qu'un jour, il nous a accompagnés dans notre chalet d'été et, parfois, il mangeait avec nous. J'avais l'impression qu'on veillait sur lui à la place de quelqu'un d'autre, je ne sais pas qui. C'est ma mère qui s'occupait de ce genre de choses. Si je me souviens bien, elle a beaucoup pris soin de lui.

– Einar m'a raconté que votre père disait que personne ne voulait de ce garçon, ça vous parle ? Qu'est-ce qu'il entendait par là ?

Soffia secoua la tête.

– Mon père racontait plein de choses auxquelles on ne comprenait rien, surtout pendant ses prêches. La congrégation organisait des activités pour les enfants et les adolescents, mais je ne me souviens pas avoir vu Danni y participer.

– Il semblerait qu'il n'ait pas vraiment eu d'endroit où aller, reprit Konrad. Qu'il ait été un de ces enfants perdus. C'est possible ?

– Je ne saurais dire. En tout cas, j'ai l'impression qu'il venait de la campagne. Un jour, je suis allé à la gare routière du BSI avec ma mère pour le chercher, il était venu à Reykjavik par l'autocar.

– Et Sunnefa, vous vous souvenez d'elle ? Elle était amie avec votre mère, n'est-ce pas ?

– Oh oui, je m'en rappelle très bien. Elle prenait la Bible au pied de la lettre. Comme ma mère d'ailleurs, elles s'entendaient très bien. Sunnefa était souvent à la maison, elle donnait un coup de main à maman pour préparer les activités. C'était une femme adorable, vraiment adorable.

– Il y a une troisième femme dont je sais qu'elle était membre de la communauté. Une amie de Sunnefa qui avait travaillé avec elle à l'Hôpital national. Est-ce qu'elle aussi, elle venait chez vous ?

– Vous parlez de Regina ?

– Oui.

– Mon Dieu, quelle tragédie.

51

Une partie des enregistrements étaient flous, mais d'autres, suffisamment nets, permettaient d'identifier les visages. Les mêmes personnes apparaissaient régulièrement à l'écran, elles allaient au travail, en revenaient, prenaient leur pause déjeuner ou terminaient leur pause-café. Il y avait aussi une foule de gens qui avaient à faire dans l'immeuble où plusieurs entreprises de services avaient leurs bureaux. Les images des caméras placées dans le hall à côté des ascenseurs étaient plus nettes que celles prises par les autres dispositifs de surveillance installés à l'extérieur, près de la porte de l'immeuble, et tributaires d'une luminosité parfois défaillante. Les enregistrements remontaient jusqu'à l'époque où Valborg avait contacté Konrad. Marta avait chargé un membre de son équipe de dépouiller ces images et de les comparer avec les photos de Valborg qu'on avait trouvées chez elle. Il lui avait fallu deux jours pour en venir à bout.

La garde à vue de Hallur avait pris fin sans être prolongée, on l'avait relâché, mais cette libération était assortie d'une interdiction de quitter le territoire. Quand Gloey était venue le chercher, Marta avait eu l'impression qu'ils s'entendaient plutôt bien. Hallur avait catégoriquement nié toute implication dans le meurtre. La police n'avait trouvé aucune trace de son ADN sur le corps ni dans l'appartement de la victime, et Emanuel n'était pas en mesure de dire avec certitude que c'était bien cet homme qu'il avait vu agresser Valborg. Dans de telles conditions, il était difficile de demander une prolongation de deux semaines de garde à vue, ce que Marta aurait pourtant aimé faire. Elle avait du mal à reconnaître que la police était revenue à la case départ.

Elle alla prendre un café, sa clope électronique à la main, s'installa à la cafétéria et se mit à fumer comme une cheminée. Elle y croisa un jeune policier qui la salua et sortit dans le couloir avec sa tasse, agacé par la tabagie. Un de ses collègues arriva et lui demanda s'il restait du café.

Le jeune homme fit un signe de tête en direction de la cafétéria.

– Tu n'as qu'à demander à Krafla[1] ! répondit-il.

Marta gagna le couloir pour retourner dans son bureau. Derrière elle, une voix l'appela. C'était le policier chargé de dépouiller les enregistrements. Il avait trouvé quelque chose qu'il souhaitait lui montrer.

Elle le suivit dans la pièce où trois écrans d'ordinateur montraient des images fixes de la rue Borgartun. Il l'invita à s'asseoir et cliqua sur un des écrans. Les images s'animèrent. Marta aspirait sa nicotine d'un air concentré, craignant de passer à côté d'un détail important, puis l'image se figea sur une femme devant l'immeuble.

– C'est bien elle ? vérifia son collègue en lui tendant une photo de Valborg.

Cessant de tirer sur sa cigarette, elle compara le cliché à la femme qu'elle voyait à l'écran, la reconnut aussitôt et hocha la tête. Les images se remirent à défiler.

1. Volcan du nord de l'Islande.

Valborg marchait d'un pas décidé vers l'immeuble mais, juste avant d'arriver à la porte, elle hésitait puis s'arrêtait. Les gens qui entraient et sortaient du bâtiment passaient devant elle. Immobile, elle levait les yeux sur la façade de verre et, pendant un instant, fixait la caméra de surveillance sans même s'en rendre compte puis elle observait la porte automatique qui s'ouvrait et se fermait. Les gens entraient et sortaient, elle restait immobile, indécise. Au bout d'un certain temps, elle tournait les talons et disparaissait de l'image.

– Oui, c'est bien elle, confirma Marta.

Le policier rembobina, l'image s'arrêta sur le visage de Valborg, figée dans son hésitation devant la porte automatique. En scrutant son expression, Marta comprit que ce qu'elle avait sous les yeux était bien plus qu'une simple et banale indécision. Cette femme ne se serait visiblement pas risquée pour tout l'or du monde à entrer dans le bâtiment.

On frappa à la porte, un jeune policier annonça à Marta qu'on la demandait à l'accueil.

– Qui ça ?

– Une femme avec des lunettes noires, répondit-il.

Arrivée dans le hall, Marta reconnut celle qu'elle avait encouragée à venir signaler les violences conjugales dont elle était victime. Assise recroquevillée sur sa chaise, la jeune femme se leva en la voyant arriver. Elle ôta ses lunettes noires, dévoilant son cocard. Elles se regardèrent, Marta la serra brièvement dans ses bras puis l'emmena dans son bureau.

52

Soffia semblait tout à coup réticente. Elle regarda Konrad d'un air grave. Elle tenait à ce qu'il sache qu'elle n'aimait pas médire sur les gens ni colporter des ragots. Il assura que lui non plus n'était pas du genre à se repaître de commérages. Il voulait cependant retrouver l'enfant de Valborg et continuerait à le chercher, avec ou sans son concours. Soffia jura qu'elle désirait sincèrement l'aider, mais qu'elle n'avait pas l'habitude de discuter avec des inconnus de ses histoires de famille ou de son enfance. Elle avait du mal à distinguer la limite entre les renseignements qu'elle pouvait communiquer sur les amis de ses parents et ce qui le concernait directement. Konrad lui promit que tout ce qu'elle dirait serait sous le sceau de la confidence. Cela resterait entre eux.

– Vous êtes allé voir Regina ? demanda-t-elle.

– Oui, je lui ai rendu une petite visite.

– Pour quelle raison… ?

– C'est elle qui communiquait à Sunnefa les noms des femmes enceintes qui hésitaient à garder leur enfant ou envisageaient d'avorter. Elle me l'a avoué. Valborg en a sûrement fait partie.

Soffia garda le silence un long moment.

– Parmi les amies de ma mère, Regina était indéniablement la plus malheureuse. Je ne connais pas tous les détails de l'histoire et je ne sais pas exactement ce que… ce que vous cherchez.

– N'importe quel détail peut m'être utile.

Regina et la mère de Soffia étaient devenues amies au collège. En tant que croyantes, elles s'étaient impliquées dans l'association des jeunesses chrétiennes, sauf que Regina s'était tenue davantage en retrait. Soffia croyait se souvenir que sa mère lui avait dit que son amie s'intéressait surtout à l'ésotérisme et à la vie après la mort. En tout cas, elle avait réussi à la convaincre de venir assister à plusieurs séances de spiritisme. Regina s'était mariée très jeune à un rustre qui n'hésitait pas à lever la main sur elle. Le père de Soffia était intervenu deux ou trois fois pour calmer les choses. L'époux avait promis de s'amender et tout s'arrangeait jusqu'au moment où il se remettait à s'en prendre à sa femme. Cette violence forçait Regina à vivre dans l'isolement. Son mari était à la fois jaloux et suspicieux, il exigeait qu'elle limite ses fréquentations aux gens qu'il appréciait, or ces derniers étaient rares. Au bout de quelques années, Regina avait fini par le quitter, elle était partie en emmenant leur fille, défiant les menaces de mort régulièrement proférées par son mari. Elle avait loué un appartement mansardé dans le centre de Reykjavik et vivait dans une grande pauvreté quand le malheur l'avait frappée. Sa fille était subitement tombée malade, les médecins avaient cru à une simple grippe, on l'avait hospitalisée, mais ça n'avait servi à rien, l'enfant était décédée peu après son arrivée à l'hôpital.

– Regina était dévastée, poursuivit Soffia. Elle était restée sous l'emprise de ce sale bonhomme pendant des années, et voilà que cette tragédie s'abattait sur elle. Elle a complètement perdu pied et a passé trois ans en asile psychiatrique. Peu à peu, elle est parvenue à remonter la pente même si, évidemment, elle ne s'est jamais totalement remise de la perte de sa fille.

– Personne ne se remet d'un drame pareil.

– C'est ma mère qui m'a raconté ça plus tard, un jour qu'on parlait de cette pauvre femme. J'étais tellement jeune à l'époque qu'elle ne m'a pas tout dit, je n'ai eu le fin mot de l'histoire que des années plus tard. J'ai toujours pensé à cette petite fille. Elle était un peu plus jeune que moi.

– Regina n'avait pas d'autre enfant ?

– Non.

– Vous ne les avez jamais entendues parler d'adoption ? Je veux dire, elle et votre mère, demanda Konrad.

– Non, jamais.

– Ni du petit Danni ou Daniel dont vous m'avez parlé ?

– Non, ça ne me revient pas. Par contre, j'ai revu Regina à l'enterrement de Sunnefa. Il y a des années, je ne sais même plus combien. C'était à l'église de Fossvogur et beaucoup de gens étaient venus y assister. Je l'ai saluée, elle a été adorable, comme toujours… non, je ne crois pas l'avoir recroisée depuis. Les liens finissent par se distendre au fil du temps. Quand maman est morte, j'ai perdu le contact avec ses amies. Enfin, en tout cas, j'ai vu Regina discuter avec un homme qui me faisait fortement penser à Danni. Quand j'ai voulu vérifier que c'était bien lui, il avait disparu.

– Et vous n'avez pas posé la question à Regina ?

– Non, elle aussi, elle était partie. En tout cas, j'étais presque sûre que c'était lui, il n'avait pas l'air très bien.

– Comment ça ?

– Il avait mauvaise mine et il était tout dépenaillé. Apparemment, la vie n'avait pas été tendre avec lui.

– Vous avez entendu ce qu'ils se disaient ?

– Non, je ne les regardais pas spécialement, j'ai juste remarqué qu'ils discutaient, ils avaient l'air contents de se voir. Comme de vieux amis. Il y avait entre eux une certaine tendresse, Regina l'a serré dans ses bras, lui, il lui tenait la main. C'était beau à voir. On aurait dit deux amis qui se retrouvaient après une longue séparation.

53

L'opération de la police et des services de douane s'était déroulée correctement, le plan des trafiquants n'étant pas très au point. Les fonctionnaires des douanes avaient reçu un signalement apparemment fiable les informant qu'un marin à bord d'un cargo s'apprêtait à introduire en Islande une grande quantité de stéroïdes, de pilules d'ecstasy et de cocaïne. L'appel avait été émis depuis le navire lui-même et le correspondant avait communiqué le nom du suspect. Après l'inspection douanière de routine effectuée avant l'accostage, on avait pris le matelot en filature dès qu'il avait débarqué. On l'avait suivi jusqu'à son domicile, espérant également appréhender ses éventuels complices.

À peine arrivé chez lui, il avait reçu la visite de deux hommes qui avaient été impliqués dans un trafic de drogue de grande envergure quelques années plus tôt, ce qui leur avait valu un séjour en prison. La police les arrêta tous les trois après avoir découvert la drogue dans le sac de sport que les deux visiteurs emportaient avec eux en quittant la maison.

Ils se montrèrent coopératifs. Ils n'en étaient pas à leur première arrestation et, surtout, on les avait pris la main dans le sac. Leur plan n'était manifestement pas très au point, ils étaient complètement drogués.

L'un d'eux désigna Hallur comme leur complice. Ce dernier avait eu l'intention de contribuer financièrement à l'opération et d'empocher une partie des bénéfices, mais il ne leur avait jamais remis l'argent et, quand les deux compères avaient appris qu'on l'avait arrêté et interrogé dans le cadre d'une autre affaire, ils avaient préféré se manifester auprès de Gloey pour lui faire comprendre que ni elle ni Hallur n'avaient intérêt à informer la police de leur projet.

Ils soupçonnèrent immédiatement Hallur de les avoir trahis en racontant tout à la police malgré leurs mises en garde. Il était inutile d'essayer de les convaincre du contraire. Ils déclaraient ouvertement vouloir liquider ce connard.

Marta fut rapidement prévenue par ses collègues. Les deux compères avaient des choses intéressantes à dire sur leur acolyte et la vieille dame de l'immeuble.

– Alors, cette femme ? demanda-t-elle quand elle se fut assise face à l'un des deux hommes qui avaient rendu visite à Gloey et s'en étaient violemment pris à elle.

– La vieille ? répondit-il.

Il avait sur le cou un tatouage qui lui remontait jusqu'à l'oreille. Marta se demandait ce qu'il représentait. Peut-être un dragon. Le truc habituel.

– Que vous a dit Hallur ?

– Qu'elle était pleine aux as, cette bonne femme. Et qu'il n'avait qu'à aller chez elle pour se servir.

54

Assise sur une chaise de jardin derrière sa maison, Regina regardait les arbres qui tendaient leurs branches vers le ciel brouillé. Elle avait mis un anorak et un bonnet, il faisait froid, l'hiver approchait. Elle ne répondit pas quand Konrad frappa à la porte, il supposa qu'elle était dans le jardin.

– Ah, vous voilà, fit-elle simplement en le voyant, comme si elle s'attendait à ce qu'il revienne la voir. J'ai toujours eu envie de faire un vrai potager avec des salades et des rutabagas, mais je crois que mon jardin est trop petit, cette histoire de potager est sans doute une de mes lubies.

– Vous n'avez peut-être pas besoin de tant de place que ça, répondit Konrad.

– En effet, j'ai juste envie de planter quelques rangs de carottes, de rutabagas et de pommes de terre que je pourrais récolter à l'automne. J'aime bien jardiner. Je vous l'ai déjà dit, je crois ? J'aime voir la nature se réveiller au printemps.

– Je n'ai pas la main très verte et je suis trop fainéant.

Elle désigna la chaise au pied du mur, il alla la chercher et s'installa à côté d'elle pour admirer le jardin. Konrad leva les yeux vers le ciel en se disant qu'il allait pleuvoir. Il espérait quand même que le temps se maintiendrait au sec. Ils passèrent un long moment plongés dans le silence, puis l'ancien policier toussota.

– Je ne suis pas certain que vous m'ayez dit toute la vérité quand je suis venu vous voir l'autre jour, observa-t-il.

– Ah bon ?

– Vous avez sans doute vos raisons, je peux les comprendre, mais ça m'aiderait beaucoup si vous pouviez me dire tout ce que vous savez.

Regina le dévisagea d'un air inquisiteur.

– Connaissez-vous un certain Daniel ? demanda Konrad.

– Daniel ?

– Oui, un enfant adopté, si j'ai bien compris.

Regina ne lui répondit pas.

– Est-il possible que ce soit le fils de Valborg ? insista l'ancien policier en regardant le merle qui se posait sur une branche loin au-dessus de leur tête.

Regina se racla la gorge, mais continua à se taire.

– Vous pouvez m'en dire plus à son sujet ?

Elle leva les yeux vers l'oiseau.

– Regina ?

Perdue dans ses pensées, elle sembla enfin se réveiller.

– Je n'ai pas pu le garder après la mort de ma fille, répondit-elle. C'était au-dessus de mes forces.

– Vous parlez de Daniel ?

– Oui.

– Après le décès de votre enfant ?

Regina le regarda. Il lui expliqua qu'il avait discuté avec la fille d'une de ses amies de la congrégation. C'est elle qui lui avait dit que Regina avait perdu sa fille.

– Vous avez dit du mal de moi ? demanda-t-elle.

– Pas du tout, au contraire cette femme était très réticente, elle rechignait à me dire les rares choses qu'elle savait.

– Elle vous a parlé de mon mari ?

– Oui.

– Ce pauvre type a cassé sa pipe, ajouta Regina. C'était une vraie ordure. Notre fille était mon seul rayon de soleil. J'ai fini par me débarrasser de lui. J'ai loué un appartement et j'arrivais à survivre, puis Sunnefa est venue me demander si je pouvais m'occuper de ce petit.

– Pourquoi ?

Regina garda le silence. Konrad attendait patiemment. Il avait l'impression qu'elle n'avait pas parlé de tout ça depuis très longtemps, peut-être ne l'avait-elle même jamais fait.

– Elle avait découvert, reprit-elle, que les gens qui l'avaient adopté menaient… une vie un peu dissolue, puis la femme a eu un accident. Une voiture l'a renversée et elle a fini par mourir à l'hôpital. Le mari a continué à boire et il… enfin, disons qu'il ne s'occupait pas bien de Daniel. Sunnefa m'a dit qu'il le négligeait. Ces gens étaient amis avec elle, ils avaient pris l'enfant en charge, mais Danni ne pouvait plus rester avec cet homme. Ces gens étaient sa famille officielle, je ne sais pas comment Sunnefa s'y était prise, mais pour l'état civil c'étaient ses parents biologiques.

– Et ils étaient membres de La Création ?

– Il me semble. De toute manière, je n'avais pas envie d'en savoir plus et je n'ai pas posé de questions. Je préférais en savoir le moins possible. Sunnefa m'a demandé si je pouvais prendre l'enfant en charge et il ne m'a posé aucun problème. C'était un petit garçon adorable, même s'il était un peu méfiant au tout début. Il s'entendait avec ma fille et tout se passait très bien. Et puis un jour… la petite a attrapé la grippe. Une simple grippe.

Regina se leva et alla ramasser une petite branche qui venait de tomber d'un arbre. Elle tournait le dos à Konrad qui préféra la laisser tranquille. Elle resta un long moment, seule avec ses pensées, puis il alla la rejoindre en lui demandant si tout allait bien.

– Pardonnez-moi, soupira-t-elle, mais c'est difficile de se replonger dans tout ça.

– Bien sûr, convint-il. Son portable sonna au fond de sa poche, il le prit pour l'éteindre mais, en voyant le nom de son correspondant, il comprit qu'il devait décrocher. Il s'excusa et s'éloigna. Regina semblait parfaitement indifférente à cette interruption.

55

L'homme qui l'appelait avait autrefois été policier à Keflavik. Il avait quitté les forces de l'ordre depuis longtemps et travaillait maintenant dans l'administration municipale. Avant ça, il avait passé quelques années à la Criminelle et travaillé avec Konrad. Les deux hommes étaient devenus amis. Sachant que son ancien collègue avait des relations dans toutes sortes d'associations et connaissait pour ainsi dire tout le monde sur la péninsule de Sudurnes, Konrad lui avait demandé de se renseigner sur d'éventuels problèmes parmi les ouvriers employés par les entreprises islandaises de maçonnerie qui avaient travaillé pour la base militaire américaine à l'aéroport de Keflavik dans les années 70. Et il s'était démené pour l'aider. Ce qu'il avait découvert ne surprenait pas spécialement Konrad.

– Tu crois que ça te sera utile ? demanda son copain.

– Je verrai bien.

– Et tu ne veux vraiment pas me dire de quoi il s'agit ?

– Non. Pas encore. Je ne peux pas pour l'instant. Je te rappelle dès que possible.

Konrad écourta la conversation et retourna voir Regina, toujours debout à côté de l'arbre, la branche morte à la main.

– Je vous prie de m'excuser. Oui, j'imagine que c'est douloureux de vous replonger dans tout ça.

– Il y a des années que je ne l'avais pas fait. Personne ne devrait être confronté à de telles horreurs, à la mort d'un enfant, acquiesça Regina.

– Bien sûr que non.

– J'ai toujours été croyante, reprit-elle, la main serrée sur la branche comme si c'était la seule chose qui la retenait à la vie. J'ai toujours cru qu'il y avait une vie après la mort. À l'époque, je m'intéressais beaucoup à ça, j'assistais à des séances de spiritisme, j'ai même demandé à un médium guérisseur très réputé de venir voir Emma. La jeune femme qui l'accompagnait a dû percevoir quelque chose parce qu'elle a exigé qu'on appelle une ambulance. Mais il était déjà trop tard. Emma est morte dans la nuit. L'infection avait gagné ses organes et il n'y avait rien à faire. J'ai réagi trop tard. J'aurais dû l'emmener beaucoup plus tôt à l'hôpital. J'aurais dû agir. Après ça, j'ai cessé de croire en moi. En la vie. En Dieu. On m'a hospitalisée et…

– Sunnefa a repris le petit ?

Regina hocha la tête.

– Elle a fini par lui trouver une bonne famille dans le nord du pays. J'étais incapable de m'occuper de lui après le décès d'Emma, et le pauvre gamin… a été ballotté à droite et à gauche entre le moment où il est parti de chez moi et celui où Sunnefa l'a emmené dans le Nord. C'était avant 1980. Elle s'est toujours beaucoup souciée de ce qu'il devenait, je crois qu'elle avait gardé le contact avec la famille qui l'accueillait.

– Et vous, vous êtes encore en contact avec Daniel ? demanda-t-il.

Elle hésita.

– En tout cas, on m'a dit que vous l'aviez revu à l'enterrement de Sunnefa.

– Oui, ça doit remonter à une dizaine d'années. Le pauvre, il n'avait pas l'air bien. Il y avait longtemps qu'il était revenu à Reykjavik et j'ai cru comprendre qu'il avait plus ou moins coupé les ponts avec sa famille dans le Nord. Il était sur la mauvaise pente. Je lui ai donné un peu d'argent. Je lui ai demandé comment il allait, il m'a répondu qu'il n'avait pas à se plaindre. Nous avons parlé d'Emma, il se souvenait bien d'elle. Je lui ai dit qu'il fallait qu'il passe me voir s'il avait besoin de quelque chose, mais il n'est jamais venu. Pour tout vous dire, il ressemblait à un clochard.

– Vous savez où je peux le trouver ?

– Je n'en ai aucune idée.

– C'était le seul enfant que Sunnefa ait mis au monde en prévoyant de lui trouver une famille ? demanda Konrad.

– Oui.

– Vous en êtes sûre ? Il n'y en a vraiment pas d'autres ?

– Oui, j'en suis absolument certaine. C'est elle-même qui me l'a dit. Elle m'a dit qu'elle avait commis une erreur. Elle avait voulu aider cette femme à garder le secret de sa grossesse plutôt que de l'interrompre, mais c'est la seule fois qu'elle a fait ça. Ou alors, je ne suis pas au courant. Elle ne me l'aurait pas dit. La situation était très particulière.

– Vous savez pourquoi Valborg ne voulait pas de l'enfant ? Elle l'a dit à Sunnefa ?

– Je crois qu'elle avait été violée. Elle en a parlé à Sunnefa. Il me semble que ça lui était arrivé au Glaumbaer. Sunnefa a essayé de la convaincre de porter plainte, mais elle a refusé, elle ne supportait pas l'idée de se retrouver en face de son agresseur devant un tribunal ni celle de donner le détail de ce qu'il lui avait fait subir.

– Mais… vous et Sunnefa… ?

– Dans une certaine mesure, nous la comprenions. Nous comprenions son choix.

– Elle n'a pas donné à Sunnefa l'identité de son violeur ?

– J'ai cru comprendre qu'il s'agissait d'un parfait inconnu, elle ignorait son nom. Tout ce qu'elle a dit, c'est qu'il était dégoûtant. Qu'il avait agi comme une bête immonde.

– Vous n'avez jamais dit la vérité à Daniel ? Vous ne lui avez jamais parlé de Valborg ? Par exemple, quand vous l'avez croisé à l'enterrement de Sunnefa.

Regina secoua la tête.

– Je… je n'en avais pas la force, murmura-t-elle. J'avais l'impression de l'avoir trahi, de lui avoir nui… tout ça, c'était tellement difficile… non, je n'ai pas pu lui dire quoi que ce soit, j'en étais parfaitement incapable.

56

Elle avait malgré tout réussi à rentrer chez elle, marchant dans la neige, traversant les rues décorées pour Noël, résolue à ne rien laisser paraître. À faire comme si rien n'était arrivé. Elle allait enfouir tout ça dans sa mémoire pour ne plus jamais y penser. Elle était sortie du Glaumbaer en se faufilant par la porte de service. Elle avait entendu ses collègues dans la cuisine, mais n'était pas allée les prévenir, ni leur demander de l'aide, ni hurler qu'elle venait de se faire violer. Elle avait gardé tout ça pour elle.

Son agresseur n'avait pas tardé à disparaître, il l'avait insultée avant de l'abandonner, étendue sur le sol, paralysée de peur, sidérée de dégoût. À cela venaient s'ajouter la honte, la colère et les étranges reproches qu'elle s'adressait à elle-même. Elle allait se débattre longtemps avec toutes ces choses qui avaient presque aussitôt pris racine en elle. Recroquevillée par terre, le visage caché dans les mains, elle avait sangloté bruyamment puis s'était dit qu'elle ne pouvait pas prendre le risque que quelqu'un la trouve dans cet état. Elle s'était alors relevée à grand-peine.

Sur le trajet, elle n'avait même pas senti le froid. Elle avait dû s'arrêter deux fois pour vomir, avait emprunté des rues fréquentées et illuminées, passant son temps à surveiller les alentours, terrifiée à l'idée que l'homme puisse la guetter et la suivre pour recommencer à lui faire du mal. Elle avait pressé le pas, s'était mise à trottiner et avait fini par courir à toutes jambes jusqu'à son appartement où elle s'était enfermée à double tour en bloquant la porte avec la grosse commode. Malgré ça, elle ne se sentait pas en sûreté. Plus jamais elle n'aurait le sentiment d'être en sécurité.

Elle avait des marques sur le cou, son corps tout entier lui faisait mal et l'endroit où il l'avait profanée la brûlait. Elle s'était soigneusement nettoyée. À peine était-elle sortie de la douche qu'elle en avait pris une deuxième pour se laver à nouveau, comme si l'eau et le savon avaient le pouvoir d'effacer la souillure.

Consciente qu'elle n'arriverait pas à trouver le sommeil, elle s'était assise dans le petit coin cuisine et avait regardé les décorations des maisons voisines, les ampoules jaunes et rouges qui brillaient sur les balcons, les étoiles de Noël suspendues aux fenêtres, en essayant de se laver l'esprit de ce qu'elle venait de vivre. C'était absolument impossible. Elle parvenait à recouvrir sa douleur cuisante d'un voile léger et vacillant pendant quelques instants, puis son supplice recommençait impitoyablement.

Le lendemain, en allumant la radio, elle apprit qu'un grave incendie s'était déclaré dans le vieux centre de Reykjavik pendant la nuit. La discothèque du Glaumbaer était réduite en cendres.

57

Konrad resta un moment dans sa voiture après avoir éteint le moteur pour écouter la chanson des années 60 qui passait à la radio et lui rappelait Erna. Son fils Hugo lui avait à nouveau téléphoné des États-Unis en lui disant que tout se passait bien. Il devait rentrer en Islande avec femme et enfants d'ici quelques jours et lui demanda s'il pouvait venir les chercher à l'aéroport. Évidemment, avait répondu Konrad. Son fils lui avait proposé d'être du voyage, mais il n'avait plus envie de prendre l'avion, les vols long-courriers le rebutaient. En outre, Hugo était parti là-bas avec des amis et Konrad ne voulait pas plomber l'ambiance. Hugo et sa femme n'étaient pas censés le traîner derrière eux chaque fois qu'ils partaient quelque part.

Marta l'avait contacté peu après pour prendre de ses nouvelles. Elle l'avait informé que les Stups avaient arrêté deux copains de Hallur et Gloey, deux individus réputés particulièrement violents, alors qu'ils réceptionnaient une livraison arrivée par cargo. Ils avaient assez vite désigné Hallur comme complice, persuadés que c'était lui qui les avait dénoncés. Quels crétins, avait soupiré Marta. L'un d'eux avait déclaré que Hallur lui avait parlé d'une vieille femme pleine aux as en disant qu'il n'avait plus qu'à aller se servir chez elle.

– Il a vraiment dit ça ?

– Hallur nie en bloc, mais il semble pourtant que ce soit la vérité, avait dit Marta. Il était dans la mouise financièrement et, comme Valborg avait de l'argent, il est monté la voir.

– Et qu'en dit sa maîtresse ?

– La belle-sœur ? Elle est introuvable. Elle a disparu. Gloey jure qu'elle ne sait pas où elle est passée.

Marta lui avait demandé s'il avait de nouveaux éléments concernant Valborg. Konrad avait hésité à lui communiquer les informations qu'il avait rassemblées, il avait encore besoin d'un peu de temps, mais ne tarderait pas à la rappeler.

Il prit l'objet en bois qu'il avait laissé dans sa voiture et se demanda s'il devait appeler Eyglo. Elle avait gardé foi en son père, ce qu'il respectait. Pour sa part, il n'éprouvait aucun sentiment comparable à l'égard du sien, qu'il savait tout à fait capable de berner des veuves innocentes et de leur extorquer de l'argent en leur mentant et en les abusant grâce à des tours de passe-passe et des supercheries fabriquées à partir de vieilles boîtes à musique.

Konrad avait eu du mal à parler de son père à Hugo. Ce dernier n'avait jamais connu ses grands-pères. Le père d'Erna étant décédé peu après sa naissance, il n'avait aucun souvenir de lui. Erna et Konrad lui avaient souvent parlé de cet homme droit et loyal, respecté de tous et pas uniquement de ses collègues, commandant sur un navire de garde-côtes, qui avait accueilli son gendre d'un œil circonspect. Le grand-père paternel était resté dans des brumes assez floues jusqu'au jour où Konrad avait décidé de dire la vérité à son fils. Il lui avait parlé du meurtre commis à deux pas des abattoirs, Hugo lui avait posé une foule de questions auxquelles il s'était efforcé de répondre de son mieux, mais il était resté sans voix quand son fils lui avait demandé si la méchanceté de cet homme expliquait ce qui lui était arrivé.

La chanson qui passait à la radio s'acheva. Isleifur sortit de chez lui avec quatre sacs remplis de canettes de bière vides. L'air ahuri, il se dirigea vers l'abribus et le contourna sans remarquer Konrad qui descendait de voiture et lui emboîtait le pas. Isleifur gardait les yeux baissés sur le trottoir et marchait assez vite pour un homme de son âge. Il atteignit bientôt le point de recyclage du quartier. Konrad le vit entrer dans le sas de réception des canettes métalliques où il fit la queue un moment avant de pouvoir vider ses sacs.

Il l'observa à distance puis passa à l'action en le voyant ressortir. Dès qu'Isleifur l'aperçut, il pressa le pas pour lui échapper, mais comprenant que c'était inutile, il ralentit et s'arrêta derrière le point de recyclage.

– Qu'est-ce que ça veut dire de m'espionner comme ça ? cria-t-il. Vous n'allez donc jamais me foutre la paix !

– Je vous ai vu venir ici, j'avais juste envie…

– Foutez-moi la paix ! éructa Isleifur. Je ne veux pas vous parler ! Je n'ai rien à vous dire !

– J'ai juste quelques questions, après je m'en vais, promit Konrad en le prenant par le bras. Je voudrais vous parler d'un homme avec qui vous avez travaillé à la base américaine. Cela remonte à un certain temps, mais je pense que vous vous souvenez de lui.

– Arrêtez vos conneries ! tonna Isleifur en essayant de se dégager. Laissez-moi tranquille !

– C'était l'époque hippie, reprit Konrad en jetant un regard autour d'eux. Personne ne semblait accorder d'attention aux deux hommes qui se faisaient face derrière les bornes de recyclage, parmi les emballages vides. Il se demandait comment il réagirait si Isleifur s'énervait trop. Il n'avait pas envie que le ton monte entre eux au point d'attirer les badauds.

– Je n'ai rien à vous dire, laissez-moi tranquille ! répéta Isleifur.

– Il s'appelle Bernodus, insista Konrad. Votre copain à la base militaire. C'est bien ça ?

Isleifur le dévisagea. L'ancien policier lui lâcha le bras.

– La base militaire ? C'est quoi, cette histoire ?

– Vous n'avez pas travaillé ensemble pour des entreprises locales recrutées par les Américains ?

– Qui vous a dit ça ?

– Les anciens registres du personnel, répondit Konrad. Ceux qui vont de 1968 à 1971. Vous avez travaillé pour le même employeur, il vous hébergeait dans une cabane de chantier sur la base. Vous veniez faire la fête à Reykjavik le week-end. Enfin, c'est ce que faisaient la plupart des gens de là-bas. Vous étiez dans l'entreprise depuis un an quand il est arrivé. Vous étiez tous les deux ouvriers.

– Et en quoi diable est-ce que tout ça vous concerne ?

– Aujourd'hui, l'un de vous compte ses pièces de dix couronnes aux bornes de recyclage tandis que l'autre ne connaît même pas le montant de sa fortune. Il a fondé un labo pharmaceutique avec sa fille et il est riche à millions.

– Et alors ? C'est quoi, ce délire ?

– Vous avez gardé contact depuis cette époque ?

Isleifur ne répondit pas.

– Ce n'est pas lui que vous alliez voir le soir où je vous ai croisé rue Borgartun ? s'entêta Konrad.

– Je vous ai déjà dit que non.

Isleifur renifla, le regard fuyant.

– Vous le voyez régulièrement pour vous rappeler le bon vieux temps ?

Isleifur se taisait.

– À moins que vous ne l'ayez recontacté après ma visite, celle où je vous ai parlé du viol de Glaumbaer ?

Isleifur secouait la tête.

– Ce que je vous ai raconté vous a peut-être rafraîchi la mémoire ?

– Laissez-moi tranquille.

– Vous m'avez dit que vous n'aviez rien à voir avec Valborg. Que cette histoire ne vous concernait pas.

– Laissez-moi tranquille, répéta Isleifur. Nom de Dieu, fichez-moi la paix !

– Et lui, votre vieil ami, il connaissait Valborg ?

– La ferme !

– Je ne comprends pas très bien. Vous êtes allé chez elle pour la faire taire ? Vous êtes allé la voir avec vos maudits sacs en plastique ? C'est ça ? Parce qu'elle voulait raconter ce qui… ?

– N'importe quoi ! tonna Isleifur. Vous racontez n'importe quoi, vous êtes vraiment un crétin.

– Dites-moi ce qui s'est passé.

– Taisez-vous et foutez-moi la paix !

– Pourquoi avoir voulu imposer le silence à Valborg après toutes ces années ? En quoi est-ce qu'elle pouvait vous nuire ? Vous n'êtes qu'un pauvre type. Personne n'en a rien à faire de vous. Il en va autrement de…

Konrad le regardait : son anorak crasseux, les sacs en plastique qui dépassaient d'une de ses poches, la main qui essuyait la goutte qu'il avait au nez.

– Valborg conservait les articles de journaux où il était question de votre copain de Borgartun. C'est pour ça que… ?

L’homme à la moustache se redressa et eut un sourire narquois.

– Est-ce que c’était… ?

Konrad lui empoigna le bras.

– C’était lui… ?

58

Valborg n'avait pas la force d'entrer dans l'immeuble. Elle avait fait deux tentatives à deux jours d'intervalle, mais n'avait pas trouvé l'énergie de franchir cette porte. Quelque chose l'en empêchait. La perspective de revoir cet homme et de se retrouver face à lui après tout ce temps la terrifait. Depuis cette affreuse nuit, elle l'avait uniquement revu en photo dans les journaux et avait pris la ferme résolution de ne jamais le contacter malgré les deux pensées qui l'obsédaient. Celle de l'enfant qu'ils avaient eu. Celle de la richesse que son violeur avait accumulée.

La deuxième fois qu'elle était venue rue Borgartun, elle avait déambulé comme une âme en peine aux abords de l'immeuble en se disant qu'elle parviendrait peut-être à trouver le courage d'entrer. Elle avait pris le bus et marché depuis l'arrêt, mais comme la fois précédente elle avait fini par rebrousser chemin. N'ayant pas envie de rentrer chez elle de suite, elle s'était assise à un café du quartier. De sa table, elle voyait la porte de l'immeuble où se trouvaient les bureaux du laboratoire pharmaceutique, ce qui lui permettait d'observer ceux qui y venaient ou en sortaient après leur journée de travail.

Valborg l'avait immédiatement reconnu sur les photos publiées dans les journaux. C'était la première fois qu'elle le revoyait après l'horreur qu'il lui avait fait subir au Glaumbaer. Un matin, alors qu'elle feuilletait le journal, elle avait sursauté en tombant sur un article qu'elle avait découpé et rangé avec ses recettes de cuisine. Elle ne savait pas vraiment pourquoi, ni ce qu'elle comptait faire de cet article qui relatait le voyage en Égypte de cet homme et de son épouse. Sa femme avait l'air adorable à en juger par les photos, très souriante, avec d'épais cheveux blonds. Elle avait confié au journaliste qu'elle avait toujours beaucoup voyagé avec son mari, mais qu'elle rêvait depuis des années de voir les pyramides. Le couple avait enfin réalisé ce rêve et ils n'étaient pas déçus. Le voyage avait été magnifique, ils se seraient crus dans un conte de fées.

Quelques années plus tard, l'homme était apparu dans d'autres articles mentionnant qu'il était dans le commerce depuis longtemps et que sa fille s'était jointe à lui dès qu'elle avait été en âge de le faire. Ensemble, ils avaient réalisé d'excellents investissements, puis avaient participé à la fondation d'un laboratoire pharmaceutique qui avait été mis en vente dernièrement. La presse vantait les profits qu'ils avaient engrangés en deux décennies. Les sommes astronomiques. Celles que leur rapporterait la vente. Il était souvent question de sa fille dans les pages économiques des journaux. Une importante interview avait été publiée, où elle ne tarissait pas d'éloges sur son père et leur fructueuse collaboration.

Valborg avait fini son café, elle était allée payer puis s'était de nouveau approchée de l'immeuble. C'est alors qu'elle l'avait soudain aperçu en train de franchir les portes de verre et de longer le bâtiment en direction du parking situé à l'arrière. Son cœur avait bondi et, sans réfléchir, elle l'avait suivi. Quand elle était arrivée à l'angle, il avait déjà ouvert le coffre de sa Mercedes noire pour y déposer son attaché-case, puis en avait sorti un club de golf. Valborg apercevait un chariot au fond du coffre.

Elle s'était avancée d'un pas hésitant, n'ayant aucune idée de ce qu'elle allait lui dire ou de ce qu'elle allait faire. Son cœur battait à tout rompre, elle suffoquait d'angoisse.

– Vous… ? avait-elle soufflé.

Il s'était retourné, son club à la main.

– Oui ?

L'affreux souvenir de cette lointaine soirée était revenu la submerger, mais elle avait fait de son mieux pour le repousser. Elle ne voulait montrer aucune trace de faiblesse devant cet individu.

– Vous ne vous souvenez pas de moi, n'est-ce pas ? avait-elle demandé, haletante comme après une longue course, affreusement mal à l'aise.

– Que puis-je pour vous ? On se connaît ?

– Oui. En effet, nous nous connaissons même si vous l'avez peut-être oublié.

– Veuillez m'excuser, mais je n'arrive pas à vous situer. Vous travaillez pour moi ?

– Non, avait-elle répondu en s'efforçant de maîtriser son souffle sans y parvenir tant elle bouillonnait en le revoyant après toutes ces années. Je ne travaille pas pour vous. Je collectionne des articles qui parlent de vous dans les journaux. Je les conserve précieusement en attendant le bon moment. Celui où je raconterai tout.

– Vous ne vous sentez pas bien ? avait-il demandé, voyant qu'elle avait de la peine à respirer et qu'elle ne semblait pas dans son état normal.

– Je veux que vous trouviez l'enfant ! avait-elle vociféré.

– L'enfant ?

– Lui aussi, il a droit à votre argent. Je veux que vous le trouviez et que vous le reconnaissiez officiellement !

– De quoi vous parlez ? Que je reconnaisse quoi ?

– Votre enfant ! Je parle de votre enfant ! Je veux que vous le retrouviez, que vous reconnaissiez votre paternité et que vous lui donniez la part d'héritage à laquelle il a droit. Il existe des tests de paternité et, dans ce cas, l'enfant…

– Mais qu'est-ce que c'est, ces âneries ? avait-il répondu, ahuri. Pardon, mais j'ai autre chose à faire, je ne me souviens pas vous avoir rencontrée, vous faites erreur, ma chère.

Sur ce, il avait rangé son club dans le coffre avant de le refermer.

– Ah non ? Vous ne vous rappelez pas m'avoir rencontrée ? avait répété Valborg. Elle avait encore avancé d'un pas, sentant le courage lui venir. Vous ne vous rappelez pas ce que vous m'avez fait ? Vous avez oublié la nuit où le Glaumbaer a brûlé ? Je me suis demandé si le Tout-Puissant ne s'était pas chargé de faire de cet endroit l'enfer de feu et de flammes dans lequel vous m'avez plongée !

Il l'avait regardée, interloqué, puis les choses avaient paru s'éclaircir dans sa tête et il avait écarquillé les yeux comme s'il avait eu devant lui une revenante sortie de la tombe où elle reposait depuis des années. Il avait dévisagé cette femme qui avait vieilli autant que lui, il avait regardé son manteau élimé et reconnu celle qu'il avait souillée.

– Vous ? avait-il gémi.

– Oui, moi ! avait hurlé Valborg.

59

L'entrevue fut brève. Marta s'attendait à la présence d'un avocat, mais ce ne fut pas le cas. Ils se retrouvèrent dans la salle de réunion du siège du laboratoire. Elle était venue seule. C'étaient eux qui avaient demandé que les choses se passent ainsi et elle n'avait pas tenté de s'y opposer. Elle se contentait de réunir des informations sur Valborg. C'était le seul objectif de cette rencontre.

Le père et la fille étaient assis face à elle. Klara l'avait accueillie avec sa secrétaire et conduite à la salle de réunion, élégamment vêtue, tailleur noir et collier de perles. Les deux femmes avaient patienté dans un silence pesant et son père avait fini par arriver. Il avait serré la main de la policière d'un air grave. Le septuagénaire ne faisait pas son âge. Svelte, le teint hâlé, il passait la moitié de l'année dans les pays chauds où il profitait de sa retraite. Vêtu d'un élégant costume bleu marine dont elle était certaine qu'il était taillé sur mesure, Bernodus portait à son annulaire une bague en or ornée d'une pierre carrée noire et d'un petit diamant qu'il triturait régulièrement pendant leur conversation. Impatient. Agacé.

Il embrassa sa fille.

– On pourrait régler ces idioties en vitesse ? demanda-t-il en s'asseyant. Si j'ai bien compris, vous tenez vraiment à nous impliquer dans cette affaire de meurtre, nous et l'entreprise.

Klara ébaucha un sourire gêné et lui prit la main comme pour éviter qu'il s'emporte. Ils devaient coopérer, ça ne durerait qu'un moment, puis ce serait terminé. Marta se doutait bien qu'il ne s'était pas réjoui quand sa fille lui avait annoncé que la police allait passer dans les bureaux pour les interroger sur Valborg.

– Pas du tout, démentit Marta. Loin de là. Comme je l'ai expliqué à votre fille, nous avons trouvé des coupures de journaux où il est question de vous, de votre épouse et de Klara au domicile de la victime et nous essayons de comprendre pourquoi. Vous êtes certain de ne pas avoir connu cette femme ?

– Absolument sûr. Et il me semble que Klara a déjà répondu à toutes vos questions se rapportant à cette affaire.

– À votre avis, pourquoi elle conservait ces coupures sur votre famille ? On n'en a pas trouvé d'autres chez elle, seulement celles-là, sur vous.

– Je n'en sais rien. Il va de soi que nous sommes… à la tête d'une grande entreprise et que, par conséquent, pas mal de gens s'intéressent à nous. Vous imaginez que nous ne pouvons pas dire pourquoi certains gardent dans leurs archives personnelles des articles nous concernant. Enfin, c'est évident !

– Certes. Mais elle ne vous a pas contactés, ni vous ni votre entreprise, ces derniers mois ou ces dernières semaines ?

– Non, répondit Klara, je crois vraiment pouvoir affirmer qu'elle ne l'a pas fait.

Marta sortit de sa sacoche un relevé des appels téléphoniques de Valborg qu'elle posa sur la table.

Bernodus mit ses lunettes à monture dorée tandis que Klara parcourait le document.

– Elle a appelé vos bureaux à trois reprises au cours des semaines qui ont précédé sa mort, fit remarquer la policière. Vous ne l'avez pas eue au bout du fil ? Ni l'un ni l'autre ? Ou même un de vos employés ?

– Non, répondit Klara, en tout cas pas moi. Je ne peux pas vous dire si elle parlait à un de nos employés. Il faudrait vérifier.

– Ça ne me dit rien, ajouta Bernodus en rangeant ses lunettes dans sa poche de veste. On reçoit tous les jours une telle quantité d'appels…

– Évidemment, convint Marta. Elle fouilla dans sa sacoche et posa sur la table trois clichés pris par les caméras de surveillance.

– Elle est peut-être venue vous voir directement ?

Le père et la fille examinèrent les photos.

– C'est elle ? demanda Klara. La femme qu'on voit devant l'immeuble ?

– Qu'est-ce que tout ça signifie ? Nous sommes sous le coup d'une enquête policière ?! tonna Bernodus en repoussant les photos. Franchement, qu'est-ce que ça veut dire ?!

Sa fille lui prit à nouveau le bras pour l'enjoindre à se calmer.

– Elle est venue vous voir ? insista Marta.

– Non, répondit Klara.

– Pas du tout, ajouta son père en faisant tourner sa bague en or. Cet immeuble héberge des dizaines d'entreprises. Il est tout à fait possible qu'elle soit, par exemple, venue consulter un dentiste.

– Si ce n'est qu'elle a appelé ici, souligna Marta, d'un calme olympien. Elle a appelé le siège de votre laboratoire.

– Je ne sais pas, répondit Klara, peut-être qu'elle connaissait un de nos employés ? Ils sont très nombreux. Je vais vérifier.

– Et n'oublions pas ces coupures de presse, fit remarquer la policière avec un sourire. Il n'y est pas question d'un de vos employés, mais de vous.

– Nous ne connaissions pas cette femme, assura Klara. Je ne l'ai jamais vue. Je ne l'ai jamais eue au téléphone. Je ne lui ai jamais parlé en tête à tête.

Elle regarda son père.

– Tout cela est ridicule, ajouta Bernodus. Nous ignorons qui est cette personne.

– Elle a eu un enfant en 1972, reprit Marta. On sait qu'elle l'a abandonné à la naissance. On ignore les raisons de ce choix. En revanche, on sait qu'elle l'a recherché avant de mourir. On ignore si cet enfant était une fille ou un garçon. Elle a demandé à un ancien policier de le retrouver peu avant sa mort. Elle était atteinte d'un cancer incurable et elle voulait savoir où il était. Peut-être que ses recherches l'ont menée ici.

Marta observait tour à tour Klara et Bernodus qui demeuraient impassibles. Ni l'un ni l'autre ne semblaient comprendre où elle voulait en venir.

– Elle serait venue ici chercher son enfant ? demanda Klara après un silence en fixant son père. Je ne sais vraiment pas ce que…

– Enfin, que signifient toutes ces questions ?! s'emporta Bernodus avec un froncement de sourcils. Qu'est-ce que vous racontez ? Nous ne connaissions pas cette femme. Combien de fois faudra-t-il vous le répéter ? Nous ne la connaissions pas ! Pas du tout !

Marta posa son index sur la photocopie de l'article de journal où Klara souriait d'un air triomphant aux lecteurs.

– Qu'est-ce qu'elle a donc trouvé ici ? demanda-t-elle.

Klara semblait désarçonnée. Marta la fixait sans rien dire.

– Je… je suis née en 1974, souligna la quadragénaire. Abasourdie et incrédule, elle regardait tour à tour son père et l'enquêtrice.

– Oui, j'ai vérifié, répondit Marta. Vous n'êtes pas…

– Klara n'a pas été adoptée ! aboya Bernodus, incapable de contenir sa colère. Comment pouvez-vous affirmer des conneries pareilles ?!

Il défiait la policière du regard.

– Qu'est-ce que c'est que ces imbécillités ? C'est ridicule ! J'ai accepté de vous voir parce que je pensais que nous pourrions vous aider à y voir plus clair dans cette horrible affaire et vous nous balancez des choses pareilles au visage ! Vous êtes cinglée ! Vous êtes bonne à enfermer ! hurla-t-il en se levant, hors de lui. Je refuse d'écouter ça ! D'écouter ces… ce tissu d'âneries ! Klara chérie… tu… Je n'ai jamais entendu autant de conneries ! Je ne supporte pas ça ! Je ne supporterai pas qu'on me traite comme ça… !

Il fusilla Marta du regard et se rua dans le couloir, laissant Marta et sa fille seules devant les coupures de presse, les photos des caméras de surveillance et le relevé d'appels téléphoniques de Valborg. Klara balaya les documents du regard, puis se leva également.

– Nous en avons donc fini, conclut-elle. Au revoir.

60

La plupart des maisons du front de mer se ressemblaient. C'étaient des cubes blancs percés de larges baies vitrées, pour certaines en verre fumé, et aux façades ornées de colonnades comme si les anciens Grecs étaient passés par là. Or loin s'en fallait. C'était tout simplement de la mauvaise architecture.

Konrad les longea jusqu'au bout de l'impasse où s'élevait une des plus imposantes villas du quartier, imitant la forme d'une coque de navire dont la proue percée de larges fenêtres de part et d'autre s'avançait vers le golfe de Faxafloi.

L'ancien policier venait rarement par là, mais il se rappelait les promenades en voiture du dimanche faites ici avec Erna et Hugo dans une autre vie. C'était un quartier réputé où il était rare que les maisons soient mises en vente et, quand cela arrivait, les gens se battaient pour les acheter.

Konrad n'avait pas contacté Marta, préférant attendre d'avoir discuté avec l'homme qu'il venait voir. Il avait fini par menacer Isleifur d'appeler la police, ce qui l'avait rendu un peu plus coopératif. Ce dernier lui avait raconté quelques événements passés susceptibles de lui être utiles. Konrad se perdait en soupçons et en conjectures qu'il entendait vérifier par une visite dans cette villa. Il le faisait avant tout pour lui-même. Et pour Valborg même s'il était trop tard. Peut-être qu'il se trompait sur toute la ligne, mais ce n'était pas son impression. Il lui semblait toucher au but.

Il avait appelé Regina en lui donnant le nom de l'homme qu'il voulait aller voir. Il lui avait exposé ses soupçons et lui avait demandé si elle le connaissait. Si Sunnefa lui avait parlé de lui. Regina n'avait pas pu l'aider, mais elle s'était montrée curieuse. Konrad avait promis de la rappeler quand les choses se seraient éclaircies.

En approchant de la villa, il entendit comme un petit clic. Il s'arrêta, tendit l'oreille et le léger bruit se répéta. Il provenait du côté de la maison orienté vers la mer. La soirée était douce, il faisait encore assez clair pour livrer bataille, comme disent les textes anciens. Le soleil se couchait, ensanglantant le ciel. Konrad entra sans la moindre difficulté dans le grand jardin et monta sur l'immense terrasse qui donnait sur la mer. Il y avait là une cabane à outils, un grand jacuzzi et un barbecue imposant installé dans un coin. À l'avant de la terrasse, il vit un dispositif qui crachait des balles blanches comme par magie et les déposait sur un petit support en plastique dépassant d'un gazon synthétique. C'est de là que provenait le bruit. Debout sur le green, Bernodus faisait tournoyer son club, frappait la balle qui s'envolait puis atterrissait à environ deux cents mètres dans la mer. Dès qu'il en avait envoyé une, le support en plastique s'enfonçait dans le gazon, allait en chercher une autre dans le distributeur et Bernodus la lançait au loin.

Il ne remarqua pas immédiatement la présence de Konrad qui le regardait faire en se demandant combien de balles se retrouvaient au fond de l'océan après ce genre d'exercice. Un grand chariot blanc trônait à côté du dispositif. Bernodus semblait familier de ce sport, il frappait chaque balle avec une grande dextérité. Il s'accorda une pause pour changer de club et rallumer le gros cigare qu'il avait laissé dans le cendrier posé sur le distributeur, à côté d'un verre de cognac à moitié plein.

– Vous ne trouvez pas qu'il y a assez de saletés comme ça dans l'océan ? demanda Konrad.

Le maître de maison ne sursauta même pas. Il se tourna vers son visiteur en rallumant le cigare à la flamme de son briquet et aspira goulûment la fumée.

– Je vous prie de m'excuser, répondit-il. Je n'ai pas encore eu le temps de passer vous voir.

Konrad hésitait à lui répondre.

– Vous êtes bien notre nouveau voisin, l'homme qui a acheté la maison d'à côté ?

– Non. Je n'habite pas dans le quartier. Je m'appelle Konrad.

– Konrad ? Et… ?

– Et j'ai connu une femme qui s'appelait Valborg. Je connais de mieux en mieux un certain Isleifur. Et je crois que vous êtes une belle ordure.

– Qu'est-ce que c'est que tous ces gens ? Je suis censé les connaître ?

– Je crains que oui.

– Ouais, ouais, allez, dégagez, mon vieux. Vous n'avez pas le droit de venir m'emmerder comme ça chez moi.

– Isleifur refuse toujours d'avouer que vous l'avez envoyé chez Valborg l'autre jour, visite qui s'est soldée par le décès de cette femme. On l'a étouffée avec un sac en plastique qui avait contenu des canettes de bière vides. Ce n'est pas une mort très agréable, mais Isleifur ne l'est pas non plus. Même si vous l'avez autrefois trouvé plutôt sympa. Vous vous en souvenez ?

– Je ne comprends pas ce que vous racontez, répondit Bernodus en jetant son cigare par-dessus la rambarde de la terrasse. Je vous prie de partir avant que j'appelle la police.

Il s'apprêtait à rentrer chez lui, mais Konrad lui barra la route.

– Vous ne voulez pas connaître ma version ? Je crois qu'Isleifur vous a raconté ce qu'il avait fait un jour à Keflavik. Je crois qu'il vous a dit ça à l'époque où vous travailliez avec lui à la base américaine. Vous vous en souvenez ? Il sortait s'amuser, demandait aux serveuses ce qu'elles pensaient faire à la fin de la soirée. Il se cachait quelque part et leur disait qu'il s'était endormi dans les toilettes, puis il les violait. Je pense qu'il vous a raconté tout ça un jour où vous étiez soûls et où vous faisiez les malins au club des officiers. Je me trompe ?

– Qu'est-ce que c'est ces élucubrations ? rétorqua Bernodus.

– Il s'arrangeait pour être vraiment odieux et dégueulasse, sachant que la plupart des femmes n'ont pas la force de dire qu'elles ont vécu de telles horreurs et qu'elles préfèrent souffrir en silence pendant de longues années. Il s'en est quand même trouvé une pour porter plainte contre lui. Une femme originaire de Keflavik. Mais Isleifur a eu un sacré coup de chance. Le juge a considéré que le témoignage de la plaignante n'était pas fiable. Il l'a cru lui, mais pas elle. Eh bien, bon sang, dirait n'importe qui connaîtrait un peu ce type, comme par exemple vous.

Bernodus le repoussa vigoureusement.

– Vous avez voulu l'imiter et Valborg est tombée entre vos griffes. Elle n'était peut-être pas la seule. Je ne sais pas. Isleifur ne m'a pas tout dit, mais il m'a raconté certaines petites choses. Par exemple, que vous lui avez confié ce que vous avez fait au Glaumbaer à l'époque où vous jouiez aux petits malins. Il m'a aussi raconté que vous l'aviez contacté récemment en lui disant qu'elle vous harcelait et qu'elle risquait de tout déballer. Cette femme que vous avez violée. Vous avez aussi demandé à Isleifur s'il pouvait s'en occuper. Vous vouliez qu'il aille chez elle lui donner une petite leçon pour qu'elle cesse de vous importuner. Il affirme avoir refusé, ce qui vous a mis très en colère. Il ment peut-être étant donné qu'il ment comme il respire. Mais il n'est pas impossible qu'il ait fait ce que vous vouliez, qu'il soit allé chez Valborg avec ses sacs en plastique. À moins que vous n'y soyez allé vous-même puisqu'il avait refusé de vous rendre ce service.

Bernodus s'avança vers son chariot de golf, attrapa un club et le brandit d'un air menaçant.

– Débarrassez le plancher ! s'exclama-t-il.

– Vous ne vous inquiétez pas pour cet enfant ? reprit Konrad, immobile. L'enfant que vous avez fait à Valborg ?

– Elle mentait, répondit Bernodus.

– Donc, elle vous a contacté ?

– Elle m'a guetté pour venir me déblatérer ce tissu d'âneries. Elle m'a menti comme elle vous a menti à vous sur toute la ligne.

– Je n'ai pas encore obtenu confirmation, mais je crois qu'elle a donné naissance à un petit garçon prénommé Daniel. L'enfant a été adopté par un couple d'ivrognes bigots. Il semble qu'il n'ait pas eu une vie facile, mais ça risque de changer. Lorsqu'il recevra tout cet argent. Toute cette richesse. L'argent de son père. C'est pour ça que Valborg est venue vous voir ? Avant que vous ne lui envoyiez Isleifur ? Ou avant que vous n'alliez chez elle ?

Bernodus s'efforçait de contenir sa colère.

– Vous avez toujours gardé le contact avec Isleifur, n'est-ce pas ? Depuis tout ce temps ?

Bernodus tenta de le frapper avec son club de golf. Konrad esquiva le coup, attrapa le club et le lui arracha des mains avant de le jeter vers le jacuzzi et le grand barbecue Texas sur lequel il atterrit dans un bruit de ferraille.

– Vous avez raconté ça à votre femme ? poursuivit Konrad comme si de rien n'était. Vous lui avez dit la manière dont Daniel a été conçu ? Et votre fille, elle est au courant ?

La porte de la maison s'ouvrit et une femme d'âge mûr sortit sur la terrasse. Il reconnut celle qu'il avait vue en photo sur les coupures de journaux, l'épouse de Bernodus.

– Au courant de quoi ? demanda-t-elle en regardant Konrad, son mari et le barbecue d'un air stupéfait. C'est quoi, ce vacarme ?

– Ce n'est rien du tout ! Retourne à l'intérieur ! lui ordonna son mari.

– Bernodus ?

– Rentre dans la maison ! ordonna-t-il, furieux, avec une arrogance grossière. Konrad supposa que ce comportement était habituel.

– Une femme a accusé votre mari de l'avoir violée il y a des années, expliqua l'ancien policier aussi simplement et courtoisement qu'il le pouvait. Cette femme n'a jamais porté plainte, mais après le viol elle a eu un enfant dont elle ne voulait pas et qu'elle a abandonné. Elle m'a contacté en me demandant de retrouver ce petit.

L'épouse dévisagea son mari.

– Qu'est-ce qu'il raconte ?

– Rien du tout. Ne te mêle pas de ça. Bon sang, rentre à la maison !

– C'est vrai ?

– C'est un tissu de mensonges. Je t'ai dit de rentrer !

– Bernodus… est-ce que c'est la vérité ?

– Allez, rentre, espèce de vieille folle ! Tu ne comprends jamais rien ! Je n'ai jamais vu cet homme. N'écoute pas ses conneries !

– Cette femme s'appelait Valborg et je crois qu'elle m'a demandé de retrouver son enfant pour qu'il ait la part qui lui revient sur votre fortune, reprit Konrad en regardant la magnifique villa. C'est elle qui a été tuée il n'y a pas longtemps, vous en avez sans doute entendu parler. J'essaie de découvrir si votre époux a quelque chose à voir avec tout ça.

Elle regarda son mari, tétanisée. Konrad s'était à peine tu que son téléphone sonna au fond de sa poche. Il le prit et, en voyant s'afficher le nom de Regina, préféra décrocher immédiatement. Elle était affolée.

– Il est ici, murmura-t-elle, terrifiée. Ici, chez moi… il est tellement en colère… je n'ose même pas… Daniel est…

Le téléphone de Konrad n'avait plus de batterie. La conversation fut coupée.

61

Il gagna aussi vite que possible le domicile de Regina, abandonnant Bernodus et sa femme sur leur terrasse face à la mer. Il les avait prévenus qu'ils recevraient bientôt la visite de la police, pour les interroger sur les relations de Bernodus avec Valborg et les événements qui avaient mené au décès de cette dernière. Il aurait aussitôt appelé Marta si son téléphone n'avait pas été déchargé. L'appareil bipait depuis un moment, mais il n'avait pas eu le temps de le rebrancher.

Dix minutes plus tard, il se gara devant chez Regina. Il n'y avait pas de lumière à ses fenêtres, il ne distinguait aucun signe de vie dans la maison. Il gravit les quelques marches de l'entrée, sonna et frappa. Elle était fermée à clef. Il appela Regina sans obtenir de réponse, se dirigea vers le jardin et saisit la poignée de la porte de service, celle-là était ouverte. Il entra et continua à appeler la maîtresse de maison.

– Regina ! Vous êtes là ? La police est en route, elle ne va pas tarder, dit-il, mentant pour la rassurer. Tout va bien ?

Il marcha sur un éclat de verre qui craqua sous sa chaussure et, quand ses yeux se furent habitués à la pénombre, constata que la maison avait été mise à sac.

Les ampoules étaient cassées, les chaises retournées et les livres jonchaient le sol.

Il aperçut une ombre qui sortait de la cuisine. C'était Regina, manifestement choquée et en larmes.

– Ça va ? demanda-t-il en s'approchant d'elle, découvrant sa plaie ouverte au front.

– Je crois que j'ai été assommée.

– Je vais faire venir une ambulance, répondit-il en l'aidant à s'asseoir.

– Daniel s'en est pris à moi. Il était tellement en colère. Je crois que je me suis cognée contre le montant de la porte. Puis je suis tombée évanouie…

– Restez tranquille, conseilla Konrad en cherchant le téléphone de Regina pour appeler la centrale d'urgence. Vous avez une vilaine plaie à la tête et il vous faut du temps pour reprendre vos esprits. Le mieux est de bouger le moins possible en attendant l'arrivée des secours.

– Il était tellement en colère… répéta-t-elle.

– Pourquoi ?

La centrale d'urgence répondit, Konrad demanda qu'on lui envoie une ambulance.

– Il est venu ici peu après votre départ. J'ai regardé par la fenêtre et, tout à coup, je l'ai aperçu, seul et désemparé. Évidemment, j'ai sursauté, mais je suis allée le voir et je l'ai invité à entrer. Il m'a dit qu'il était là depuis un bon moment. Notre conversation a débuté de manière tout à fait calme, il m'a parlé de ma fille en disant qu'il pensait souvent à elle, qu'il se rappelait qu'elle avait toujours été gentille avec lui, qu'il se souvenait du moment où elle était tombée malade, quand on l'avait emmenée à l'hôpital d'où elle n'était jamais revenue. Qu'il comprenait que je n'aie pas pu le garder avec moi après ça. Et que, depuis, il avait traîné ici et là, en réalité presque toute sa vie, sans jamais vraiment savoir qui il était ni d'où il venait.

Regina se frotta le front en grimaçant de douleur. Elle se remettait peu à peu du coup qu'elle avait reçu.

– Ensuite, il m'a posé des questions sur sa mère. C'est pour cette raison qu'il est venu me voir. J'ai eu l'impression qu'il lui était arrivé quelque chose. Il m'a demandé si j'avais des photos d'elle, il avait toujours su qu'on l'avait adopté, il n'avait jamais beaucoup réfléchi à tout ça jusque-là, mais il avait vu récemment quelque part un visage familier qu'il n'arrivait pas à chasser de ses pensées…

– Vous lui avez dit quoi ?

– La vérité. Toute la vérité. Je n'avais pas le choix. Il a le droit de la connaître. Et il y a longtemps qu'il aurait dû être au courant. Je lui ai parlé du viol. Je ne voyais pas comment faire autrement. Je ne voulais pas lui mentir. J'ai essayé d'y aller prudemment en précisant qu'il n'était pas prouvé que sa mère ait été violée, mais que vous n'excluiez pas non plus cette hypothèse.

– Et ?

– Il s'est contenté de sourire.

– De sourire ?

– Comme si la vie avait depuis longtemps cessé de le concerner. Puis il s'est effondré, il s'est mis à pleurer. J'ai essayé de le consoler, mais ça a produit l'effet inverse. Il s'est mis à fulminer et, tout à coup, il est entré dans une colère noire. Ne voyant pas d'autre solution, j'ai préféré vous appeler. Ensuite, il a complètement disjoncté et il a tout cassé dans la maison. Il m'a hurlé dessus en me reprochant de ne lui avoir rien dit. En me disant que j'aurais dû le contacter depuis longtemps, que j'aurais dû tout lui raconter quand je l'ai croisé à l'enterrement de Sunnefa et que si je l'avais fait, tout ça ne serait peut-être jamais arrivé. Il m'a demandé si Sunnefa et moi avions perdu la tête puis… puis il s'en est pris à moi…

– Vous savez où il est parti ?

– Le pauvre, il avait l'air tellement malheureux, reprit Regina. Je lui ai parlé de vous et de ce que vous faites. Je lui ai dit que vous vouliez le retrouver parce que Valborg vous l'avait demandé, je lui ai dit que vous vouliez l'aider. Il acceptera peut-être de vous parler.

– Où est-ce qu'il est allé ?

– Je ne sais pas, peut-être… peut-être qu'il est parti voir son père… je ne sais pas.

– Bernodus ? Vous lui avez donné le nom de son père ? demanda Konrad.

– Oui. Ce pauvre garçon était tellement mal, il souffrait affreusement… je n'arrive pas à comprendre comment… comme une chose pareille a pu se passer, comment il a pu, comment il est possible que ce soit lui qui…

– Qui quoi ?

– Mon Dieu, répondit Regina en attrapant le bras de Konrad. Ce n'est pas étonnant que ce pauvre petit soit tellement en colère.

62

La jeune femme observait le soir qui tombait sur la ville. Les rideaux étaient ouverts. On apercevait de la lumière dans une autre pièce de l'appartement. Debout à sa fenêtre, une cigarette à la main, elle rejetait la fumée à l'extérieur. Elle portait un survêtement. On aurait dit qu'elle était sortie faire son jogging puis qu'en rentrant, elle se récompensait en s'offrant une cigarette.

Dans la maison voisine, une autre femme fixait l'écran de son ordinateur, installée dans la cuisine. Un homme était assis dans le salon, concentré sur sa tablette informatique. Ils ne se parlaient pas. La lueur bleue de l'écran télé éclairait le salon, mais aucun d'eux ne regardait l'émission. Ils levèrent les yeux simultanément. La femme cria quelque chose. L'homme se mit debout, reposa sa tablette et se rendit dans la chambre.

La jeune femme d'à côté éteignit sa cigarette et retourna à l'intérieur de l'appartement où elle ôta son survêtement avant de disparaître dans la salle de bains dont la porte se referma.

L'homme qui vivait dans l'appartement du sous-sol apparut à sa fenêtre. Il tenait dans ses bras un enfant qui semblait pleurer. Il le serrait contre lui et essayait de le calmer en faisant les cent pas dans le salon tandis que sa femme ne bougeait pas de la cuisine.

Un chauve à lunettes et son épouse étaient assis sur leur canapé devant la télé, un saladier de pop-corn posé sur la table basse. Le mari déposa un baiser sur les lèvres de sa femme. Puis ils se contentèrent de regarder l'écran en grignotant leur pop-corn.

La porte de la salle de bains se rouvrit, la femme à la cigarette en sortit, enveloppée dans sa serviette. Elle gagna le salon pour chercher quelque chose dans son sac, un flacon de shampoing qu'elle emporta dans la salle de bains dont elle referma la porte.

L'homme à la fenêtre voisine se prit le visage dans les mains. Il semblait seul chez lui et très nerveux. Il lança un grand coup de pied dans les Lego qui jonchaient le sol du salon, sortit son portable et, presque aussitôt, commença à s'énerver au téléphone. La conversation prit subitement fin, il alla à la fenêtre et scruta la nuit, retourna à l'intérieur du salon, attrapa le vase posé sur la table et le balança. Puis il balaya d'une main rageuse quelques bibelots et décorations avant de s'effondrer sur le canapé et de se prendre à nouveau le visage dans les mains.

La porte de la salle de bains était toujours fermée.

Dans l'immeuble, la femme du rez-de-chaussée était seule dans son salon. Un verre de vin à moitié vide posé devant elle, elle parlait au téléphone en secouant la tête. Elle semblait agacée. La conversation terminée, elle jeta l'appareil sur le canapé où il rebondit avant d'atterrir au sol.

Au-dessus de chez elle, c'était l'appartement de la femme assassinée qui avait mis le quartier en émoi. Il était entièrement plongé dans les ténèbres, comme les soirs précédents. Il n'y avait pas âme qui vive.

Dans l'immeuble voisin, les gens qui vivaient au rez-de-chaussée étaient toujours absents. Au premier étage, un couple regardait la télé et levait par intermittence les yeux au plafond. La femme donnait régulièrement des coups de coude à son mari, comme si elle voulait qu'il fasse quelque chose.

À l'étage du dessus, des jeunes organisaient une fête. Certains dansaient. D'autres discutaient, buvaient de la bière directement à la canette ou avalaient du schnaps d'une traite. La porte de l'appartement était ouverte, le voisin du dessous venait de monter à l'étage.

La porte de la salle de bains s'entrouvrit, la jeune femme était nue devant le miroir.

Quelqu'un avait allumé une ampoule dans l'appartement de la femme assassinée. Debout au milieu du salon, la silhouette semblait regarder droit dans la lentille du télescope.

Puis la lumière s'éteignit.

Et la porte de la salle de bains se referma doucement.

63

Konrad méditait sur l'ironie du sort. Sur la taille restreinte de la population islandaise. Sur les hasards qui régissaient la vie des gens. La manière dont ils la façonnaient. La manière dont ils l'anéantissaient.

Marta n'avait pas été très contente quand il avait enfin daigné l'appeler pour lui faire part de ce qu'il avait découvert sur Bernodus, Isleifur, Valborg et Daniel, et lui parler de ce qui ressemblait à une affreuse tragédie qui dépassait son entendement. Elle l'avait vertement réprimandé pour ne pas l'avoir contactée plus tôt et avoir dissimulé des informations capitales pour l'enquête. Konrad n'était qu'un âne bâté, s'était-elle emportée. Elle l'avait prévenu que si les choses déraillaient, si l'enquête capotait ou se terminait par une catastrophe, elle ne se gênerait pas pour le placer devant ses responsabilités. Il l'avait laissée fulminer et déblatérer au téléphone. Ces menaces ne l'atteignaient pas plus qu'un murmure lointain par rapport à la tragédie qu'il venait de découvrir.

Il se gara devant la grande villa en front de mer et regarda son portable. Il avait eu le temps de le recharger un peu chez Regina, mais ignorait combien de temps la batterie tiendrait. Les alentours étaient silencieux. Cette fois, on n'entendait pas le petit bruit des balles de golf lancées loin dans l'océan. Surpris de trouver la porte de la maison entrebâillée, il franchit le seuil et appela pour voir s'il y avait quelqu'un. Il savait que la police était en route, qu'elle irait aussi cueillir Isleifur à son domicile et qu'elle recherchait activement Daniel.

Konrad pénétra dans le grand salon richement meublé où trônait un piano blanc. Les murs étaient ornés de tableaux gigantesques et les baies vitrées donnaient sur la mer. La femme de Bernodus était assise là. Elle lui tournait le dos et semblait perdue dans ses réflexions.

– C'est toi, ma petite Klara ? demanda-t-elle sans se retourner en entendant les pas de Konrad.

– Non, c'est encore moi, répondit-il.

– Vous ?

– Je suis désolé de vous déranger. Vous attendez votre fille ?

– Qu'est-ce que vous venez faire ici ?

– Je voulais savoir si vous aviez reçu une visite.

– Une visite ?

– D'un homme appelé Daniel.

– Où est Klara ? demanda la femme, méfiante. Elle n'est pas avec vous ? Je l'ai appelée. Elle va arriver. J'ai besoin de parler à ma fille. De lui dire ce qui s'est passé.

– Je comprends, répondit Konrad. Il remarqua qu'elle avait un cocard et une plaie à l'oreille. Vous êtes sûre que personne n'est venu vous voir ? Un certain Daniel ?

– Pourquoi cette question ?

– Il est possible que… Au fait, où est Bernodus ? Dites-moi, tout va bien ?

– Non, nous n'avons vu personne à part vous. Tout à l'heure. Pourquoi être venu chez nous voir mon mari ? Il avait été tellement agréable.

– Agréable ?

– Oui.

– Comment ça ?

– Je ne vous en veux pas, répondit l'épouse. Je devrais plutôt vous remercier, vous remercier de m'avoir parlé de cette pauvre femme, de Valborg. Je n'étais pas au courant. Et ma petite Klara non plus. Vous pouvez en être sûr. C'est arrivé avant que je rencontre Bernodus. Vous pouvez me croire.

– Où est-il ? répéta Konrad. Il vous a expliqué pourquoi je suis venu le voir ?

– Il n'a pas eu besoin de me dire quoi que ce soit. Je connais mon mari. Il m'a forcée à avoir des rapports avec lui je ne sais combien de fois. Il m'a trompée. Il allait coucher ailleurs, à l'étranger.

Ils entendirent un bruit de pas dans l'entrée, se retournèrent et virent Klara se diriger vers eux à toute allure. Elle regarda Konrad d'un air inquisiteur, puis prit sa mère dans ses bras et la serra contre elle.

– Tout va bien ?

– Ne t'en fais pas, je vais bien. Je suis heureuse que ce soit terminé. Que tout ça soit enfin fini.

– Où est papa ? demanda Klara, inquiète.

– Je ne sais pas comment j'ai eu la force, répondit sa mère. Peut-être à cause de ce qu'il a fait à cette femme au Glaumbaer. Ton père me l'a avoué sans hésiter. Il me l'a même hurlé. Il a hurlé ce qu'il lui avait fait, hurlé qu'il l'avait violée. Puis il m'a frappée. Pour la première fois depuis trois ans. Lui qui était tellement agréable et correct depuis quelque temps.

– Oh, maman, murmura Klara. Il est où ? Il est parti ? Il est parti où ? Et vous, qu'est-ce que vous faites ici ? ajouta-t-elle en s'adressant à Konrad.

– Je crois que la police est en route et qu'elle souhaite vous interroger toutes les deux. Et surtout votre père.

– À cause de cette femme… de Valborg ?

Konrad acquiesça.

– Maman, il est où ?! Où est papa ? répéta-t-elle.

Sa mère la regarda et lui montra le bureau dont la porte était entrouverte. Klara s'avança. Konrad la suivit du regard et la vit s'arrêter net, figée, à la porte du bureau. Son téléphone sonna. C'était Marta. Au lieu de décrocher, il alla rejoindre Klara. Bernodus gisait sur le sol, incapable de se relever. Il avait la tête en sang et le corps secoué de spasmes. Une statue de marbre brisée reposait sur le tapis à côté de lui. Les yeux ouverts, il fixait le plafond. Konrad se précipita dans la pièce tandis que Klara, toujours figée à la porte, le regardait examiner son père.

– Envoie une ambulance au domicile de Bernodus, commanda Konrad en répondant enfin à l'appel de Marta. Il a reçu un gros coup sur la tête et il est en train de perdre connaissance.

– Nom de Dieu ! s'exclama-t-elle. Sur quoi, elle ordonna à un de ses collègues d'appeler une ambulance et de se dépêcher.

– Je ne sais pas comment j'ai eu la force, répéta la mère de Klara qui les avait rejoints et se tenait à la porte derrière sa fille. Tout à coup, ça a été tellement facile.

Klara fondit en larmes et blottit son visage dans le cou de sa mère qui la serra dans ses bras en lui parlant sur un ton rassurant.

– Un idiot s'est introduit dans l'appartement de Valborg, ajouta Marta à l'autre bout de la ligne. Il dit qu'il veut te parler. Mieux vaut être prudent et faire ce qu'il demande. Comment se fait-il qu'il connaisse ton nom ? Tu le sais ? C'est qui, ce type ? Pourquoi est-ce qu'il veut te voir ? Enfin, merde ! Qu'est-ce que tu as foutu ?!

– Je me disais qu'il était peut-être en route vers ici, répondit Konrad.

– Il ? C'est-à-dire ? C'est qui ?

– Daniel. L'enfant de Valborg.

64

Accompagnée d'un autre policier que Konrad ne connaissait pas, Marta l'attendait de pied ferme en fumant comme une cocotte-minute. La voiture de police était garée sur le parking devant l'immeuble. La rue était calme. Aucun dispositif particulier n'avait été mis en place pour maîtriser l'homme qui s'était introduit dans l'appartement. La plupart des fenêtres du bâtiment étaient éclairées, mais celles de Valborg étaient plongées dans le noir.

– Cet idiot d'Emanuel a appelé tout à l'heure pour nous signaler qu'il avait vu un homme chez Valborg. Personne n'a eu la présence d'esprit de lui confisquer son télescope. En tout cas, l'homme refuse de sortir de l'appartement. Il a éteint toutes les lumières et prétend qu'il n'est pas armé. Il est possible qu'il nous mente. Pour ma part, je redoute surtout qu'il se fasse du mal. Quand il m'a parlé à travers la porte, j'ai eu l'impression qu'il était dans tous ses états. Qu'est-ce qui te fait dire que c'est le fils de Valborg ?

– Il connaît mon nom ?

– Oui, et il a demandé à te voir. Tu l'as déjà rencontré ?

– Non, répondit Konrad, les yeux levés vers les fenêtres. Vous comptez faire quoi ?

– Essaie de le raisonner. Si ça ne fonctionne pas, on défoncera la porte. S'il s'avère dangereux, on appellera les forces spéciales. On évacuera les occupants de la cage d'escalier. Essaie de le calmer. Je n'ai pas envie que ça se termine en tragédie.

– Hélas, il est déjà trop tard, regretta Konrad.

Marta lui montra comment leur envoyer un signal depuis son portable au cas où il aurait besoin d'aide. Konrad régla son téléphone, se dirigea vers la porte principale de l'immeuble et la poussa. Il pénétra dans la cage d'escalier, gravit les marches jusqu'au premier, se retrouva devant la porte de Valborg et constata qu'elle avait été fracturée.

– Daniel ! cria-t-il. C'est moi, Konrad. Vous vouliez me voir.

Personne ne répondit.

– Daniel !

Il frappa doucement à la porte, préférant ne pas se montrer trop brusque si c'était vraiment le fils de Valborg qui était là. Il cria plusieurs fois son nom, plaqua son oreille contre le battant. Il n'entendait aucun bruit. Il poussa la porte qui s'ouvrit et entra prudemment.

– Daniel ? C'est vous ? cria-t-il. Tout va bien ? J'ai discuté avec Regina. Elle va se remettre, mais elle est très inquiète pour vous. Daniel ?!

– Je ne voulais pas lui faire de mal, répondit une voix dans le noir.

– Elle le sait.

– Je ne voulais pas non plus faire de mal à Valborg ni à qui que ce soit. Je ne savais pas qui elle était… je ne savais pas qu'elle… que c'était… c'était…

La lueur des gyrophares illuminait les fenêtres. Konrad avançait peu à peu dans l'appartement.

– Je ne la connaissais pas plus que ça…

– Je sais, répondit Konrad en scrutant l'obscurité.

– Des gars au refuge pour clochards m'ont dit qu'elle avait de l'argent chez elle. Je ne sais pas ce que j'ai fait avec ce sac en plastique. Je pensais qu'elle allait juste s'évanouir. Je ne savais pas ce que je faisais. J'en suis malade. Je n'ai jamais voulu faire une chose pareille. Ni à elle ni à personne.

Konrad distingua la silhouette d'un homme assis sur une chaise dans la salle à manger. Il n'était apparemment pas armé. Les coudes posés sur les genoux, il fixait le plancher.

– C'est bizarre que ça soit tombé sur elle. Je ne l'ai jamais vraiment cherchée, pas plus que mon père... Ce que Regina m'a dit, c'est bien vrai ? C'est pour ça qu'elle m'a abandonné ? Parce que mon père l'a violée ?

– Je crains que ce ne soit la vérité, répondit Konrad. Je suppose que vous êtes Daniel, n'est-ce pas ?

– Je ne sais pas qui je suis.

Il y eut à nouveau un long silence. Daniel restait immobile sur sa chaise. Konrad se risqua à s'approcher davantage jusqu'à se retrouver en face de lui. Il remarqua que la porte du balcon était ouverte.

– Quel salaud.

– Comme vous dites, quel salaud.

– C'est bizarre que ça soit tombé sur elle, répéta Daniel.

– En effet, convint Konrad. C'est étrange que vous vous soyez retrouvés de cette manière. Elle a pensé à vous toutes ces années et, sachant que j'avais été longtemps policier, elle a fini par me contacter pour me demander de vous chercher. Je ne la connaissais pas et j'ai refusé de l'aider. J'ai l'impression de l'avoir trahie et de vous avoir trahi, vous aussi. Je me dis que j'aurais peut-être pu vous réunir. Avant que cette catastrophe ne s'abatte. Elle voulait vous voir parce qu'au fil du temps elle éprouvait de plus en plus de regrets. Elle espérait peut-être aussi que vous pourriez profiter un peu de l'argent de votre père. Il est très riche. Elle s'était dit qu'elle pourrait enfin faire votre bien.

– J'aurais voulu la connaître.

– Bien sûr.

– J'aurais voulu… j'aimerais tant ne pas avoir…

– Elle portait sa douleur en silence, reprit Konrad en s'approchant encore légèrement. Ce viol. Cet enfant qu'elle avait mis au monde et abandonné. Tout cela l'avait beaucoup affectée. Elle a essayé de continuer à vivre comme si rien n'était arrivé, mais à mon avis elle n'a jamais vraiment réussi.

– J'ai parfois interrogé mon entourage, mais personne ne savait rien ou bien ils gardaient le secret, jusqu'à ce soir où Regina m'a tout expliqué. Elle m'a dit pourquoi j'avais été trimballé ici et là, elle m'a parlé de cette congrégation, de Sunnefa et de ce qu'elle avait voulu faire.

– Laissez-moi vous aider.

– Vous ne pouvez absolument rien pour moi.

Daniel leva les yeux et le regarda d'un air grave.

– Je n'ai jamais voulu faire ça. Je ne suis pas un assassin, conclut-il après un long silence.

Il s'était mis à balbutier, Konrad lui demanda si tout allait bien, mais Daniel ne répondit pas. Quand il lui proposa d'allumer la lumière, il ne protesta pas. L'ancien policier tendit le bras vers l'interrupteur à côté de la porte de la cuisine et le lustre s'illumina au-dessus de la table de salle à manger. Nimbés par une douce clarté, les deux hommes se regardèrent. Daniel avait le visage marqué. La vie ne l'avait pas épargné. Son nez avait manifestement été cassé et il portait une cicatrice très visible à l'arcade sourcilière, c'étaient peut-être là les traces d'une ancienne bagarre. Il avait les lèvres gercées, ses mains sales et puissantes étaient couvertes de cicatrices, ses ongles étaient cassés et jaunis par le tabac qu'il fumait en permanence. En l'observant, Konrad crut reconnaître quelques traits de sa mère, son front haut et la courbe de ses sourcils. Il lisait dans son regard la même douleur insondable que dans celui de Valborg le jour où ils s'étaient assis tous les deux au musée, ce jour où elle lui avait parlé de l'amour maternel.

– J'aurais aimé être avec elle, murmura Daniel.

– Évidemment.

– Elle ne méritait pas ça.

– Non.

– Moi non plus.

– Bien sûr que non, acquiesça Konrad. Personne ne mérite des choses pareilles.

– J'ai soif. Vous pouvez me donner un verre d'eau ?

Il souriait vaguement d'un sourire sans joie. Konrad se leva, se rendit dans la cuisine et s'exécuta. À son retour, Daniel avait fermé les yeux, toujours assis sur sa chaise. Konrad lui tapota doucement le bras en lui disant qu'il lui avait apporté à boire, mais il ne réagissait pas. Comprenant qu'il y avait un problème, il prit la tête de Daniel entre ses mains, lui demanda si tout allait bien en prononçant plusieurs fois son nom et en lui frappant doucement la joue. Il souleva ses paupières, son regard était fixe et sans vie. Konrad appuya sur le bouton de son téléphone et l'allongea par terre. Alors qu'il lui dispensait les premiers secours, il vit sur le sol des emballages de traitements que Valborg prenait pour le cancer et d'autres cachets que Daniel avait apportés lui-même.

Il lui fit un massage cardiaque en criant encore et encore son nom jusqu'à l'arrivée de la police, des ambulanciers et du médecin qui les accompagnait. Le docteur poussa Konrad et entreprit lui-même le massage cardiaque. Au bout de quelques minutes, on emmena Daniel dans l'ambulance.

Trois quarts d'heure plus tard, Konrad fut informé que le fils de Valborg était décédé sur le trajet de l'hôpital.

65

Le temps était doux. Konrad observait les touristes venus admirer le *Voyageur du Soleil*, sculpture installée en bord de mer et censée naviguer éternellement vers les étoiles.

Son téléphone sonna. C'était Marta.

– Bernodus ne se remettra jamais complètement, annonça-t-elle. Le coup que lui a porté sa femme lui a endommagé je ne sais quels nerfs.

– Je suis arrivé trop tard, répondit Konrad, comme s'il répétait une rengaine un peu trop familière.

– Tu aurais dû m'appeler plus régulièrement, fit remarquer Marta sans que ce soit vraiment un reproche. Sa femme nous a décrit leur cohabitation difficile. Les violences. Les pressions. Il menaçait de la tuer si elle le quittait. Enfin, tous les trucs typiques. La fille affirme qu'elle n'avait pas connaissance de tout ça, qu'elle n'en savait qu'une partie. Elle pensait que les choses s'arrangeaient. Tout un jeu de faux-semblants et de déni. Elle a demandé des tests ADN pour savoir si elle est la demi-sœur de Daniel.

Konrad écoutait en silence.

– Tu ne fais pas tout ça pour ces gens-là ?

– Non.

– Tu penses avant tout à Daniel ?

– Oui.

– Est-ce que ce genre de chose pourrait arriver ailleurs qu'en Islande ?

– Je n'en sais rien.

Ils mirent fin à leur conversation quelques instants plus tard. Konrad regardait le navigateur stellaire et le trottoir à ses pieds. Les événements des derniers jours ne lui avaient pas laissé beaucoup de temps pour s'interroger sur la fenêtre du fumoir. Quelques années plus tôt, après que les bâtiments des abattoirs avaient été remplacés par d'autres, il avait calculé que l'endroit où il se tenait en ce moment était celui où se trouvaient jadis les fumoirs et où son père s'était vidé de son sang. Il essayait de se souvenir où était cette fenêtre et se demandait si elle avait joué un rôle au moment de l'assassinat. Si le meurtrier s'était caché dans le fumoir ou s'il était passé par cette fenêtre dans sa fuite.

Alors qu'il réfléchissait, son téléphone sonna à nouveau. C'était Eyglo. Quand ils avaient parlé de Regina, de sa fille et de Daniel, elle avait tout à coup compris qu'elle était venue chez eux avec le médium guérisseur et que c'était cette visite qui l'avait conduite à s'éloigner de cette voie, à mettre un frein à ses activités de voyante jusqu'à les interrompre presque totalement.

– Tu as toujours cette étrange boîte à musique ? demanda-t-elle au bout d'un moment.

Konrad tenait justement l'objet à la main.

– Oui, répondit-il.

– Qu'est-ce que tu comptes en faire ?

– Je ne sais pas.

Eyglo aurait voulu parler de leurs pères, mais elle avait l'impression qu'il avait la tête ailleurs. Elle promit de le rappeler bientôt.

Il rangea son portable dans sa poche et regagna sa voiture en continuant à observer le *Voyageur du Soleil* qui semblait s'apprêter à prendre son envol. Il émanait de cette œuvre d'art une sensation de liberté qui n'était pas pour lui déplaire. Il passa à côté d'une poubelle, s'attarda quelques instants, fit tourner la relique de son père dans sa main, puis la jeta aux ordures et reprit sa route, le pas un peu plus léger.

66

Un étrange silence planait sur les abattoirs de la rue Skulagata. Le père de Konrad frappait ses pieds sur le trottoir pour se réchauffer. L'odeur des fumoirs qui lui plaisait tant flottait dans tout le quartier. Il s'efforçait d'être discret. C'était inutile, les lieux étaient déserts. La station-service de Klöpp était fermée. On apercevait derrière elle les réservoirs de pétrole de BP. Il regardait la mer. Il suffisait de traverser la rue pour atteindre le rivage pierreux. Il entendait les vagues qui s'élevaient, puis s'affaissaient sous la nappe de brume froide.

Il attendait depuis un long moment dans le vent glacial et s'apprêtait à partir quand il entendit un bruit de pas s'approcher dans la nuit.

DU MÊME AUTEUR

La Cité des Jarres
prix Clé de verre du roman noir scandinave 2002
prix Mystère de la critique 2006
prix Cœur noir 2006
Métailié, 2005
et « Points Policier », n° P1494

La Femme en vert
prix Clé de verre du roman noir scandinave 2003
prix CWA Gold Dagger 2005
prix Fiction du livre insulaire d'Ouessant 2006
Grand Prix des lectrices de « Elle » 2007
Métailié, 2006
et « Points Policier », n° P1598

La Voix
Grand Prix de littérature policière 2007
Trophée 813 2007
Métailié, 2007
et « Points Policier », n° P1831

L'Homme du lac
Prix du polar européen du « Point » 2008
Métailié, 2008
et « Points Policier », n° P2169

Hiver arctique
Métailié, 2009
et « Points Policier », n° P2407

Hypothermie
Métailié, 2010
et « Points Policier », n° P2632

La Rivière noire
Métailié, 2011
et « Points Policier », n° P2828

Bettý
Métailié, 2011
et « Points Policier », n° P2924

La Muraille de lave
Métailié, 2012
et « Points Policier », n° P3028

Étranges Rivages
Métailié, 2013
et « Points Policier », n° P3251

Le Livre du roi
Métailié, 2013
et « Points », n° P3388

Le Duel
Métailié, 2014
et « Points Policier », n° P4093

Les Nuits de Reykjavik
Métailié, 2015
et « Points Policier », n° P4224

Opération Napoléon
Métailié, 2015
et « Points Policier », n° P4430

Le Lagon noir
Métailié, 2016
et « Points Policier », n° P4578

Dans l'ombre
Métailié, 2017
et « Points Policier », n° P4730

La Femme de l'ombre
Métailié, 2017
et « Points Policier », n° P4882

Passage des ombres
Métailié, 2018
et « Points Policier », n° P5023

Les Fils de la poussière
Métailié, 2018
et « Points Policier », n° P5093

Ce que savait la nuit
Métailié, 2019
et « Points Policier », n° P5125

Les Roses de la nuit
Métailié, 2019
et « Points Policier », n° P5283

Les Fantômes de Reykjavik
Métailié, 2020
et « Points Policier », n° P5337

Le Mur des silences
Métailié, 2022

RÉALISATION : NORD COMPO À VILLENEUVE-D'ASCQ
IMPRESSION : CPI FRANCE
DÉPÔT LÉGAL : MARS 2022. N° 148505 (3046629)
IMPRIMÉ EN FRANCE